BASTEI
LÜBBE

Brian W. Aldiss

Die unendliche Reise

BASTEI LÜBBE

SCIENCE FICTION

BASTEI-LÜBBE-TASCHENBUCH
Science Fiction Bestseller
Band 22 075

Deutsche Lizenzausgabe 1984
Bastei-Verlag Gustav H. Lübbe GmbH & Co., Bergisch Gladbach
Originaltitel: Starship (Nonstop)
Ins Deutsche übertragen von
Bernd Seligmann und Brigitte Borngässer
Titelillustration: Peter Elson
Umschlaggestaltung: Quadro-Grafik,Bensberg
Satz: Fotosatz Schell, Bad Iburg
Druck und Verarbeitung:
Elsnerdruck GmbH, Berlin
Printed in Western Germany
ISBN 3-404-22075-7

Eine Gesellschaft, die nicht erkennen kann oder erkennen will, wie unbedeutend, ja vernachlässigbar das Eckchen des Universums ist, das sie bewohnt, ist nicht wirklich zivilisiert. Das heißt, sie wird immer noch von einem »Schicksal« beherrscht und ist deshalb mehr oder weniger weit entfernt vom Zustand des Gleichgewichts. Dies ist die Geschichte einer solchen Gesellschaft.

Eine Idee, die menschlichem Denken entspringt, ist, anders als die meisten der unzähligen Effekte, die unser Universum bilden, selten vollkommen ausgewogen. Sie kann es nicht sein, denn sie trägt immer das Muster der menschlichen Schwächen in sich, schwankt immer zwischen Dürftigkeit und Brillanz. Dies ist die Geschichte einer grandiosen Idee.

Für die Gesellschaft war es nicht nur eine Idee. Sie wurde zu ihrer Existenz. Denn wie es so geht, hatte die Idee sie in die Irre geführt – der Gedanke war einfach falsch gewesen und hatte ihr wirkliches Leben verschlungen.

Teil Eins: In den Quartieren

1

Sein Herzschlag hallte wie ein Radarsignal über die Lichtung, schien sie ganz auszufüllen und zu ihm zurückzukehren. Roy Complain stand in seiner Wohnungstür und lauschte der Wut, die in seinen Arterien hämmerte.

»Dann verschwinde doch schon! Geh weg! Hast du nicht gesagt, du wolltest gehen?!«

Gwenny keifte hinter ihm her, und trieb ihn auf die Lichtung. Er schaute sich nicht mehr um. Er knallte die Tür zu und rieb die Fäuste gegeneinander, versuchte das Grollen in seiner Kehle zum Verstummen zu bringen, kämpfte um Kontrolle über seine Emotionen. Das war sein Leben mit Gwenny. Endloser Streit um nichts und diese wahnsinnigen Wutausbrüche, die wie eine Krankheit sein Leben vergällten. Immer nur Ärger, nichts als Ärger, der wie Schlamm an seinen Füßen klebte, aber sogar wenn es am schlimmsten war, wußte er immer, daß er sehr bald zu ihr zurückkehren, sich bei ihr entschuldigen und sich beruhigen würde. Complain brauchte seine Frau.

So früh in der Wachphase waren einige Männer in der Gegend. Später würden sie ihren Geschäftigkeiten nachgehen und sich zerstreuen. Eine Gruppe saß auf dem Boden zusammen und spielte Travel-Up. Complain schlenderte zu ihnen hinüber und schaute gedankenverloren auf das Spielfeld unter ihren rauhen Händen. Es war doppelt so lang wie die ausgestreckten Arme eines Mannes auf den Boden gemalt und über und über mit Ziffern und Symbolen bedeckt. Einer der Spieler beugte sich vor und bewegte ein Paar seiner Steine.

»Eine Flanke auf fünf«, sagte er triumphierend und zwinkerte Complain grimmig zu.

Complain wandte sich gelangweilt ab. Früher hatte dieses Spiel lange Zeit eine geradezu unheimliche Anziehungskraft auf ihn ausgeübt. Er hatte gespielt, bis seine jugendlichen Knochen vom ewigen Hocken steif wurden, und er kaum noch die silbernen Chips erkennen konnte. Er machte keine Ausnahme; fast alle Leute vom Greene-Stamm standen im Bann des Travel-Up. Das Spiel gab ihnen die Illusion von Raum und Macht, von Dingen, die ihnen im täglichen Leben abhanden gekommen waren. Complain hatte sich von dieser Sucht befreien können, doch machmal meinte er wieder, etwas zu vermissen. Manchmal hätte er es gut gefunden, irgend etwas zu haben, worin er ganz aufgehen konnte.

Er schlenderte weiter die Lichtung hinunter. Die Türen, die auf beiden Seiten an ihm vorbei glitten, nahm er kaum wahr. Sein Blick schweifte vielmehr über die Menschen, die ihm entgegenkamen, als warte er auf ein Signal aus der Menge. Er sah Wantage, wie er instinktiv die entstellte linke Seite seines Gesichts von den anderen abwandte und auf die Barrikaden zueilte. Wantage spielte niemals am langen Brett; er konnte es nicht ertragen, wenn er von beiden Seiten betrachtet wurde. Warum hatte der Rat ihn als Kind eigentlich verschont? Im Greene-Stamm wurden fast jeden Tag verkrüppelte und entstellte Babys geboren, nur um sofort getötet zu werden. Als Jungen hatten sie Wantage »Schlitzgesicht« gerufen und ihn damit gequält. Doch er wuchs auf und wurde stark und wild, was die anderen dazu veranlaßte, ihn nicht mehr offen zu verhöhnen. Die Gemeinheiten über ihn erzählten sie sich nur noch hinter vorgehaltener Hand.

Ohne es recht zu merken, lief er nun nicht mehr ziellos umher, sondern ließ sich in dieselbe Richtung treiben wie Wantage, zu den Barrikaden. Dort waren die besten Wohnungen, natürlich ausschließlich für Ratsmitglieder bestimmt. Eine der Türen flog auf, und Leutnant Greene persönlich, begleitet von zwei seiner Bediensteten, kam heraus. Obwohl Greene inzwischen ein alter Mann war, wirkte er immer noch beeindruckend mit seinen ruckartigen Bewegungen, die an den Elan seiner Jugend erinnerten. Seine Beamten, Patcht und Zilliac, trugen protzig ihre

Betäuber am Gürtel und stolperten beflissen neben ihm her.

Zu Complains Entzücken versetzte ihr Erscheinen Wantage in solchen Schrecken, daß er vor seinem Häuptling zitternd salutierte. Es kam eine jämmerliche Geste dabei heraus. Er führte mehr seinen Kopf zur Hand als umgekehrt, was Zilliac mit einem verächtlichen Grinsen quittierte. Unterwürfigkeit war das Normale, wenn auch der Stolz es verbat, diese Tatsache anzuerkennen.

Als Complain an dem Trio vorbei mußte, verhielt er sich wie es allgemeine Sitte war: Er blickte finster in eine andere Richtung. Niemand sollte denken, *er*, ein Jäger, wäre irgendeinem anderen Mann nicht ebenbürtig. Das war die herrschende Lehre: »Kein Mensch steht unter einem anderen, es sei denn, er verspürt das Bedürfnis, ihm Respekt zu erweisen.«

Nun fühlte er sich schon besser. Er beeilte sich, Wantage einzuholen und klatschte seine Hand auf dessen linke Schulter. Wantage wandte seinen Kopf in die andere Richtung und drückte Complain einen kurzen Stumpf von einer Zaunlatte in den Bauch. Er hatte eine sehr ökonomische Art, sich zu bewegen, wie jemand, der durch einen Wald aus Rasierklingen streift. Sein Stock war fest in Complains Bauchnabel gerastet.

»Langsam, langsam, mein Hübscher. Begrüßt du deine Freunde immer so?« fragte Complain und drehte den Stock von sich weg.

»Ich dachte – ach lassen wir das, Jäger. Warum bist du nicht draußen?« fragte Wantage. Er schaute an Complain vorbei.

»Weil ich lieber mit dir zu den Barrikaden hinuntergehe. Außerdem ist mein Topf noch voll, und die Schulden sind bezahlt. Ich brauche also im Moment gar kein Fleisch.«

Schweigend gingen sie weiter. Complain versuchte immer, links neben dem anderen zu bleiben, doch der konnte das stets verhindern. Complain achtete darauf, ihn nicht zu sehr zu reizen. Er wollte nicht, daß er über ihn herfiel. Gewalt und Tod waren in den Quartieren nämlich an der Tagesordnung; eigentlich als natürliches Gegengewicht zu der hohen Geburtenrate. Doch wer stirbt schon gern aus Gründen der Symmetrie.

Je näher sie den Barrikaden kamen, desto belebter wurde der Korridor. Wantage murmelte etwas von Reinigungsarbeiten, die er zu machen hätte, und verschwand.

Er ging dicht an der Mauer entlang. Sein Gang war steif, aufrecht, mit einer Art Würde, wie sie verbitterten Menschen eigen ist.

Die erste Barrikade war eine hölzerne Wand mit einem Tor, die den Korridor vollständig blockierte und ständig von zwei Posten bewacht war. Hier endeten die Quartiere. Dahinter begann das Labyrinth des Ponik-Dschungels. Dennoch, die Wand war ein Provisorium, weil ihr Standort öfter wechselte.

Der Greene-Stamm war halbnomadisch. Die Unfähigkeit zu Ackerbau und Viehzucht zwang ihn dazu, von Zeit zu Zeit neue Siedlungsgründe zu suchen. So bewegte sich das Volk stetig weiter, indem es die vorderste Barrikade vorschob und mit den anderen Wänden und den Wohnsiedlungen entsprechend nachrückte. Jetzt lag gerade wieder ein solcher Umzug an. Der Ponik-Dschungel, den sie nun gründlich verwüstet und ausgebeutet hatten, würde hinter ihnen zurückbleiben, wieder wachsen und sich erholen können. So arbeitete sich der Stamm langsam durch endlose Korridore wie ein Wurm durch einen schimmligen Apfel.

Jenseits der Barrikade hackten Männer die langen Ponikstangen nieder, daß der nahrhafte Pflanzensaft, das Miltex, nur so über ihre Macheten floß. Die Stangen wurden nach dem Fällen umgedreht, um so wenig Saft wie möglich zu vergeuden. Später würde er aufgefangen, und die hohlen Stengel, auf ein Standardmaß gestutzt, würden für alle möglichen Zwecke aufbewahrt werden. Andere Teile der Pflanzen wurden gleich mitgeerntet: die Blätter für medizinische Zwecke, die jungen Triebe als Delikatesse für jedermann und die Samen ebenfalls als Nahrungsmittel aber auch als Knöpfe, als Raschelsteine für die in den Wohnquartieren beliebten Tambourins, als Chips für die Travel-Up-Bretter oder auch als Spielzeug für Babys (— sie waren sogar groß genug, daß sie nicht in ihre alles verschlingenden Mündchen paßten).

Der schwierigste Teil der Arbeit der Ponikfäller war es, die verworrene Wurzelstruktur zu lichten, die wie ein Stahlnetz unter der Krume lag. Wenn die Wurzelarme Stück für Stück aus dem Boden gezerrt waren, kamen andere Männer mit Spaten und schaufelten die Muttererde in Säcke. Hier war der Humus besonders tief; fast einen Meter dick bedeckte er den Felsgrund. Ein sicheres Zeichen dafür, daß sie sich auf unerschlossenem Gebiet befanden, wo noch kein anderer Stamm jemals gearbeitet hatte. Die prallen Säcke wurden dann in Karren in die Quartiere geschafft, um auf neuem Boden kleine Äcker aufschütten zu können.

Es gab auch noch eine andere Mannschaft, die vor den Barrikaden arbeitete, und die Complain mit besonderem Interesse beobachtete. Sie nahmen einen höheren Rang ein als die anderen. Sie paßten auf, sie waren Wachen. Nur Jäger gelangten in die Wachmannschaft, und vielleicht würde einmal der Tag kommen, vielleicht hätte er einmal Glück, und er, Complain, würde in diese beneidenswerte Kaste aufsteigen.

Sie nagten sich durch die scheinbar undurchdringliche Dschungelwand, und immer wieder stießen sie auf Türen, verborgene Eingänge, die die Arbeiter wie schwarze Mäuler kalt anhauchten. Die Räume hinter diesen Türen bargen Geheimnisse, tausend fremdartige Dinge, nützlich, nutzlos, bedeutungslos, einst Eigentum der versunkenen Rasse der Riesen. Die Wächter hatten die Aufgabe, in diese Grüften einzudringen und alles an sich zu nehmen, was sie darin fanden und was für den Stamm, das heißt sie selbst, nützlich sein konnte. Nach einer angemessenen Frist würde die Beute verteilt oder vernichtet werden, je nachdem wie der Rat entschied. Etliches, was auf diese Weise in den Quartieren ans Licht kam, wurde vom Leutnant für gefährlich erklärt und verbrannt.

Die Grabräuberei hatte immer ihre Risiken, wenn nicht real, dann in einem anderen Sinn. Es hatte schon Gerüchte gegeben, daß mancher kleine Stamm, der im Dschungel ums Überleben gekämpft hatte, sang- und klanglos verschwunden war, nachdem er solche Türen geöffnet hatte.

Complain war nicht der einzige, der gern anderen bei der Arbeit zusah. Inzwischen standen etliche Frauen, jede mit einem Haufen Kindern, an der Barrikade den Humusschleppern im Weg. Zu dem ewigen Summen der Fliegen, von denen die Quartiere nie ganz frei waren, kam nun das Geschnatter von Kinderzungen. Vor dieser Geräuschkulisse brachen die Wächter die nächste Tür auf. Plötzliche Stille, sogar die Arbeiter hielten einen Moment lang inne und starrten scheu in die gähnende Öffnung.

Diesmal war die Gruft eine Enttäuschung. Nicht einmal ein Skelett eines Riesen, an dem man sich erschrocken weiden konnte. Nur eine winzige Kammer, nur ein paar Regale mit kleinen Beuteln. Die Beutel enthielten diverse farbige Pulver. Ein leuchtendgelber und ein scharlachroter fielen herunter und platzten zu bunten Wolken, die sich in der Luft vermischten. Freudenschreie der Kinder, die wirklich nicht viel Farbe zu sehen bekamen, waren die Folge, und die Wächter reagierten mit bissigen Befehlen, bevor sie ihre Entdeckungen beiseite schafften.

Nun war irgendwie die Luft raus, Complain merkte das und zog sich zurück. Vielleicht würde er doch noch jagen gehen.

»Aber warum gibt es hier Licht, wo keiner da ist, der es braucht?«

Complain verstand die Frage durch das allgemeine Geraune. Er drehte sich um; es war ein kleiner Junge, der sie gestellt hatte, umringt von Kameraden, die sich um einen großen Mann scharten. Ein oder zwei Mütter standen auch dabei, immer bemüht, die Fliegen zu vertreiben und geduldig zu lächeln.

»Es muß Licht da sein, denn sonst könnten die Poniks nicht wachsen, genau wie du nicht in der Finsternis leben könntest«, antwortete der Mann. Complain kannte ihn natürlich; es war Bob Fermour, ein schwerfälliger Typ, der zu nichts anderem als Feldarbeit taugte. Für die Kinder war er ein Genie – mehr als ein ernst zu nehmender Lehrer –, jedenfalls liebten sie ihn. Complain dachte daran, daß Fermour im Ruf stand, ein Märchenerzähler zu sein und wollte weitergehen. Er wollte sich ärgern, denn ohne den Ärger fühlte er sich leer.

»Was war vor den Poniks?« wollte ein kleines Mädchen wissen. Die Kinder wollten auf ihre naiv raffinierte Weise Fermour unbedingt dazu bringen, eine Geschichte zu erzählen.

»Erzähl ihnen doch die Geschicht von der Welt, Bob!« riet ihm eine der Frauen.

Fermour schaute Complain unsicher an. Er wußte nicht, was er tun sollte.

»Kümmer dich nicht um mich«, sagte Complain, »Theorien belästigen mich nicht mehr als Schmeißfliegen.«

Die Lebensumstände des Stammes konnten niemand dazu ermutigen, irgendwelche Theorien aufzustellen oder irgend etwas zu denken, was keinen direkten praktischen Nutzen hatte. Es war zwar nicht ausdrücklich verboten, aber ...: Deswegen Fermours Zögern.

»Na gut. Was ich erzähle, ist alles reine Spekulation, weil wir über die Zeiten vor dem Greene-Stamm keinerlei Informationen oder Aufzeichnungen besitzen. Und wenn wir etwas finden, können wir keinen rechten Sinn darin entdecken.«

Er sah die Erwachsenen unter seinen Zuhörern scharf an, bevor er hinzufügte: »Denn es gibt wichtigere Dinge zu tun, als sich über verstaubte Legenden den Kopf zu zerbrechen.«

»Hey Bob, was ist mit dem Märchen von der Welt. Ist das aufregend?«

Fermour strich dem Knaben das Haar aus der Stirn und sagte ernst: »Ja, es ist vielleicht die aufregendste Geschichte, die es überhaupt gibt, denn sie betrifft uns alle und unser Leben. Die Welt ist ein wundervoller Ort. Sie besteht aus vielen Schichten von Erde wie dieser, auf der wir stehen, und die Schichten sind endlos, weil sie zu einer Kugel gekrümmt sind. Ihr könnt also laufen und laufen, ohne jemals das Ende der Welt zu erreichen. Die Schichten sind voller Geheimnisse, manche gut und manche schlimm.

Und all die Korridore, durch die wir noch gehen werden, müssen wir uns durch Ponik schlagen.«

»Erzähl mir etwas über das Voruns-Volk«, bat der Junge. »Haben die Leute dort wirklich grüne Gesichter?«

»Wir werden sie noch sehen.« Fermour dämpfte seine Stimme, so daß seine kleinen Zuhörer ihn noch dichter umringten. »Was ich bis jetzt gesagt habe, stimmt, wenn ihr ewig in den Seitenkanälen der Welt bleibt. Doch wenn ihr einmal auf den Hauptkorridor gelangt, dann seid ihr auf einem Weg, der euch direkt in ferne Gegenden der Welt bringen wird. Und ihr werdet auch das Territiorium der Leute vor uns betreten.«

»Haben sie wirklich alle zwei Köpfe?« fragte ein Mädchen.

»Natürlich nicht«, antwortete Fermour. »Sie sind zivilisierter als unser kleiner Stamm« – wieder musterte er seine erwachsenen Zuhörer –, »nur wissen wir wenig über sie, weil zwischen ihrem Land und unserem so viele Hindernisse zu überwinden sind. Es ist euer aller Pflicht, mehr über die Welt herauszufinden, wenn ihr einmal erwachsen seid. Denkt daran, was es noch alles zu erfahren gibt und daß neben unserer Welt noch andere Welten existieren können, von denen wir nicht einmal eine Ahnung haben.«

Die Kinder schienen beeindruckt zu sein, doch eine der Frauen lachte und rief: »Es wird ihnen bestimmt eine Menge einbringen, wenn sie sich über Sachen Gedanken machen, von denen man gar nicht weiß, ob es sie überhaupt gibt.«

Im Geiste stimmte ihr Complain zu, als er langsam weiterging. Im Augenblick zirkulierten eine Reihe solcher Theorien in ihrem Stamm, jede anders, keine befriedigend, nichts was von der Obrigkeit autorisiert wäre. Er dachte darüber nach, ob es gut für seine Karriere wäre, wenn er Fermour denunzierte. Doch nahm den Kerl leider sowieso keiner ernst: Er war zu langsam. Noch letzte Woche war er wegen Faulheit bei der Feldarbeit öffentlich verprügelt worden.

Complain bewegte im Moment mehr die Frage, ob er nun jagen gehen sollte oder nicht. Plötzlich kam ihm in den

Sinn, wie oft er in letzter Zeit schon so ruhelos zur Barrikade und wieder zurück gelaufen war. Er ballte die Fäuste. Die Zeit verstrich, und nichts passierte, nichts konnte er tun, immer fehlte etwas. Wie schon als Kind kramte er verzweifelt in seinem Gehirn und suchte nach einem Gedanken, einem Faktor, der dasein mußte, aber es war nicht zu finden, niemals. Düster dämmerte ihm die Krise, die auf ihn zukam und die er nicht aufhalten konnte. Es war wie ein Fieber, das sich in ihm zusammenbraute, nein, es würde diesmal schlimmer werden als ein Fieber.

Er fing an zu laufen. Sein langes schwarzes Haar fiel ihm in die weit aufgerissenen Augen. Er sah verstört aus. Sonst war sein Blick stark, seine Züge klar und anziehend, sein Mund selbstbewußt, fast heldenhaft. Und dennoch – der ganze Ausdruck wurde verdorben von einer wachsenden, zerstörerischen Verbitterung, und so sahen die meisten Menschen des Stammes aus. Nicht umsonst gehörte zum Codex auch die Regel, daß niemand einem anderen Menschen direkt in die Augen schauen sollte.

Fast blind rannte Complain durch die Menge. Der Schweiß stand ihm auf der Stirn, denn in den Quartieren war es immer warm, egal ob sie schliefen oder wachten, und man schwitzte schnell. Niemand achtete auf ihn. Viele Männer hetzten sinnlos umher auf der Flucht vor den Phantomen, die in ihnen waren. Complain dachte nur noch daran, daß er zu Gwenny zurück mußte. Denn nur Frauen verfügten über den magischen Segen des Vergessens.

Sie stand bewegungslos mit einer Tasse Tee in der Hand da, als er in ihre Wohnung taumelte. Sie tat so, als bemerkte sie ihn nicht, doch ihre ganze Haltung änderte sich plötzlich, ihr schmales Gesicht spannte sich an. Ansonsten war sie eher kräftig gebaut, was einen seltsamen Gegensatz zu ihrem kleinen Köpfchen bildete. Nun schien sie sich aufzublasen, als erwartete sie, jeden Moment von ihm angefallen zu werden.

»Schau mich nicht so an, Gwenny. Ich bin doch nicht dein Todfeind.« Eigentlich hatte er etwas ganz anderes sagen wollen, auch seine Stimme klang nicht so warm, wie er beabsichtigt hatte. Doch als er sie sah, stieg unwillig die Wut wieder in ihm hoch.

»Doch, du bist mein Todfeind!« sagte sie angewidert, immer noch in eine andere Richtung schauend. »Niemanden hasse ich mehr als dich.«

»Dann laß mich mal an deinem Tee nippen. Vielleicht bringt er mich um, dann sind wir beide zufrieden.«

»Das wäre zu schön«, erwiderte sie giftig und reichte ihm die Tasse.

Er kannte sie. Ihre Wut war nicht wie seine. Er konnte sich nur langsam beruhigen. Bei ihr kam und ging sie von einer Minute auf die andere. Sie konnte ihn ohrfeigen und gleichzeitig lieben; dann liebte sie sogar am besten.

»Sei lieb«, sagte er. »Du weißt, daß wir uns wieder mal um nichts gestritten haben.«

»Nichts?! Ist Lidya etwa nichts? Nur weil sie direkt nach der Geburt gestorben ist, unser einziges süßes Baby, und du nennst sie *Nichts! ...«*

»Besser, als sie als Waffe zwischen uns zu benutzen, oder?« als er ihr die Tasse zurückgab, ließ er seine Hand ihren nackten Arm hinaufgleiten und in ihre Bluse fahren.

»Hör auf!« schrie sie zappelnd. »Sei doch nicht so verdammt schmierig! Ist das das einzige, woran du denken kannst, wenn ich mir dir reden will? Laß mich nur in Ruhe, du Ekel!«

Das tat er nicht. Statt dessen legte er seinen anderen Arm um ihre Hüften und preßte sich an sie. Sie versuchte, ihr Knie einzusetzen, doch er wußte das zu verhindern. Eng umschlungen fielen sie zu Boden. Wenn er ihr mit seinem Gesicht zu nahe kam, versuchte sie ihn zu beißen.

»Nimm deine Hände weg!« keuchte sie.

»Gwenny ... Gwenny ... komm schon, Süße«, stöhnte er.

Plötzlich erlahmte ihre Gegenwehr, ihre Züge entspannten sich, wurden verträumt, sie versank.

»Nimmst du mich später mit zur Jagd?«

»Ja«, sagte er, »alles, was du willst.«

Was Gwenny von ihm wollte oder nicht wollte, hatte jedoch kaum noch Einfluß auf den weiteren Gang der

Geschehnisse. Zwei Mädchen, Ansa und Daise, entfernte, angeheiratete Verwandte von Gwenny, erschienen atemlos und berichteten, daß sich der Zustand ihres Vaters verschlechtert hatte und er nach ihr fragte. Ozbert Bergass war vor einer Schlaf- und Wachperiode an der schleichenden Fäulnis erkrankt. Gwenny hatte ihn schon einmal in seinem abgelegenen Appartement besucht. Niemand gab ihm noch viel Zeit. Wenn man in den Quartieren krank wurde, war man so gut wie tot.

»Ich muß zu ihm«, sagte Gwenny. In Ausnahmefällen wie diesem war ihr nicht wie sonst jeder Kontakt zu ihrer Familie verboten. Krankenbesuche waren ausdrücklich erlaubt.

»Er war ein großer Stammesmann«, sagte Complain nachdenklich. Ozbert Bergass war viele Perioden lang Oberwegweiser gewesen, sein Tod bedeutete einen schmerzlichen Verlust. Wie dem auch sei, Complain bot gar nicht erst an, Gwenny zu seinem Schwiegervater zu begleiten, denn Sentimentalität zählte zu den Schwächen die im Greene-Stamm ausgerottet werden sollten. Als Gwenny gegangen war, schlenderte er statt dessen zum Markt hinunter, um Ern Roffery, den Preismacher, nach dem momentanen Preis für Fleisch zu fragen.

Er kam an den Pferchen vorbei. Es gab im Augenblick mehr Tiere als je zuvor, Haustiere, die fetter und zutraulicher waren als die wilden Tiere, die die Jäger fingen. Roy Complain war kein großer Denker, und trotzdem erkannte er hier ein Paradox, das er sich nicht erklären konnte. Nie zuvor war der Stamm so reich, seine Farmen so blühend gewesen. Der geringste Arbeiter bekam alle vier Wachperioden Fleisch zwischen die Zähne. Nur er, Complain, schien immer ärmer zu werden. Er jagte immer mehr, fing jedoch immer weniger und bekam immer wenige Brot für seine Beute. Die gleiche Erfahrung hatten schon andere Jäger gemacht, ihren Beruf aufgegeben und sich einträglicheren Arbeiten zugewandt.

Complain führte die trostlose Entwicklung, die sich abzeichnete, einfach darauf zurück, daß Roffery, der Preismacher, die Zunft der Jäger nicht leiden konnte. Er war nicht in der Lage, den Rückgang der Fleischpreise mit dem Überfluß an Hausvieh in Zusammenhang zu sehen.

Er stob also zornsprühend durch das Marktgewühl und grüßte den Preismacher von oben herab.

»Na, kommen Sie auf Ihre Kosten?« fragte er grimmig.

»Auf *Ihre* Kosten«, erwiderte der Preismacher geistreich und schaute von seiner endlosen Liste auf, in der er alle Preise peinlich genau festhielt. »Wildfleisch geht immer weiter in den Keller, Jäger. Du mußt schon einen ganz schönen Trumm bringen, wenn du dir sechs Laibe Brot verdienen willst.«

»Verdammter Dreck! Beim letzten Mal hast du mir noch erzählt, der Weizen würde runtergehen, du doppelzüngiger Schurke.«

»Ich bitte Sie, mäßigen Sie Ihre Wortwahl, Complain, und merken Sie sich: Wenn Sie sich selbst zum Verkauf böten, würde kaum mehr als ein Krüstchen rausspringen. Ich habe Ihnen also erzählt, daß der Weizen billig war, stimmt – aber Wildfleisch ist eben noch billiger geworden.«

Der Preismacher zwirbelte seinen riesigen Schnurrbart und brach in prustendes Gelächter aus. Ein paar Männer, die in der Nähe standen und zugehört hatten, fingen auch an zu lachen. Einer von ihnen, ein stämmiger, stinkender Bursche namens Cheap, hatte einen Haufen alter Blechdosen in den Armen, die er auf dem Markt zu versetzen hoffte. Ein wilder Tritt von Complain, und das ganze Gerümpel flog durch die Luft. Cheap brüllte vor Wut und kroch auf dem Boden herum, um die Dosen wieder einzusammeln, bevor andere sie aufgesammelt und weggeschleppt hatten. Darüber lachte Roffery nur noch lauter, nicht mehr über Complain, dem er freundlich, begütigend zurief:

»In Voruns ginge es dir noch viel schlechter. Dort gibt es wundersame Leute, die Bestien erschaffen und von ihrem Atem leben, Bestien, die durch die Luft fliegen, ja, das tun sie. Dort brauchen sie überhaupt keine Jäger mehr.« Er schlug heftig nach einer Fliege, die sich auf seinen Nacken gesetzt hatte. »Und der Insektenbrut haben sie auch ein Ende gemacht.«

»Quatsch«, sagte ein alter Mann, der in der Nähe stand.

»Widersprich mir nicht, Eff«, sagte der Preismacher. »Der Kalk in deinem Kopf liegt sowieso schon höher als der Mist in den Ställen.«

»Recht hat er«, sagte Complain, »wer wird schon so närrisch sein, daß er sich einen Ort vorstellen kann, wo es keine Fliegen gibt?«

»Einen Ort, wo es keine Complains mehr gibt, kann ich mir aber sehr wohl vorstellen«, brüllte Ceap, der seine Dosen inzwischen aufgesammelt hatte und wütend hinter Complain stand. Der Streit kam dem Jäger in seiner Stimmung gerade recht.

»Mach schon, zerknautsch ihn ein bißchen«, rief der Preismacher Cheap zu. »Zeig ihm, daß ich keine Jäger gebrauchen kann, die mich von meinen Geschäften abhalten.«

»Seit wann ist denn ein Dosensammler mehr wert als ein Jäger?« fragte der Greis mit Namen Eff in die Runde. »Ich warne euch, der Stamm geht harten Zeiten entgegen. Ich bin froh, daß ich dann nicht mehr leben werde.«

Von allen Seiten kamen aufgeregte Rufe und Mißfallensäußerungen auf die Warnung des alten Mannes. Plötzlich fühlte sich Complain von der ganzen Szene furchtbar gelangweilt. Er machte, daß er wegkam, den Alten im Schlepptau.

»Ich sehe alles vor mir, so sicher wie ich dich sehen kann«, sagte Eff, der ihm offenbar unbedingt mehr von seinen düsteren Vorahnungen erzählen wollte. »Wir werden zu weich. Bald wird keiner mehr Lust haben, die Quartiere zu verlassen und Ponik zu schlagen. Es gibt keinen Druck mehr, keinen Antrieb. Die tapferen Männer sterben aus, übrig bleiben nur noch Fresser und Spieler. Krankheit, Tod und Angriffe von anderen Stämmen werden die Folge sein. Ich weiß es. Wo der Greene-Stamm einst lebte, wird bald nur noch Dschungel sein.«

»Ich habe gehört, daß die Leute vor uns gut sind und

ihren Sinnen folgen, nicht dem Aberglauben«, fiel ihm Complain ins Wort.

»Das hat dir bestimmt dieser Fermour erzählt«, erwiderte Eff brummig, »oder einer von seiner Clique. Es gibt Menschen, die wollen uns blind machen und wehrlos gegenüber unseren wirklichen Feinden. Ich nenne sie Menschen, aber es sind eigentlich gar keine Menschen, es sind – Außenseiter. Ja, das sind sie, Jäger; Außenseiter: übernatürliche Wesen, die ich schon längst getötet hätte, wenn ich könnte. Wir brauchen wieder Hexenjäger, aber die gibt es ja nicht mehr. Als ich noch ein Kind war, hatte der Stamm immer genug Hexenjäger. Aber ich sag' ja, der ganze Stamm wird immer weicher, weicher. Wenn ich könnte ...«

Die atemlose Stimme starb ab, vielleicht weil der Alte gerade von dem Gemetzel träumte, das er veranstalten würden, »wenn er könnte«. Er bemerkte kaum, daß Complain ihn einfach stehenließ: Gwenny kam über die Lichtung gelaufen.

»Dein Vater ...?« fragte er zaghaft.

Mit einer Hand machte sie eine flüchtige, nichtssagende Geste.

»Du kennst die schleichende Fäulnis«, sagte sie tonlos. »Bevor wir das nächste Mal aufwachen, wird er auf seiner langen Reise sein.«

»Im Zentrum unseres Lebens steht der Tod«, sagte er nachdenklich: Er schätzte Bergass als ehrbaren Mann.

»Die lange Reise beginnt schon bei der Geburt«, setzte sie die Litanei fort. »Wir können nichts mehr tun. Ich habe das Herz meines Vaters und dein Versprechen, mich zur Jagd mitzunehmen. Laß uns also gehen, Roy. Geh mit mir in die Poniks – bitte.«

»Der Fleischpreis ist auf sechs Laibe Brot pro Stück Wild gefallen, Gwenny, es lohnt kaum noch, auf die Jagd zu gehen.«

»Für ein Laib Brot kannst du schon eine Menge kaufen, zum Beispiel einen Topf für die Asche meines Vaters.«

»Dafür ist deine Stiefmutter zuständig.«

»Laß mich mit dir auf die Jagd gehen.«

Er kannte diesen Unterton in ihrer Stimme. Wütend drehte er sich um und stampfte ohne ein weiteres Wort zur vorderen Barrikade. Gwenny blieb gesittet ein paar Schritte hinter ihm.

2

Jagen war inzwischen zu Gwennys größter Leidenschaft geworden. Im Dschungel fühlte sie sich frei, nicht so eingeengt wie in den Quartieren, die Frauen ohne Begleitung niemals verlassen durften. Der Wald war aufregend. Sie tötete zwar nicht selbst, doch hielt sie sich stets wie ein Schatten hinter Complain, während er die Untiere aufspürte, die den Dschungel bewohnten.

Trotz des wachsenden Viebestands konnte der Fleischbedarf der Quartiere ohne Jagd noch nicht gedeckt werden. Nie gab es eine Stabilität und damit auch keine gleichmäßige Versorgung für den Stamm, der sich erst vor zwei Generationen unter Großvater Greene zusammengefunden hatte. Jeder größere Zwischenfall, jede Versorgungskrise, brachte noch die Gefahr, daß er wieder zerfiel und die übriggebliebenen Familien sich irgendwo von einem anderen Stamm aufnehmen lassen mußten.

Complain und Gwenny blieben zunächst eine Weile auf dem Trampelpfad hinter der äußersten Mauer der Quartiere, dann schlugen sie sich ins Dickicht. Zwei oder drei Jäger und Fänger liefen ihnen noch über den Weg, dann waren sie allein, allein in der raschelnden Einsamkeit des Urwalds. Complain führte sie eine kurze Steigung hinauf. Die Ponikstangen drückte er mehr zur Seite, als daß er sie umschlug, damit ihre Spur nicht so leicht zu finden war. Oben angekommen blieben sie stehen. Gwenny schaute aufgeregt und ängstlich über seine Schulter.

Die einzelnen Poniks drängten in kurzen, intensiven Wachstumsphasen zum Licht und wuchsen über ihren Köpfen zu einem fast dichten Dach zusammen. Das Licht, das sie umgab, war entsprechend schummrig; man konnte die Dinge mehr erahnen als wirklich sehen. Dazu kamen die Fliegen und Mückenschwärme, die wie Rauch durch das Laub wehten: Eine Atmosphäre, die Halluzinationen erzeugen konnte. Doch es gab keinen Zweifel, daß da ein Mann vor ihnen stand, ein Mann mit kalkweißer Stirn, die sie aus Augen anstarrte, die wie Perlmutt schimmerten.

Drei Schritte nur betrug der Abstand zwischen ihm und den beiden. Er war lediglich mit Shorts bekleidet, sein mächtiger Oberkörper war nackt. Er schien sprungbereit zu sein und einen Punkt ein wenig links von ihnen anzuvisieren. Das Licht war jedoch so schlecht, daß alles nur noch undeutlicher, unwirklicher wurde, je länger man es anschaute, nur: Der Mann war wirklich da. Und dann war er verschwunden.

»War das ein Geist?« flüsterte Gwenny.

Complain zückte seine Betäubungspistole und stürzte nach vorn. Er war fast überzeugt davon, daß ein Spiel von Licht und Schatten sie genarrt hatte, so lautlos hatte sich der Mann in nichts aufgelöst, und als einzige Spur dort, wo er gestanden hatte, ein paar niedergedrückte Grashalme zurückgelassen.

»Wir sollten nicht weitergehen«, zischte Gwenny ängstlich. »Stell dir vor, es war ein Voruns-Mensch – oder ein Außenseiter.«

»Red keinen Unsinn«, sagte er. »Du weißt genau, daß es hier wilde Männer gibt, Amokläufer, die einsam im Dschungel leben. Er wird uns nichts tun. Wenn er uns erschießen wollte, wäre das soeben passiert.«

So mochte er Gwenny beruhigen, doch er fühlte ein unangenehmes Kribbeln auf der Haut, wenn er daran dachte, daß dieser Streuner im selben Augenblick vielleicht irgendwo über ihnen im Dickicht daß, daß er sie erschlagen wollte oder unsichtbar und unangreifbar auf sie wartete, wie eine Krankheit, die sie befallen und umbringen konnte.

»Sein Gesicht war so weiß ...«, bohrte Gwenny weiter.

Er ergriff ihren Arm und zog sie mit sich. Je eher sie von hier weg waren, desto besser.

Sie kamen einigermaßen schnell voran, erst über einen

Schweinepfad, dann durch einen Seitenkorridor. Complain preßte seinen Rücken an die Wand des Gangs und befahl Gwenny, dasselbe zu tun.

»Halte die Ohren offen, wir müssen herausfinden, ob wir verfolgt werden«, sagte er.

Die Poniks rauschten und raschelten über ihnen, sonst herrschte Stille, die nur vom Summen zahlloser kleiner Insekten gestört wurde. In Complains Ohren war das jedoch ein Lärm, der immer lauter wurde und seinen Schädel zu sprengen drote. Mitten in diesem Konzert aus Mißtönen gab es eine Note, die nicht dorthin gehörte.

Gwenny hatte es auch gemerkt.

»Wir nähern uns einem anderen Stamm«, flüsterte sie, »diese Allee hinunter gibt es einen.«

Es gab keinen Zweifel. Was sie gehört hatten und immer noch hörten, war das Geschrei und das Rufen von Babys und kleinen Kindern, das einen Stamm ankündigte, lange bevor sie dessen Grenzen erreichten, früher sogar, als sie ihn riechen konnten. Bis vor wenigen Wachen war dort alles Schweineland gewesen; das bedeutet, daß ein neuer Stamm von einer anderen Ebene sich langsam den Jagdgründen der Greenes näherte.

»Wenn wir zurück sind, werden wir Meldung machen«, sagte Complain und führte seine Frau in eine andere Richtung weiter.

Nach Jägerart bahnte er sich ruhig den Weg durch das Dickicht und merkte sich jede Richtungsänderung, um sich nicht zu verlaufen. Schließlich entdeckte er zu ihrer Linken einen niedrigen Tunnel im Unterholz, dem sie nachgingen und in dem sie eine Schweinespur entdeckten. Das Gebiet, in dem sie sich jetzt bewegten, nannte man die Sterntreppen, weil es steil abfiel und zu tiefer gelegenen Ebenen führte. Da, ein Krachen hinter der nächsten Biegung, dann das unverkennbare Quietschen: Schweine!

Er sagte Gwenny, sie sollte auf ihn warten, dann nahm er gekonnt seinen Bogen von der Schulter, legte einen Pfeil auf die Sehne und stieg hinab. Nun kam sein Jägerblut in Wallung, er vergaß alle Sorgen und schlüpfte wie ein Geist durch das Dickicht. Mit einem Blick wünschte Gwenny ihm viel Glück, doch das bemerkte er nicht mehr.

Auf der tieferen Ebene hatten die Poniks genügend Platz, wenigstens annähernd ihre volle Höhe zu erreichen. Dort wuchsen sie zu schlanken Bäumen, deren Wipfel bis zu Complain heraufreichten. Er rutschte bis an den Rand des Abhangs und spähte zwischen den Ponikbäumen auf die untere Ebene hinab. Dort sah er ein Tier, das zufrieden die Blätter vom Boden fraß; mehr sah er nicht, obwohl das Quietschen auf die Anwesenheit von Jungtieren deutete.

Als er, immer umgeben vom allgegenwärtigen Dickicht, sich vorsichtig den Hang hinabarbeitete, dachte er einen Augenblick an das Leben, das er im Begriff war, zu vernichten. Ein Schweineleben! Sofort war der Gedanke wieder verpufft. Die Lehre schätzte »Weichheit« ganz und gar nicht.

Neben der Sau standen drei weitere Schweine zwei schwarze und zwei braune, zottige, langbeinige Kreaturen, wie Wölfe mit ihren schnuppernden Nasen und langen Hauern. Freundlicherweise bot die Sau seinem schußbereiten Pfeil die Breitseite. Argwöhnisch hob sie den Kopf und spähte mit ihren kleinen Augen durch das Gitter aus Baumstämmen, das sie umgab.

»Roy! Roy, Hilfe!«

Der schneidende Schrei kam von oben: Gwennys Stimme, ihre Stimme, wenn sie Angst hatte.

Die Schweinefamilie ergriff sofort die Flucht, die Frischlinge immer dicht hinter der Mutter. Der Lärm, den sie dabei machte, übertönte nicht ganz die Kampfgeräusche über dem Kopf des Jägers.

Complain zögerte keinen Augenblick. Der Schock bei Gwennys erstem Schrei hatte bewirkt, daß er den Pfeil fallen gelassen hatte. Er ließ ihn einfach liegen, zückte seinen Schlagstock und kletterte so schnell er eben konnte zurück, die Sterntreppe hinauf. Aber eine Steigung im Urwald ist nicht gerade das günstigste Gelände, wenn man es eilig hat; als er oben war, war Gwenny verschwunden.

Links von ihm knackte es im Dickicht, er hinterher. Um ein möglichst kleines Ziel zu bieten, lief er praktisch auf allen vieren, und bald sah er zwei Männer vor sich, die Gwenny wegtrugen. Sie wehrte sich nicht. Anscheinend hatten sie sie bewußtlos geschlagen.

Es war der dritte Mann, den Complain nicht sehen konnte, weil er hinter seinen Kameraden zurückgeblieben war, um ihre Spuren zu verwischen. Dieser Mann hätte ihn fast erledigt. Sein Pfeil zischte an Complains Ohr vorbei. Sofort ließ er sich fallen, um einem zweiten Pfeil auszuweichen. Noch tiefer kriechend, versteckte er sich im Unterholz. Ein toter Jäger konnte keinem mehr nützen.

Alles war wieder still bis auf das immerwährende Knistern der wie wahnsinnig wachsenden Pflanzen. Ein lebender Jäger in seiner Situation konnte auch niemandem nützlich sein.

Erst nacheinander und dann auf einmal stürzten die Tatsachen auf ihn ein. Die Schweine waren futsch; Gwenny hatte er verloren; er würde vor den Rat treten müssen und erklären, warum ihnen auf einmal eine Frau fehlte. Für einen Augenblick vernebelte der Schock die wirklich wichtige Veränderung in seinem Leben: Er hatte Gwenny verloren. Er liebte sie nicht, öfter haßte er sie, doch sie war die Seine gewesen, und er brauchte sie.

Endlich kam der Zorn, träufelte in seine Gedanken und ertränkte alle anderen Gefühle. Wut! Das war das Mittel für all psychischen Wunden. Er klaubte wurzeldurchsetzte Erde vom Boden, warf damit um sich, verzerrte sein Gesicht und rührte seine Wut auf wie Eierschnee in einer Schüssel. Wahnsinn, Wahnsinn ... er warf sich flach auf den Boden, schlug ihn mit Fäusten, wütete, stöhnte ... doch alles lautlos.

Schließlich war die Wut verbraucht, er fühlte sich leer. Lange Zeit blieb er einfach sitzen, den Kopf in den Händen, kein Denken mehr, das Gehirn leer. Nun konnte er nur noch aufstehen und zu den Quartieren zurückgehen. Er mußte Bericht erstatten. Zähe Gedanken trieben durch die Leere in ihm.

»Ich könnte ewig hier sitzen bleiben. Die milde Brise, immer warm genug, immer genug Licht. Die Poniks wachsen und sterben um mich herum. Nichts kann mir hier passieren. Ich werde sterben ...

Aber nur wenn ich lebe, kann ich das fehlende Glied finden, das große Etwas. Etwas, das ich zu finden mir als Kind versprochen habe. Vielleicht finde ich es jetzt nie mehr, oder Gwenny findet es vielleicht an meiner Stelle – nein, das ist unmöglich, sie war ja nur der Ersatz dafür ... vielleicht existiert es gar nicht. Aber wenn etwas so Großes nicht existiert, dann nur, weil es die Existenz *enthält*. Ein Loch, eine Mauer. Wie sagt noch der Priester: Einst war großes Elend in der Welt.

Ich kann mir das Etwas fast vorstellen. Es ist groß, so groß wie ... es gibt nicht Größeres als die Welt, es sei denn die Welt selbst. Welt, Schiff, Planet Erde ... Theorien anderer Völker, mit denen ich nichts zu tun habe. Theorien sind keine Lösung, nur unglückliche Irrtümer, Wirrtümer, Trauer, Tod.

Steh auf, du weicher Schwachkopf.«

Schließlich gelang es ihm, sich aufzuraffen. Es gab zwar keinen Grund, zu den Quartieren zurückzukehren, aber hier sitzen zu bleiben, dafür gab es auch keinen. Vielleicht hielt ihn die Erwartung der Gleichgültigkeit, die in der Siedlung herrschte, am meisten davon ab, sich auf den Weg zu machen. Es war das kontrollierte Aneinandervorbeischauen, das schmierige Lächeln der anderen, wenn sie über Gwennys Schicksal phantasieren würden, die Bestrafung für ihren Verlust. All das ließ ihn nicht gerade eilig zurückgehen.

Complain pfiff, bevor er in Sichtweite der Lichtung vor der äußersten Barrikade kam. So wurde er identifiziert und konnte die Siedlung betreten. Während seiner kurzen Abwesenheit hatte eine erstaunliche Veränderung stattgefunden. Sogar in seinem dumpfen Zustand konnte ihm das nicht entgehen.

Daß die Bekleidung im Greene-Stamm ein Problem darstellte, konnte man daran erkennen, daß kaum zwei Leute das gleiche anhatten; nicht aus Individualismus, der hier keine erstrebenswerte Einstellung war, sondern aus nackter Not. Bekleidung hatte im Stamm weniger die Aufgabe, zu wärmen, vielmehr war sie ein Siegel der Moral, indem sie den Körper verhüllte und gleichzeitig gerade so weit entblößte, wie die gängige Sitte es vorschrieb. Außerdem bildete sie einen einfachen Maßstab für die soziale Stellung des Trägers. Nur die Elite, die Wächter und Jäger und Leute wie der Preismacher, konnte sich für gewöhnlich so etwas wie eine Uniform leisten. Die übrigen liefen in einer willkürlichen Kombination von Stoffen und Häuten herum.

Doch jetzt war der älteste Fetzen so sauber wie die Uniform der Wächter. Der geringste Arbeiter trug ein leuchtendgrünes Gewand!

»Was, zum Teufel, geht hier vor, Butch?« fragte Complain einen Mann, der ihm entgegenkam.

»Nur das Beste für dein Ego, mein Freund. Die Wächter haben ein Lager voll Farbstoff entdeckt. Hol dir was zu trinken! Es wird ein tolles Fest geben.«

Als er weiterging, kam er an einer aufgeregt schnatternden Menschenmenge vorbei. Entlang der Straße brannte ein Feuer nach dem anderen; darüber hingen wie beim Hexensabbat die größten Töpfe, die man auftreiben konnte, randvoll mit gelber, roter, rosafarbener, grüner, schwarzer, wasserblauer, himmelblauer Brühe. Darin blubberte und dampfte es, und rundherum wimmelten die Menschen, tauchten ihre Kleider mal hier, mal dort in einen der Töpfe. Durch die bunten Nebel drangen schrille Schreie von sonst eher seltener Begeisterung und Lebensfreude.

Als der Rat erst beschlossen hatte, daß er mit den Farben nichts anfangen konnte, hatten die Wachen die Beutel unters Volk geworfen. Dabei waren viele davon zerplatzt oder aufgeschlitzt und der Inhalt an die Wände oder auf den Boden geschmiert worden. Daher waren jetzt überall im Dorf bunte Flecken, Streifen und Bilder in den leuchtendsten Farben zu sehen.

Der Tanz hatte begonnen. In ihren noch nassen Kleidern, aus denen die Farbe in buten Rinnsalen zu braunen Pfützen zusammenfloß, tanzten und wirbelten die Leute auf den Plätzen herum. Ein Jäger sprang auf eine Kiste und stimmte ein Lied an. Eine Frau in gelber Robe stellte sich neben ihn und klatschte in die Hände. Eine andere Frau spielte ein Tambourin. Immer mehr Menschen gesellten sich um die Zaubertöpfe und reihten sich in die tanzende, singende, stampfende Menge ein; atemlos – aber glücklich. Sie waren besoffen von Farbe. Die meisten von ihnen hatten vorher überhaupt nicht gewußt, was das ist.

Allmählich kamen auch die Handwerker und Wächter hinzu. Auch sie konnten sich der allgemeinen Euphorie nicht mehr entziehen und tanzten, zunächst etwas schüchtern, mit der aufgeputschten Bevölkerung. Von den Feldern und von den verschiedenen Arbeitsplätzen an den Barrikaden kamen die Männer herbei, um sich ihren Teil an der Belustigung zu sichern.

Complain starrte unbewegt auf das Treiben, dann drehte er sich um und machte sich auf den Weg zur Verwaltung, um Bericht zu erstatten.

Ein Offizier hörte sich seine Geschichte ruhig an und leitete ihn mit einem kurzen Befehl an Leutnand Greene selbst weiter.

Eine Frau zu verlieren, konnte eine ernste Sache sein. Der Greene-Stamm umfaßte zur Zeit etwa neunhundert Seelen, davon die Hälfte minderjährig und nur ungefähr einhundertdreißig Frauen. Wenn es in der Siedlung Streit gab, dann meistens zwischen zwei Männern, die dieselbe Frau freien wollten.

Complain wurde nun vor Leutnant Greene geführt. Der alte Mann saß von Wachen flankiert hinter einem alten Schreibtisch. Seine Augen waren unter buschigen Brauen wohl verborgen. Er brauchte nichts zu sagen und keine Bewegung zu machen, er verbreitete auch so schon Unbehagen.

»Nur das Beste für Ihr Ego, Sir«, grüßte Complain demütig.

»Auf Ihre Kosten«, kam die steife Antwort. Dann brüllte der Chef: »Wie haben Sie es nur fertiggebracht, Ihre Frau zu verlieren, Jäger Complain?«

Stotternd erzählte er von dem Überfall am Rand der Sterntreppe. »Vielleicht waren es Voruns-Menschen«, schlug er vor.

»Fangen Sie hier nicht mit diesem Mist an«, bellte Zilliac, einer von Greenes persönlichen Dienern. »Wir kennen diese Märchen von angeblichen Superrassen, und wir glauben nichts davon. Der Greene-Stamm wird diesseits der Todesstraßen von nichts und niemandem übertroffen.«

Während Complain weitererzählte, wurde der Leutnant allermählich immer wütender. Seine Glieder begannen zu zittern, seine Augen füllten sich mit Tränen, er riß den Mund auf, bis der Speichel auf seinem Kinn glänzte; aus seiner Nase spritzte der Schleim, sein Schreibtisch schien im Rhythmus seiner Wut mit zu zittern, er grollte und donnerte, und unter dem zottigen weißen Haarschopf wurde seine Haut dunkelrot. Bei aller Angst, die er verspürte, mußte Complain immerhin einräumen, daß der Chef ihm eine brillante, atemberaubende Show bot.

Auf dem Höhepunkt seiner Darbietung bebte der Leutnant wie ein Besessener, aller Zorn schien von ihm abzufallen; dann stürzte er zu Boden und blieb reglos liegen. Schon standen Zilliac und sein Kamerad Patcht mit gezückten Betäubern über ihm, im Gesicht einen angemessen wütenden Ausdruck.

Langsam, sehr langsam und zitternd kroch der Leutnanf auf seinen Stuhl zurück. Das notwendige Ritual hatte ihn erschöpft. »Eines Tages wird er sich bei diesem Auftritt noch umbringen«, dachte Complain bei sich. Der Gedanke beruhigte ihn ein wenig.

»Und nun zu der Strafe, die das Gesetz für Sie vorsieht«, hauchte der Greis mit leiser Stimme. Dabei sah er sich hilflos im Zimmer um.

»Trotz ihres ehrbaren Vaters war Gwenny keine gute Frau«, sagte Complain und leckte sich die Lippen. »Sie konnte keine Kinder bekommen, Sir. Wir hatten zwar eins, ein Mädchen, doch das starb kurz nach der Geburt. Danach konnte sie kein Kind mehr empfangen. Marapper, der Priester, hat uns das erzählt.«

»Marapper ist ein Narr!« schrie Zilliac.

»Deine Gwenny war ein gut gebautes Mädchen«, sagte Patcht, »sie war hübsch, einfach begehrenswert.«

»Sie wissen, wie die Gesetze sind, junger Mann«, sagte

der Leutnant. »Mein Großvater hat sie aufgestellt, als er den Stamm gründete. Nach der Lehre sind sie das Wichtigste für unser, äh, Leben … was ist das für ein Aufruhr da draußen? Ja, mein Großvater, ein großer Mann, ja. Ich weiß noch, wie er mich rufen ließ, kurz vor seinem Tod …«

Noch immer durchströmte Complain Angst, weite giftige Ströme, doch in einem Augenblick plötzlicher Klarheit sah er die vier Quellen der Angst, die sein Leben bedrohten und unerträglich machen konnten. Plötzlich wußte er, daß die anderen Menschen nur Interpretationen oder Manifestationen seiner eigenen Ängste waren. Sie waren isoliert, jeder bekämpfte seinen Nächsten.

»Welches Urteil wollen Sie sprechen?« unterbrach Zilliac lautstark die Reminiszenzen des Leutnants.

»Oh, ach so, ja. Ich glaube, mit dem Verlust Ihrer Frau sind Sie schon genug bestraft, Complain. Im Moment haben wir auch keine andere Frau für Sie. Was ist das denn da draußen für ein Radau?«

»Er muß bestraft werden, sonst könnten die Leute denken, Sie würden weich, Sir«, riet Patcht eindringlich.

»Ja, ganz richtig, richtig. Ich wollte ihn ja auch bestrafen. Ihr Ratschlag war ganz unnötig, Patcht. Jäger – äh, hm – Complain: Von heute an sollen Sie sechs Schlaf- und Wach-Perioden lang jeweils vor dem Schlafengehen vom Hauptmann der Wache sechs Stockschläge erhalten. Gut. Sie können gehen. Und Zilliac, sei so gut und schau doch mal nach, was dieser Lärm zu bedeuten hat, ja?«

So fand sich Complain im Freien wieder. Er stand vor einer Mauer aus Stimmen, Musik und Farbe. Alles schien sich zu einer Freudenorgie auf der Straße eingefunden zu haben, sie tanzten wie von Sinnen. Normalerweise hätte er sich sofort ebenfalls in das Vergnügen gestürzt. Wie alle anderen war auch er froh über jede Gelegenheit, bei der er den bedrückenden Alltag vergessen konnte. Doch in seiner augenblicklichen Stimmung drückte er sich lieber an der Menge vorbei und versuchte, ihren Blicken auszuweichen.

Dennoch ging er nicht sofort in seine Wohnung. (Dort würde er auch bald ausziehen müssen, weil alleinstehende Männer keinen Anspruch auf eine Wohnung hatten.) Er trödelte lustlos um die Tanzplätze herum und dachte mit Bauchweh an die Schläge, die auf ihn zukamen. Gruppen von Tanzpaaren sonderten sich aus dem Getümmel ab und hüpften ausgelassen zur Musik der Saitenzupfer. Die Musik war berauschend, und die frenetischen Bewegungen der Tänzer konnten einem unbeteiligten Beobachter schon angst und bange machen. Es gab nur wenige, die sich nicht an dem Fest beteiligten: Der große finstere Arzt Lindsey war einer davon; Fermour natürlich, der viel zu langsam war für diesen Wirbel; und Wantage, der sein entstelltes Gesicht von der Menge abwandte, schließlich der amtliche Schläger, der seine Pflicht zu tun hatte und zur festgesetzten Zeit mit ein paar Wachen vor Complain erschien. Grob rissen sie ihm das Hemd vom Rücken, und Complain empfing die erste Ration seiner Strafe.

Normalerweise fanden sich bei einer solchen Gelegenheit reichlich Zuschauer ein, doch heute gab es eine noch bessere Belustigung. So litt Complain fast unter Ausschluß der Öffentlichkeit. Morgen würde man ihm schon mehr Beachtung schenken. Er zog sein Hemd über die Wunden und ging erschöpft zu seiner Wohnung. Dort fand er Marapper, den Priester, vor, der schon auf ihn wartete.

3

Der Priester war eine mächtige Erscheinung. Er kauerte geduldig auf dem Boden und streichelte seinen ausladenden Kugelbauch. Diese Pose war bei ihm weniger ungewöhnlich als die Zeit, die er sich für seinen Besuch ausgesucht hatte. Complain blieb vor ihm stehen und wartete auf einen Gruß oder eine Erklärung. Doch der dicke Mann sagte keinen Ton, so daß Complain sich gezwungen sah, zuerst etwas zu sagen, vielmehr zu grunzen; mehr zu äußern verbot ihm der Stolz. Marapper antwortete brummend:

»Möge dein Ego sich nur vergrößern, mein Sohn.«

»Auf Ihre Kosten, Vater.«

»Und Aufruhr in meinem Id«, setzte der Priester die Begrüßung in aller Frömmigkeit fort, wobei er auch nicht die der allgemeinen Mode entsprechende Verbeugung vergaß, ohne jedoch Anstalten zu machen, sich zu erheben.

»Man hat mich geschlagen, Vater«, sagte Complain langsam; aus einem Krug nahm er einen kleinen Schluck gelblichen Wassers, trank einen Teil davon und bändigte mit dem Rest seine zerzauste Frisur.

»Ich habe davon gehört, Roy, ich weiß. Ich hoffe, die Erniedrigung hat deinen Geist erleichtert.«

»Ja, nur leider auf Kosten meines Rückgrats.«

Langsam und vorsichtig zog er sich sein Hemd über die Schultern. Er stöhnte. Der Schmerz, den er spürte, wenn die Fasern sich aus den Wunden lösten, war fast angenehm. Wenn er das nächste Mal schlafen ginge, würde es schlimmer sein. Schließlich warf es das blutige Hemd auf den Boden und spuckte darauf. Er war doch etwas verunsichert durch die Art, wie der Priester über seine Probleme hinwegsah.

»Sie tanzen nicht, Marapper?« fragte er spitz.

»Meine Pflichten betreffen den Geist und nicht die Sinne«, sagte der Priester frömmelnd. »Außerdem kenne ich bessere Wege, zu vergessen.«

»Zum Beispiel könnten Sie sich ja in den Dschungel verschleppen lassen, Hochwürden.«

»Gut so, mein Junge, es freut mich, daß du so stark und hart bist. So sieht es die Lehre am liebsten. Ich hatte schon befürchtet, du wärst viel schlechter gelaunt, doch glücklicherweise scheinst du meiner Dienste gar nicht zu bedürfen.«

Complain schaute dem Priester ins Gesicht, vermied jedoch, sich in den sanften Augen Marappers zu verlieren. Es war kein hübsches Gesicht. Eigentlich sah es in diesem Augenblick überhaupt nicht wie ein Gesicht aus sondern wie ein Grob aus Fett gebildetes Totem, vielleicht ein Denkmal der Tugenden, durch die die Menschheit überlebte: Verschlagenheit, Habgier und Selbstsucht. Unfähig, sich selbst zu helfen, wandte sich Complain nun zu diesem; ihn kannte er, ihm konnte er rückhaltlos vertrauen.

»Ich will Sie nicht mit meinen Neurosen belästigen, Vater. Wie Sie wissen, habe ich meine Frau verloren, und damit habe ich auch mein Leben zerstört. Alles, was ich mir geschaffen habe – und das ist nicht viel –, ist vergangen, und was ich noch besitze, wird man mir bald gewaltsam abnehmen. Die Wächter werden kommen, die Wächter, die mich heute geschlagen haben und die mich wieder schlagen werden. Sie werden kommen und mich aus meiner Wohnung vertreiben, weil ich in Zukunft bei den Junggesellen und Knaben leben muß. Kein Lohn mehr für die Jagd, keine Linderung mehr für meine Sorgen. O Priester, die Gesetze dieses Stammes sind einfach zu hart – die Lehre selbst ist furchtbar grausam – die ganze Welt ist nichts weiter als eine einzige Folterkammer. Warum muß das so sein? Warum soll es nicht die Chance geben, glücklich zu werden? Ich glaube, ich werde Amok laufen wie schon mein Bruder. Ich werde mich durch das dumme Pack dort draußen schlagen und ihnen, jedem einzelnen, eine Erinnerung an meine Unzufriedenheit ins Fleisch schneiden!«

»Schluß, erspare mir das«, schnitt ihm der Priester das Wort ab. »Ich habe eine große Gemeinde zu versorgen; deine Bekenntnisse höre ich gern, doch deinen Zorn mußt du für dich behalten.« Er stellte sich auf die Füße, reckte sich und ordnete die schmierige Kutte, die von seinen Schultern herabhing.

»Aber was bringt uns denn dieses Leben hier?« fragte Complain weiter, der sich zügeln mußte, seine Fingernägel nicht in diesen fetten Hals zu graben und zuzudrücken. »Warum sind wir hier? Was ist der *Sinn* der Welt? Sie sind ein Priester – sagen Sie es mir – geradeheraus!«

Marapper stöhnte entnervt und hob seine Fäuste in Abwehrhaltung. »Oh, meine Kinder, eure Unwissenheit macht mich traurig. Welchen Sinn die Welt hat! Du sagst ›die Welt‹ und meinst diesen winzigen, unzivilisierten Stamm. Die Welt ist aber mehr als das. Wir sind die Welt – alles: Die Poniks, die Todesstraßen, das Voruns-Volk, das ganze Gerümpel befindet sich in einer Art Kasten, den man ein Schiff nennt, und der sich von einer Zelle der Welt zu einer anderen bewegt. Wie oft habe ich dir das schon gesagt, aber du scheinst es einfach nicht begreifen zu wollen.«

»Ach diese Theorie schon wieder«, seufzte Complain. »Was macht es chon für einen Unterschied, ob man die Welt ein Schiff nennt oder umgekehrt.«

Aus irgendeinem Grund wirkte die Schiffs-Theorie, obwohl sie in der Siedlung nicht allgemein anerkannt war, aufregend und erschreckend auf ihn. Er preßte die Lippen zusammen und sagte: »Ich möchte jetzt schlafen, Vater. Wenigstens der Schlaf verschafft mir noch Erleichterung. Sie geben mir doch nur Rätsel auf. Manchmal sehe ich Sie sogar im Schlaf; Sie erzählen mir laufend Dinge, die ich verstehen müßte, aber in Wirklichkeit verstehe ich kein einziges Wort.«

»Nicht nur in deinen Träumen«, sagte der Priester freundlich. »Ich wollte dich eigentlich etwas Wichtiges fragen, aber damit muß ich noch warten. Morgen werde ich wiederkommen; ich hoffe, dann bist du nicht mehr so der Willkür deines Adrenalinspiegels unterworfen.« Mit diesen Worten verließ er die Wohnung.

Lange starrte Complain noch auf die Tür, die sich hinter dem Priester geschlossen hatte. Die Geräusche des Fests, das auf der Straße tobte, hörte er gar nicht mehr. Schließlich kletterte er müde in sein leeres Bett.

Doch kein gnädiger Schlaf wollte ihn erlösen. Seine Gedanken kreisten um die endlosen Streitereien mit Gwenny, die die Luft in diesem Raum vergiftet hatten – die Suche nach einer noch grausameren, noch kränkenderen Bemerkung, die Ausweglosigkeit aus dem täglichen Ehekrieg. So lange hatte er es ertragen, und jetzt – vorbei. Von nun an würde Gwenny mit irgend jemand anderem schlafen. Seine Gefühle setzten sich aus Reue und Erleichterung zusammen.

Als er die Ereignisse, die zu Gwennys Entführung geführt hatten, vor seinem geistigen Auge noch einmal ablaufen ließ, erinnerte er sich plötzlich wieder an die gespenstische Gestalt, die sich zwischen den Poniks in Luft aufgelöst hatte, als sie sich ihr näherten. Er saß aufrecht im

Bett und war nicht nur von dem unerklärlichen Verschwinden der Erscheinung beunruhigt. Draußen war inzwischen alles ruhig. Seine rasenden Gedanken mußten ihn länger beschäftigt haben, als es ihm vorkam. Der Tanz war vorbei, die Tänzer schlafen gegangen. Nur sein Bewußtsein bewegte noch den Totenschleier, der über den Gängen der schlafenden Siedlung lag. Wenn er jetzt seine Tür öffnete, hörte er vielleicht das ferne, unablässige Rascheln der wachsenden Poniks.

Doch die Angst machte ihm den Gedanken, die Tür zu öffnen, unerträglich. Er dachte an die vielen Gerüchte und Legenden über fremde Wesen, die in der Siedlung kursierten.

Zunächst sprach man da von den geheimnisvollen Völkern von Voruns. Voruns war sehr weit weg; die Menschen dort verfügten über fremdartige Werkzeuge, Waffen und unbekannte Kräfte. Sie rückten langsam durch den Dschungel vor und würden am Ende all die kleinen Stämme auslöschen: So sagte jedenfalls die Legende. Doch wie wunderbar ihre Kräfte auch immer sein mochten, jedenfalls waren es Menschen; etwas anderes wurde nie behauptet.

Die Mutanten galten als Untermenschen. Sie lebten als Einsiedler, von ihren Stämmen vertrieben, mitten im Dschungel oder in kleinen Banden. Sie hatten zu viele Zähne oder zu viele Arme oder zuwenig Hirn. Manche konnten nur über den Boden kriechen oder hoppeln oder sich schlängeln, weil ihnen irgendwelche Gliedmaßen fehlten. Sie waren sehr scheu, deshalb hatte man ihnen etliche schlechte Eigenschaften angedichtet.

Und dann gab es noch die Außenseiter, die als Nichtmenschen galten. Alte Männer wie Eff wurden in ihren Träumen ständig von diesen Wesen heimgesucht. Sie waren auf übernatürliche Weise aus den Sümpfen des Urwalds entstanden. Wo niemand sonst hinkam, atmeten sie das Leben ein. Sie hatten weder Herz noch Lunge, sahen äußerlich aber wie gewöhnliche Menschen aus. So konnten sie unentdeckt unter den Sterblichen leben, dort den Menschen wie Vampire die Kraft aussaugen, um selbst weiter existieren zu können. Von Zeit zu Zeit hielten die Stämme Hexenjagden ab, doch wenn man die Verdächtigen dann aufschnitt, fand man immer Herz und Lunge. Die Außenseiter konnten immer wieder der Entlarvung entgehen – und trotzdem waren alle überzeugt davon, daß es sie gab: Allein die Tatsache, daß es Hexenjagden gab, war Beweis genug dafür.

Vielleicht scharten sie sich gerade vor seiner Tür zusammen, genauso lautlos und unheimlich wie die Erscheinung im Ponikdschungel verschwunden war.

Das war die simple Mythologie des Greene-Stamms. Grundsätzlich unterschied sie sich nicht von der Hierarchie der Waldgeister, an die die anderen Stämme glaubten, die langsam durch das als Todesstraßen bekannte Gebiet zogen. Innerhalb dieser Hierarchie, freilich an hervorgehobener Stelle, nahmen auch die Riesen ihren Platz ein. Die Voruns-Leute, die Mutanten und die Außenseiter existierten, das wußte man, gelegentlich hatte man schon einen Mutanten gefangen und ihn vor den Leuten in der Siedlung tanzen lassen, bis sie seiner müde wurden und ihn auf die lange Reise schickten. Es gab genügend Krieger, die schwuren, schon einsame Gefechte gegen Voruns-Menschen und Außenseiter geführt zu haben. Dennoch – diese drei Gattungen waren unfaßbar; in Wachperioden oder in Gesellschaft lief man ihnen niemals über den Weg.

Die Riesen waren anders, sie waren real. Einst hatte alles ihnen gehört, die ganze Welt. Manche behaupteten sogar, daß die Menschen von ihnen abstammten. Überall lagen ihre Trophäen verstreut, ihre Größe war offenbar. Wenn sie jemals wieder erschienen, gäbe es keine Gegenwehr.

Hinter all diesen phantastischen Figuren stand noch eine, undeutlich wie in ewiger Dämmerung, eigentlich mehr ein Symbol als ein Wesen. Sein Name war Gott, und Angst brauchte man vor ihm nicht zu haben. Sein Name wurde aber von niemandem mehr ausgesprochen, und es konnte einen wundern, wie er sich trotzdem von Generation zu Generation überliefert hatte. Er stand in einer undefinierbaren Verbindung mit dem Spruch »um Himmels willen«. Er war sehr gebräuchlich, um irgend etwas zu bekräftigen oder seinem Ärger Luft zu machen, hatte jedoch keine präzise Bedeutung. Gott war zum milden Fluch verkommen.

Was Complain auf dieser Jagd erlebt hatte, war alles in allem viel aufregender als das: Plötzlich erinnerte er sich wieder an die Kinderschreie, die er und Gwenny gehört hatten. Langsam begann er, den Zusammenhang zwischen diesen beiden Tatsachen zu erkennen. Der Mann im Dschungel, der sich nähernde Stamm ... Der Mann war bestimmt kein Außenseiter gewesen oder irgend etwas ähnlich Geheimnisvolles. Viel wahrscheinlicher war, daß er ein Jäger aus Fleisch und Blut war, der zu dem anderen Stamm gehörte. So einfach, so offensichtlich war die Lösung ...

Complain legte sich zurück und entspannte sich. Eine simple Ableitung hatte seine Dummheit, seine Ratlosigkeit unmerklich aus dem Weg geschoben. Wenn es ihm auch nicht gefiel, wie lange er für das Offensichtliche blind gewesen war, so war er doch stolz auf seine plötzliche Erleuchtung. Das war es nämlich, was er nie genug tat: Nachdenken, Schlüsse ziehen – den Verstand einsetzen. Alles, was er tat, war viel zu sehr automatisiert, nur bestimmt von den Stammesgesetzen oder von der universellen Lehre oder von seinen momentanen Stimmungen – ab heute sollte sich das ändern. Von nun an wollte er sein wie – ja, wie Marapper zum Beispiel. Er wollte die Dinge abwägen und bewerten, die immateriellen Dinge in Preiskategorien einordnen, wie Roffery es mit den materiellen Gegenständen des täglichen Lebens machte.

Versuchsweise kramte er in seiner Erinnerung nach anderen Fakten, die er noch einordnen konnte. Vielleicht bekäme sogar die Schiffstheorie noch einen Sinn, wenn er nur genug Fakten sammelte. Er hätte den sich nähernden Stamm Leutnant Greene melden müssen. Daran hatte er nicht geglaubt, er hatte einen Fehler begangen. Wenn die Stämme aufeinanderträfen, würde es schwere Kämpfe geben. Die Greenes mußten darauf vorbereitet werden. Na gut, den Bericht konnte er auch noch später liefern.

Allmählich kam der Schlaf über ihn.

Als er aufwachte, empfingen ihn keine Kochdünste. Er richtete sie auf, gähnte, reckte sich und stieg aus dem Bett. Zuerst dachte er: Ach, bin ich fertig. Dann merkte er, wie unter der Erschöpfung etwas anderes brodelte, das große Etwas. Es würde passieren, er würde etwas tun, vielleicht nicht jetzt, aber es würde kommen, wie, würde er später sehen. Das große Etwas.

Er rutschte in seine Hausschuhe, schlappte zur Tür und schaute nach draußen. Ungewöhnliche Stille empfing ihn. Er folgte ihr weiter auf die Lichtung hinaus.

Das Fest war vorbei. Viele Leute hatten wohl keine Lust mehr gehabt, in ihre Appartements zu gehen und lagen dort, wo der Schlaf sie überwältigt hatte, inmitten der Überreste ihrer Orgie. Sie lagen auf dem harten Boden, manche wachten auch auf, schienen aber nicht daran zu denken, sich irgendwo bequemer zu betten. Nur die Kinder schrien wie gewöhnlich und zwangen ihre schlaftrunkenen Mütter, sich um sie zu kümmern. Die Siedlung sah aus wie ein Schlachtfeld, nur war bisher noch kein Blut geflossen. Das wirkliche Leiden stand ihnen noch bevor.

Complain stieg leise über die Schlafenden hinweg in Richtung Kantine, wo er bei den alleinstehenden Männern vielleicht etwas zu essen bekommen würde. Er stieg über ein Liebespaar, das auf einem Travel-Up-Feld zusammenlag. Der Mann war Cheap. Nach seinem Gesichtsausdruck war er im Himmel, seinen Arm immer noch irgendwo unter dem Kleid des pummeligen Mädchens, mit dem er getanzt hatte. Ihre Füße schienen auf der Milchstraße zu wandeln, während die kleinen Fliegen ihr die Beine hochkrabbelten.

Dort kam eine Gestalt auf ihn zu, seine Mutter, wie er beunruhigt erkannte. Es war eine Art ungeschriebenes Gesetz in den Quartieren, daß ein Kind jeden Kontakt zu seinen Geschwistern abbrechen sollte, sobald es einem Erwachsenen bis an die Hüfte reichte; seine Mutter sollte es nicht mehr kennen, wenn seine Stirn ihren Bauchnabel berührte. Doch seine Mutter war eine geschwätzige Frau. Ihr Mundwerk kümmerte sich nicht darum, was die

Gesetze sagten, und sie ließ keine Gelegenheit aus, mit ihren vielen Kindern zu reden.

»Sei gegrüßt, Mutter«, grunzte Complain. »Nur das Beste für dein Ego.«

»Auf deine Kosten, Roy.«

»Möge dein Bauch dick und rund werden.«

»Du weißt genau, daß ich für diese Gnade langsam zu alt werde.« Sie schien über die Förmlichkeit irritiert zu sein, mit der er sie ansprach.

»Ich will mir gerade etwas zu essen besorgen, Mutter.«

»Dann stimmt es also, Gwenny ist tot. Ich habe es gewußt! Bealie war dabei, als du geschlagen wurdest, und hat auch die Bekanntmachung mitbekommen. Das wird ihrem armen alten Vater den Rest geben, weißt du. Ich konnte leider nicht kommen – zu der Stockstrafe, meine ich –, sonst lasse ich, wenn irgend möglich, ja keinen Termin aus. Nur gestern habe ich so ein wunderbares Grün bekommen, daß ich gleich alles damit färben mußte. Auch das Kleid, das ich jetzt trage. Gefällt es dir? Ach, ich finde es so aufregend ...«

»Hör zu, Mutter, mein Rücken tut weh, ich bin jetzt nicht zum Schwätzen aufgelegt.«

»Natürlich tut es weh, Roy. Hast du etwas anderes erwartet? Ich will gar nicht daran denken, wie es erst sein wird, wenn du die Strafe hinter dir hast. Ich habe ein bißchen Fett, das ich dir auf die Wunden schmieren kann. Wenn du noch ein Stückchen Fleisch für ihn hast, wird sich später noch Doktor Lindsey darum kümmern. Übrigens solltest du jetzt, wo Gwenny weg ist, immer ein Stück Wild für solche Fälle auf Lager haben. Eigentlich habe ich sie nie gemocht ...«

»Ach, Mutter ...«

»Weißt du was: Ich begleite dich zur Kantine. Ich hatte sowieso nichts Bestimmtes vor. Unter uns: Ich habe vom alten Toomer Munday gehört – der Himmel weiß, wo er das wieder her hat –, daß die Wachen in dem Farblager auch etwas Tee und Kaffee gefunden haben. Den haben sie natürlich nicht unter die Leute geworfen! Die Riesen haben auch viel besseren Kaffee angebaut, als wir das jemals zuwege bringen können.«

Der Wortschwall umwogte ihn noch, als er gedankenverloren über seinem Essen saß. Danach nahm sie ihn mit in ihre Wohnung und rieb seinen geschundenen Rücken mit Fett ein. Dabei gab sie ihm Ratschläge, die er schon längst kannte.

»Denke daran, Roy, es wird nicht immer alles so düster aussehen wie jetzt. Du hattest einfach Pech. Laß dich davon nur nicht unterkriegen.«

»Es wird sich niemals ändern, Mutter, solange wir nicht wissen, wofür wir eigentlich leben.«

»So solltest du nicht reden! Die Lehre sagt doch, daß man nie so bittere Gedanken mit sich herumtragen soll. Wieso kannst du denn die Dinge nicht so sehen wie ich? Ich sage immer: Das Leben ist ein Mysterium. Allein die Tatsache, daß man lebt ...«

»Das kenn' ich schon alles. Für mich ist das Leben nichts weiter als eine Droge, die man auf dem Markt kaufen kann.«

Myra schaute ihm sanft ins wütende Gesicht.

»Wenn ich mich ganz entspannen will«, sagte sie, »dann denke ich immer an ein großes schwarzes Nichts, das sich in alle Richtungen und in alle Ewigkeiten ausbreitet. Und in dieser Finsternis brennen winzige Laternen. Das sind wir, das sind unsere Lebenslichter. So können wir unsere Umgebung erkennen. Aber was diese Umgebung bedeutet, wer die Lampen angezündet hat und *warum* ...« Sie seufzte. »Vielleicht erfahren wir das, wenn unsere Lichter ausgehen, wenn wir auf die lange Reise gehen.«

»Und du sagst, das gibt dir *Ruhe?«* fragte Roy zornig. Schon lange hatte er von seiner Mutter nicht mehr das Lampengleichnis gehört, und wieder tat es ihm wohl, es zu hören. Doch das durfte er seiner Mutter niemals zeigen.

»Ja, ja, es beruhigt mich, denn schau: Unsere Laternen brennen nebeneinander, hier.« Mit einem kleinen Finger berührte sie eine Stelle auf dem Tisch zwischen ihnen. »Ich kann nur dankbar sein, daß mein Licht hier nicht *allein* brennt, einsam im Ungewissen.« Dabei zeigte sie auf einen Punkt in Armeslänge Entfernung.

Kopfschüttelnd stand Complain auf.

»Das verstehe ich nicht«, bekannte er. »Warum soll es dort draußen nicht viel besser sein als hier?«

»Natürlich, das könnte sein, aber es wäre jedenfalls *anders*. Und davor habe ich Angst: Alles wäre anders.«

»Vielleicht hast du recht. Ich wünschte nur, *hier* wäre alles anders. Übrigens, Mutter, mein Bruder Gregg, der den Stamm damals verließ und in den Dschungel ging ...«

»Du denkst immer noch an ihn?« fragte die alte Dame scharf. »Gregg war ein guter Junge. Wäre er hiergeblieben, hätte er es bestimmt zum Wächter gebracht.«

»Glaubst du, er könnte noch am Leben sein?«

Sie schüttelte heftig den Kopf. »Im Dschungel? Die Außenseiter haben ihn bestimmt längst erwischt, da kannst du sicher sein. Schade, sehr schade – Gregg wäre so ein guter Wächter geworden. Das habe ich immer schon gesagt.«

Complain wollte gerade aufstehen und gehen, als seine Mutter ihm zurief: »Der alte Ozbert Bergass atmet immer noch. Man hat mir gesagt, daß er nach seiner Tochter fragt. Es ist deine Pflicht, zu ihm zu gehen.«

Zum ersten Mal sagte sie eine unzweifelbare Wahrheit. Und zum ersten Mal machte ihm eine Pflicht auch Vergnügen, denn Bergass war ein Stammesheld.

Der einarmige Olwell mit einem Bündel toter Enten auf seiner gesunden Schulter war die einzige Menschenseele, die ihm über den Weg lief. Die Räume, die Bergass mit seinem Haushalt bewohnte, lagen nun weit hinten in der Siedlung. Früher einmal waren sie an der Spitze, direkt hinter der vorderen Barrikade gewesen. In der Geschwindigkeit, wie sich der Stamm im Laufe der Jahre Meter für Meter weiterbewegt hatte, war die Wohnung allmählich zurückgefallen. Als sie in der Mitte der Siedlung lag, war Bergass auf der Höhe seiner Macht gewesen. Nun war er ein Greis, und seine Behausung lag weit hinter den anderen Wohnungen. Die letzte Barrikade, die Mauer zwischen

Menschengebiet und Todesstraße, stand direkt hinter seinen Türen. Und von seinen nächsten Nachbarn trennten ihn etliche leere Räume, denn diese Schwächlinge hatten schon vor längerer Zeit Angst bekommen und sich mehr auf die Mitte zu bewegt. Nur er, der störrische alte Mann, blieb wo er war und sponn seine Fäden zu den unzähligen Frauen, die ihn umsorgten und pflegten.

Hier unten hatte man nichts gemerkt von der zeitweiligen Fröhlichkeit. Im Gegensatz zu dem Trümmerfeld, das die übrige Siedlung bedeckte, war hier noch alles genauso unheimlich unberührt wie immer. Vor langer Zeit, vielleicht noch als die Riesen gelebt hatten, hatte es hier eine Art Explosion gegeben. Die Wände waren rußgeschwärzt, und in der Decke über ihm klaffte ein Loch, größer als die Armspanne eines ausgewachsenen Mannes. Vor der Tür des alten Führers brannte kein Licht.

Einzelne Poniksamen waren über die Mauer auf die nur noch knöcheltiefe Krume geflossen, so daß der Gang allmählich zuzuwachsen drohte, was den Eindruck der Verwahrlosung noch verstärkte.

Complain schüttelte sich und klopfte an Bergass' Tür, die sich sofort öffnete, um vor ihm mit einem Schwall von Stimmen und Dampf zu stehen, der ihn bald wie ein Insektenschwarm einhüllte.

»Ihr Ego, Mutter«, begrüßte Complain die alte Hexe höflich, die zu ihm herauslugte.

»Deine Kosten, Krieger. Ach, du bist es, Roy Complain, ist es denn die Möglichkeit? Was willst du? Ich dachte, ihr dummen jungen Männer seid alle noch betrunken! Komm schon rein, aber leise.«

Er trat in einen großen Raum, der über und über mit getrockneten Ponikstangen gefüllt war. Sie bedeckten die Wände und machten aus dem Zimmer einen toten Wald. Bergass war schon immer von der Idee besessen gewesen, daß man die eigentlichen Bestandteile der Welt, Wände und Böden, vernichten sollte und daß der Stamm draußen in den Ponikdschungeln in Hütten aus eben diesen Stangen leben sollte. Er selbst hatte das in vielen Winkeln der

Todesstraßen ausprobiert und überlebt; doch niemand sonst hatte seine Idee ernstgenommen.

Der Duft einer Brühe, die in einem großen Kessel in einer Ecke des Zimmers brodelte, stieg Complain in die Nase. Ein junges Mädchen rührte darin; andere Frauen hatten sich, wie er durch die Dampfschwaden erkennen konnte, im Raum verteilt. Und siehe da, Ozbert Bergass selbst saß in der Mitte auf einem Teppich und hielt eine Rede, der kein Mensch zuhörte, weil alle mit ihren eigenen Gesprächen beschäftigt waren. Complain wunderte sich, daß man überhaupt sein Klopfen gehört hatte.

Er kniete neben dem alten Mann nieder. Die schleichende Fäulnis war schon weit fortgeschritten. Wie immer im Bauch beginnend, arbeitete sie sich schnell den kurzen Weg zum Herzen vor. Fingerlange weiche braune Geschwüre wuchsen ihm aus dem Fleisch und ließen den geschundenen Körper aussehen wie einen mit abgebrochenen Pfeilen gespickten Leichnam.

»... und dann war das Schiff verloren, und die Menschen und das Verlieren war verloren«, sprach der alte Mann röchelnd, während er Complain aus schwarzen Augen fixierte. »Und ich bin in dem ganzen Wrack herumgeklettert und ich weiß es, ich sage euch, je mehr Zeit vergeht, desto kleiner wird die Chance, daß wir uns selbst wiederfinden. Ihr dummen Frauen versteht das nicht, euch kümmert es nicht, doch ich habe Gwenny so oft gesagt, daß er dem Stamm schadet. ›Du machst es falsch‹, habe ich ihm gesagt, ›du zerstörst alles, was du findest, weil du nichts damit anfangen kannst. Du verbrennst die Bücher und die Filmrollen‹, habe ich gesagt, ›du vernichtest sie, weil du Angst hast, jemand könnte sie gegen dich verwenden. Doch sie bergen Geheimnisse, die wir erfahren müssen‹, sag' ich, ›ja, du bist dumm; wir sollten die Dinge sammeln und zusammensetzen, nicht sie zerstören. Ich sag' dir, ich war auf mehr Decks, als du dir träumen kannst‹, hab' ich gesagt ... Sie wünschen, Sir?«

Da er den Monolog offenbar seinetwegen unterbrochen hatte, antwortete Complain, er sei gekommen, um zu helfen, wenn er könnte.«

»Hilfe?« fragte Bergass. »Ich hab' immer für mich selbst sorgen können. Genau wie mein Vater vor mir. Mein Vater war der größte Führer von allen. Weißt du überhaupt, was den Stamm zu dem gemacht hat, was er ist? Ich werde es dir sagen. Als ich ein junger Bursche war, ging mein Vater mit mir hinaus auf Erkundung, und er fand, was die Riesen Waffenkammern zu nennen pflegten, ja, Kammern voll mit Betäubern – bis an die Decke! Und ohne diese Entdeckung wären die Greenes nie das geworden, was sie nun sind; wir wären schon längst ausgestorben. Jetzt gleich könnte ich euch zu den Waffenkammern führen, wenn ihr euch traut. Weit weg, jenseits der Mitte der Todesstraßen, wo die Füße zu Händen werden und der Boden unter dir verschwindet und du in der Luft schwimmst wie eine Fliege ...«

Jetzt redet er schon im Fieber, dachte Complain. Zwecklos, von Gwenny anzufangen, wenn der Alte von Händen sprach, die zu Füßen wurden. Doch plötzlich hielt der alte Führer wieder inne und sagte: »Was führt dich hierher, Roy Complain? Gebt mir noch Brühe, mein Bauch ist trocken wie ein Stück Holz.«

Complain bat eine der Frauen um eine Schüssel und erwiderte: »Ich wollte sehen, wie es Ihnen geht. Sie sind ein großer Mann, und es schmerzt mich, Sie in diesem Zustand zu sehen.«

»Ein großer Mann«, plapperte der Greis nach, dann wieder voller Kraft: »Wo ist meine Brühe? Himmel, was machen diese Huren schon wieder? Waschen sie ihren Arsch damit?«

Eilig reichte eine junge Frau eine Tasse Brühe, wobei sie Complain böse ansah. Bergass war schon zu schwach, um allein zu essen, so fütterte ihn Complain Löffel für Löffel mit der fettigen Suppe. Er bemerkte, daß die Augen des Greises seinen Blick suchten, als wollten sie ihm ein Geheimnis mitteilen. Man sagte, daß Sterbende immer versuchten, anderen in die Augen zu sehen, doch wie immer er sich auch bemühte, Complain wußte dem offenen Blick des Alten auszuweichen. Als er sich umschaute, bemerkte er plötzlich den Schmutz, der alles im Raum bedeckte. Auf dem Boden lag der Dreck dick genug, daß Poniks darin wachsen konnten; sogar die alten Ponikstangen waren mit einer dicken Fettschicht überzogen.

»Warum ist der Leutnant nicht hier? Wo ist Doktor Lindsey? Sollte Marapper, der Priester, nicht bei Ihnen sein?« platzte es wütend aus ihm heraus. »Man sollte sich besser um Sie kümmern!«

»Warte mal mit dem Löffel, mein Junge. Ich muß mal gerade Wasser lassen ... oh, mein verdammter Bauch. Der Doktor – ich habe ihn von meinen Frauen wegschicken lassen. Der alte Greene – der wird nicht kommen, der hat Angst vor der Fäulnis. Außerdem ist er bald so alt wie ich. In einer dieser wundervollen Schlaf-Wachen wird Zilliac ihn stürzen und selbst die Kontrolle über den Stamm übernehmen ... und wen meinst du noch ...«

Als er sah, daß Bergass noch laufen konnte, fragte Complain aus lauter Verzweiflung: »Soll ich Sie zum Priester bringen?«

»Zum Priester? Wen meinst du, Henry Marapper? Komm her, ich will dir was erzählen, was außer uns keiner weiß. Ein Geheimnis. Hab' ich noch nie jemandem erzählt. Paß auf ... Henry Marapper ist ein Sohn von mir. Ja! An seinen Sack voll Märchen und Lügen glaube ich ebensowenig wie an ...«

Er unterbrach sich und fing an, furchtbar zu krächzen. Zuerst dachte Complain, er hätte einen Anfall, doch dann merkte er, daß der Alte lachte, unbändig lachte: »Mein Sohn!« Complain hielt es nicht mehr aus. Mit einem kurzen Wort zu einer der Frauen stand er auf und ging zur Tür. Plötzlich ekelte Bergass ihn an, wie er sich vor Lachen schüttelte, so daß die Geschwüre auf seinem Bauch tanzten. Die Frauen standen desinteressiert herum, die Hände in die Hüften gestützt oder mit der unentwegten Fliegenjagd beschäftigt. Sie schickten Complain gehässige Sprüche hinterdrein, als er eilig die Kammer verließ.

»... wo er nur die schöne Uniform herhat, möchte ich gern wissen. Ich sage euch, er ist nur ein einfacher Waldarbeiter, bestimmt *ein* Spitzel ...«

»Ach kleine Wenda, du bist zu freigebig mit deinen Küssen. Glaub mir, wenn du erst mal so alt bist wie ich ...«

»... das leckerste Hirn, das ich jemals gegessen habe ...«

»... und Ma Cullindram hatte gerade einen Wurf von sieben. Alle Totgeburten, nur ein armer kleiner Köter dabei. Das letzte Mal waren es Fünflinge, wenn du dich noch erinnerst. Ich hab' ihr ins Gesicht gesagt, hab' ich gesagt: ›Wenn du deinen Mann behalten willst ...‹«

»All sein Geld verspielt ...«

»Lüge ... Selten so gelacht ...«

Draußen im Korridor blieb Complain eine Weile an der Wand stehen und seufzte erleichtert. Er hatte nichts getan, nichts erreicht, noch nicht einmal die Neuigkeit über Gwennys Tod hatte er überbringen können – nur *in ihm* war etwas geschehen. Es war, als ob in seinem Gehirn ein großer Stein ins Rollen gekommen sei; es schmerzte zwar, aber er wußte, bald würde er klarer sehen. Bald würde sich, das spürte er, ein Höhepunkt an Klarheit einstellen.

Die Hitze in Bergass' Wohnung war überwältigend gewesen, der Schweiß tropfte Complain vom Kinn. Wenn er nun lauschte, konnte er die Weiberstimmen immer noch hinter sich hören. Plötzlich hatte er eine Vision davon, was die Quartiere wirklich waren. Sie alle lebten in einer riesigen Höhle, die mit unzähligen Stimmen gefüllt war und die Menschen in den Wahnsinn trieb. Nichts passierte wirklich, keine Aktion, nur die Stimmen, sterbende Stimmen.

4

Die Wachzeit ging langsam ihrem Ende entgegen, die Schlafperiode rückte unaufhaltsam näher, und Complain fühlte sich immer unwohler; er mußte an die nächste Züchtigung denken, die auf ihn zukam. Jede vierte Schlaf-Wache herrschte Dunkelheit in der Siedlung und in allen bekannten Gebieten ringsum; keine absolute Finsternis, denn hier und dort brannten in den Gängen rechteckige Notleuchten wie kleine Monde. In den Appartements war es jedoch vollkommen dunkel; dies war ein allgemein akzeptiertes Naturgesetz. Es gab zwar noch vereinzelt alte

Leute, die erzählten, daß sich ihre Eltern noch an Zeiten erinnern konnten, in denen die Dunkelphasen kürzer gewesen waren, doch alte Leute haben bekanntlich ein schlechtes Gedächtnis und spinnen seltsame Geschichten aus den Träumen ihrer fernen Kindheit.

In den Dunkelheiten fielen die Poniks zusammen wie alte Säcke; alle außer den frischsten und kräftigsten Trieben wurden schwarz. Das war der kurze Winter im Ponikwald. War es dann wieder hell, wuchsen in rasender Geschwindigkeit neue Triebe nach und fegten das alte schwarze Holz in einer Flut von frischem Grün hinweg, um nach weiteren vier Perioden wieder zu verschwinden. Nur die stärksten Gewächse überlebten diesen Zyklus.

In dieser Wache blieben die meisten der paar hundert Quartierinsassen zu Hause, die meisten untätig niedergestreckt. Die von Zeit zu Zeit ausbrechenden barbarischen Orgien waren immer gefolgt von einer Periode allgemeiner Müdigkeit. Die Menschen waren erschöpft, darüber hinaus aber einfach unfähig, sich wieder den Härten des Alltags zuzuwenden. Die Apathie erfaßte den gesamten Stamm, die Depression lag wie ein grauer Schleier über der Siedlung, und jenseits der Barrikaden begann der Ponikdschungel die Lichtungen zu überwuchern. Erst der Hunger würde die Menschen wieder auf die Beine bringen.

»Man könnte das ganze Pack umbringen, ohne daß sich auch nur eine Hand dagegen erheben würde«, sagte Wantage. Die rechte Hälfte seines Gesichts zeigte dabei so etwas wie Begeisterung.

»Warum tust du's nicht«, sagte Complain spöttisch. »Es steht doch geschrieben: Unterdrücktes Verlangen vervielfacht sich selbst und vergiftet den Geist, dem es entsprungen. Also, fang an, Schlitzgesicht!«

Augenblicklich hatte ihn die Faust am Kragen, ein scharfes Messer zitterte einen Zentimeter vor seiner Kehle. Das Gesicht so dicht vor ihm war ein furchtbarer Anblick, die eine Hälfte wutverzerrt, die andere stets sinnlos lächelnd, dazwischen ein großes graues Auge mit seiner eigenen Sicht der Dinge.

»Wage nie mehr, mich so zu nennen, du schmieriger

Fleischhaufen«, schnarrte Wantage. Dann wandte er sein Gesicht ab und ließ seine Hand sinken, in der er das Messer hielt. Seine Wut ging über in kalte Verzweiflung, als er an seine Entstellung dachte.

»Tut mir leid!« Complain bedauerte diese Worte, noch während er sie aussprach, doch der andere drehte sich nicht mehr um.

Langsam ging er nun weiter, seine Nerven flatterten noch. Wantage war ihm über den Weg gelaufen, als er aus dem Dickicht zurückkam, wo er den sich nähernden fremden Stamm ausgespäht hatte. Sollte er mit dem Greene-Stamm zusammentreffen, was keineswegs sicher war, so würde das nicht in der allernächsten Zeit geschehen. Zuerst würde es nur Streit zwischen rivalisierenden Jägern geben. Das würde bedeuten, daß einige Männer sterben müßten; es würde aber jedenfalls auch Abwechslung bringen. Bis es soweit wäre, wollte Complain sein Wissen für sich behalten. Sollte doch jemand, der mehr für die Obrigkeit übrig hatte, hingehen und dem Leutnant die Neuigkeit bringen!

Auf dem Weg zum Quartier der Wachen, wo ihn seine Strafe erwartete, begegnete ihm niemand außer Wantage. Überall herrschte noch die Apathie. Sogar der amtliche Schläger weigerte sich, seiner Pflicht nachzukommen.

»Es kommen noch mehr Schlaf-Wachen«, sagte er, »warum haben Sie es so eilig? Verschwinden Sie, lassen Sie mich liegen. Suchen Sie sich lieber eine neue Frau.«

So ging Complain zurück in seine Wohnung; er entspannte sich wieder. Irgendwo in einem engen Seitengang spielte jemand auf einem Saiteninstrument. Dazu sang eine Tenorstimme:

»... oh, Kontinuum
... viel zu lang
... Gloria«

Er verstand nur diese Worte. Ein altes Lied, das man kaum noch kannte; er schnitt es abrupt ab, indem er seine Tür schloß. Und wieder wartete Marapper auf ihn mit seinem fettigen Gesicht und seinen vielen Ringen an den Fingern.

Plötzlich erschütterte Complain die Erkenntnis, daß er genau wußte, was der Priester zu ihm sagen würde; er meinte genau diese Szene schon einmal durchlebt zu haben. Er versuchte die Einbildung, die ihn wie ein Netz gefangenhielt, abzuschütteln, doch es gelang ihm nicht.

»Erweiterung, mein Sohn«, sagte der Priester und machte salbungsvoll das Zeichen des Zorns. »Du siehst verbittert aus, habe ich recht?«

»Ja, ich bin verbittert, sehr verbittert. Nur ein Mord kann mich erleichtern.« Complain versuchte, etwas Unerwartetes zu sagen, doch das Gefühl der Wiederholung ließ sich nicht vertreiben.

»Es gibt noch mehr Dinge als das Töten. Dinge, von denen du nicht zu träumen wagst.«

»Hören Sie bitte auf damit, Vater. Gleich erzählen Sie mir noch, daß das Leben ein Mysterium ist und schwätzen und schwätzen wie meine Mutter. Ich fühle es, ich *muß* jemanden töten.«

»Ja, ja, du wirst schon noch jemanden töten«, säuselte der Priester. »Es ist gut, daß du so fühlst. Du sollst nie resignieren, mein Sohn; Resignation ist der Tod für uns alle. Wir verbüßen hier die Strafe für eine Tat, die unsere Vorfahren begangen haben. Wir sind alle gelähmt! Wir sind blind – wir gehen in die falsche Richtung ...«

Complain war träge auf seine Pritsche gekrochen. Das Gefühl des Wieder-Erlebens war vorbei, es war spurlos verschwunden. Jetzt wollte er nur noch schlafen. Morgen würde man ihn aus seiner Kabine verjagen und schlagen; jetzt wollte er nur noch schlafen. Aber der Priester hatte aufgehört zu reden. Complain schaute auf und sah, daß Marapper an seinem Lager lehnte und ihn anschaute. Einen winzigen Moment lang trafen sich ihre Blicke, bevor Complain ihm erschrocken auswich.

Eines der stärksten Tabus in ihrer Gemeinschaft richtete sich dagegen, daß die Menschen sich gegenseitig in die Augen schauten; ehrbare, gutwillige Männer begegneten sich nur mit Seitenblicken. Wie ein verängstigtes Tier schob Complain unwillkürlich seine Unterlippe vor.

»Was, zum Himmi, wollen Sie von mir, Marapper?«

schrie er den Priester an. Fast hätte er ihm an den Kopf geworfen, daß er ein Bastard aus Bergass' Stall war.

»Du hast heute noch nicht deine sechs Schläge bekommen, nicht wahr, mein Junge?«

»Und was geht Sie das an, Priester?«

»Ein Priester kennt keinen Eigennutz. Ich frage zu deinem Besten, zudem habe ich ein ganz persönliches Interesse an deiner Antwort.«

»Nein, ich bin nicht verprügelt worden. Die Leute haben alle viere von sich gestreckt, das wissen Sie doch – selbst der amtliche Schläger macht da keine Ausnahme.«

Wieder versuchte der Priester, seinen Blick zu fangen. Unangenehm berührt, wälzte Complain sich auf die andere Seite, bis er gegen die Wand starrte. Doch schon die nächste Frage des Priesters bewog ihn, sich wieder umzudrehen.

»Hast du jemals den Wunsch verspürt, Amok zu laufen, Roy?«

Unwillkürlich tauchten Bilder vor Complain auf: Er rannte mit seiner flammenden Betäubungspistole in der Hand durch die Quartiere, und alle stoben vor ihm auseinander, fürchteten und respektierten ihn, den absoluten Meister der Situation. Sein Herz pochte unangenehm laut. Einige der besten und kriegerischsten Männer des Stamms – unter ihnen Greg, sein eigener Bruder – waren Amok gelaufen, waren verderbenbringend durch die Siedlung gestürmt, und ein paar von ihnen hatten sich anschließend in unerforschte Regionen des Dschungels geflüchtet oder anderen Stämmen angeschlossen, weil sie sich davor fürchteten, zurückzukehren und ihre Strafe entgegenzunehmen. Er wußte, daß Amoklaufen als männlich, je selbst als ehrbar galt, doch es war keineswegs die Aufgabe des Priesters, ihn dazu anzustiften. Ein Arzt mochte einem todkranken Patienten diese Methode empfehlen. Doch ein Priester war nicht dazu da, seinen Stamm auseinanderzubringen, sondern ihn zu einigen, indem er die Frustrationen an die Oberfläche holte, sie frei fließen ließ, anstatt daß sie zu Neurosen würden.

Zum ersten Mal begriff er, daß auch Marapper selbst in

einer Lebenskrise steckte, und er fragte sich einen Moment lang, ob da ein Zusammenhang mit Bergass' Erkrankung bestand.

»Sieh mich an, Roy. Antworte mir.«

»Warum reden Sie so mit mir?« Er hatte sich aufgesetzt, wie von dem Drängen in der Stimme des Priesters hochgezogen.

»Ich muß wissen, aus welchem Holz du geschnitzt bist.«

»Sie kennen doch die Worte der Litanei: Wir sind die Söhne von Feiglingen, unsere Tage vergehen in Furcht.«

»Und du glaubst das?« fragte der Priester.

»Natürlich. So lautet die Lehre.«

»Ich brauche deine Hilfe, Roy. Würdest du mit mir kommen, wohin ich dich auch führe – selbst wenn es weit weg von den Quartieren in das Gebiet der Todesstraßen ginge?«

Er hatte die letzten Worte hastig und unterdrückt hervorgestoßen. Complains Blut begann schneller in seinen Adern zu kreisen. Er war unentschlossen, unternahm aber nichts, dies durch intellektuelle Anstrengung zu überwinden; sollten doch seine Nerven, seine Triebe entscheiden. Dem Gehirn konnte man nicht trauen – es wußte zuviel.

»Das würde viel Mut erfordern«, äußerte er schließlich.

Der Priester klatschte sich auf die dicken Oberschenkel und riß in einem Anfall nervösen Überschwangs den Mund zu einem Gähnen auf, wobei er ein Geräusch produzierte, das wie ein leises Quieken klang.

»Unsinn, Roy! Du lügst, so wie es dich deine verlogenen Erzeuger gelehrt haben. Wenn wir fliehen, dann aber auch richtig, dann wollen wir alle Verantwortung, die erwachsene Männer in einer Gesellschaft zu tragen haben, von uns abstreifen. O ja, wir werden uns klammheimlich davonstehlen, wir werden einfach abhauen. Es wird die alte Zurück-zur-Natur-Masche sein, mein Junge, ein zum Scheitern verurteilter Versuch, wieder in den Mutterbauch zu kriechen. Es wäre, recht besehen, der schmählichste Abgrund an Feigheit, den man sich nur denken kann. Wirst du also mitkommen?«

Etwas, das jenseits der Bedeutung dieser Worte lag, ließ den Entschluß in Complain reifen. Ja, er würde mitgehen!

Immer hatte es jenen Nebel hinter seinem Begriffsvermögen gegeben, dem er zu entkommen trachtete. Er ließ sich von der Pritsche heruntergleiten und versuchte, dem gerissenen Marapper seine Entscheidung zu verheimlichen, bis er mehr über das vor ihnen liegende Wagnis erfahren hätte.

»Was sollen wir zwei denn allein in den Dschungeln der Todesstraße ausrichten, Priester?«

Der Priester bohrte mit einem dicken Finger in seinem Nasenloch herum, als ob er dort die Antwort zu finden hoffte, und sprach dann, während er Roy gelassen über seine Faust hinweg fixierte. »Wir werden nicht allein gehen. Es werden noch vier dabeisein, alles Männer, die ich ausgesucht habe. Ich habe diese Sache schon seit einer ganzen Weile vorbereitet, und nun ist es soweit. Du bist unzufrieden, man hat dir deine Frau geraubt: was hast du noch zu verlieren? Ich rate dir dringend, dich uns anzuschließen – in deinem eigenen Interesse natürlich, aber auch in dem meinen, denn es käme mir sehr gelegen, jemanden mit schwachem Willen aber dem Auge eines Jägers bei mir zu haben.«

»Wer sind die vier anderen, Marapper?«

»Das werde ich dir erst sagen, wenn du dich entschieden hast, mitzumachen. Wenn du uns an die Wachen verrietest, würden sie unsere Kehlen – und ganz besonders die meine! – kreuz und quer aufschlitzen.«

»Aber was hast du vor? Und wo willst du uns hinführen?«

Marapper kam gemächlich auf die Füße und reckte sich. Dann fuhr er sich mit gestreckten Fingern durchs Haar; gleichzeitig setzte er das scheußlichste Grinsen auf, dessen er fähig war, indem er die beiden Speckschwarten seiner Wangen in entgegengesetzte Richtungen schraubte, die eine nach oben, die andere nach unten, bis sich der Mund wie ein knotiger Strick zwischen ihnen wand.

»Geh alleine, Roy, wenn du meiner Führung so wenig Vertrauen entgegenbringst! Du meine Güte, du kommst mir vor wie ein Weib mit deinen Bauchschmerzen und deinem andauernden Gefrage. Ich werde dir nur noch eines sagen, nämlich daß meine Absicht viel zu groß ist, als daß du sie begreifen kannst. Herrschaft über das Schiff! Das ist's! Das und nicht weniger! Völlige Herrschaft über das Schiff – aber du weißt ja nicht einmal, was diese Worte bedeuten.«

Von der grimmigen Miene des Priesters eingeschüchtert, sagte Complain nur: »Ich wollte ja gar nicht ablehnen.«

»Das heißt also, du kommst mit?«

»Ja.«

Wortlos, aber mit einem inbrünstigen Leuchten auf seinem Gesicht packte Marapper seinen Arm.

»Jetzt will ich aber wissen, wer die vier anderen sind«, insistierte Complain; seitdem er sich dem Priester ausgeliefert hatte, fühlte er sich beunruhigt.

Marapper ließ seinen Arm los.

»Du kennst doch das alte Sprichwort, Roy: Die Wahrheit hat noch keinem geholfen. Du wirst es schon früh genug erfahren. Glaub mir: es ist besser für dich, wenn ich es dir erst später sage. Wir wollen gleich zu Beginn der nächsten Schlafperiode aufbrechen. Ich lasse dich jetzt allein, hab' noch einiges zu erledigen. Kein Wort, zu wem auch immer.«

In der Tür blieb er noch einmal stehen, fuhr mit der Hand in seine Robe und zog etwas heraus, womit er triumphierend vor Roy herumwedelte. Complain erkannte, daß es sich um ein Buch handelte, eins aus der Sammlung von Lesestoff, den die ausgestorbenen Riesen benutzt hatten.

»Das ist unser Schlüssel zur Macht!« rief Marapper pathetisch und ließ das Buch wieder in seinem Versteck verschwinden. Dann schloß er endgültig die Tür hinter sich.

Complain verharrte reglos wie ein Standbild in der Mitte des Raums, nur in seinem Kopf arbeitete es. Doch in seinem Kopf hatten sich die Gedanken zu einem ausweglosen Kreis verschlungen. Aber Marapper war der Priester, Marapper verfügte über mehr Wissen als die meisten von ihnen. Marapper mußte folglich ihr Anführer sein. Mit einiger Verspätung ging Complain zur Tür, öffnete sie und spähte hinaus.

Vom Priester war nichts mehr zu sehen. Niemand befand

sich in der Nähe außer Meller, dem bärtigen Küster. Er bemalte die Korridorwand neben seinem Zimmer mit einem leuchtendbunten Fresko und trug mit versunkenem Gesichtsausdruck die verschiedenen Farben auf, die er während der vergangenen Wachperiode gesammelt hatte. Unter seiner Hand schickte sich eine große Katze an, die Wand hochzuklettern. Er nahm Complain überhaupt nicht wahr.

Es wurde spät. Complain begab sich zur Kantine, die fast leer war, um dort zu essen. Er schaufelte die Mahlzeit wie in Trance in sich hinein. Dann ging er zurück und machte sich zum Schlafen fertig. Gwennys Kleid hing noch an einem Haken neben dem Bett; er riß es plötzlich herunter und schleuderte es hinter einen Schrank, außer Sichtweite. Dann legte er sich hin und lauschte der wachsenden Stille.

Da brach Marapper in den Raum ein, monumental, überwältigend und völlig außer Atem. Er knallte die Tür hinter sich zu und zerrte dann keuchend an einem Zipfel seiner Robe, die sich im Türspalt verfangen hatte.

»Versteck mich, Roy – schnell! Na los doch, glotz nicht so, du Tölpel. Steh auf, hol dein Messer raus. Die Wachen können jeden Augenblick hier sein, Zilliac auch. Sie sind hinter mir her. Die bringen es glatt fertig, einen armen alten Priester abzuschlachten, ohne mit der Wimper zu zucken.«

Während er noch redete, lief er zu Complains Schlafkoje, rückte sie von der Wand weg und quetschte sich in den entstandenen Zwischenraum.

»Was haben Sie angestellt?« wollte Complain wissen. »Warum sind sie hinter Ihnen her? Und warum verstecken Sie sich ausgerechnet hier? Weshalb müssen Sie mich da hineinziehen?«

»Fasse es nicht als ein Kompliment auf. Du warst nur zufällig am nächsten, und meine Beine sind nun mal nicht fürs Laufen konstruiert. Mein Leben ist in Gefahr.«

Während er sprach, schossen Marappers Blicke wild durch den Raum, als ob er ein besseres Versteck suchte, doch dann entschied er sich offensichtlich, zu bleiben, wo er war. Complain warf eine Decke über das entfernte Ende des Betts, so daß der Priester vor Blicken von der Tür aus abgeschirmt war.

»Die haben mich hier reinkommen sehen«, sagte er. »Nicht, daß ich mich um meine eigene Haut ängstige, aber ich habe große Pläne. Ich war so unklug, einen der Wachmänner in unser Vorhaben einzuweihen, und der hatte nichts Eiligeres zu tun, als es sofort Zilliac zu melden.«

»Warum sollte ich ...«, fing Complain hitzig an. Ein leises Schlurfen vor der Tür war eine ganz kurze Warnung, bevor die Tür so heftig aufgerissen wurde, daß sie in den Angeln schwang. Sie verfehlte Complain, der nur um Millimeter halb hinter ihr gestanden hatte.

Die Gefahr machte ihn erfinderisch. Er schlug die Hände vors Gesicht, taumelte nach vorn und krümmte sich laut aufstöhnend zusammen, als ob ihn die Türkante getroffen hätte. Durch seine Finger blinzelnd erblickte er Zilliac, die rechte Hand des Leutnants und seinen designierten Nachfolger, die ins Zimmer gestürmt kamen und die Tür mit einem Fußtritt zuwarfen. Er funkelte Complain wütend an.

»Nimm deine dreckigen Pfoten runter, Kerl«, röhrte er. »Wo ist der Priester? Ich hab' ihn hier reinkommen sehen.«

Als er sich mit schußbereitem Betäuber umwandte, um den Raum genauer zu inspizieren, packte Complain Gwennys hölzernen Stuhl, schwang ihn an einem Bein in die Luft und ließ ihn dann krachend auf Zilliacs Schädel niedersausen. Man vernahm das herzerfrischende Geräusch splitternden Holzes und brechender Knochen, und Zilliac sackte zusammen. Er hatte kaum den Boden berührt, als Marapper bereits auf den Beinen war. Ächzend und sämtliche Zähne bleckend kippte er die eiserne Bettstatt auf den reglos daliegenden Mann.

»Ich hab' ihn erwischt!« schrie der Priester aufgeregt. »Himmel noch mal, ich hab' ihn erwischt!« Mit einer Behendigkeit, die bei einem so schweren Mann verblüffte, hob er Zilliacs Betäuber auf und richtete ihn gegen die Tür.

»Mach auf, Roy! Da draußen müssen sich noch ein paar von den Kerlen rumtreiben, und es heißt jetzt oder nie, wenn wir hier ohne durchgeschnittene Gurgeln rauskommen wollen.«

In dem Augenblick ging die Tür ganz von allein auf. Meller, der Künstler, stand auf der Schwelle, bleich wie ein gekochtes Huhn, und schob sein Messer in die Scheide zurück.

»Hier ist eine milde Gabe für Sie, Priester«, sagte er. »Ich bring ihn besser rein, bevor jemand vorbeikommt.«

Er packte die Knöchel eines Wächters, der auf dem Gang lag. Complain eilte ihm zu Hilfe, und gemeinsam zogen sie den schlaffen Körper ins Zimmer und schlossen die Tür. Meller lehnte sich gegen die Wand und wischte sich den Schweiß von der Stirn.

»Ich weiß nicht, was Sie vorhaben, Priester«, sagte er nun, »aber als dieser Bursche den Krawall hier drin vernahm, war er drauf und dran, Verstärkung herbeizuholen. Ich hielt es für klüger, ihn loszuschicken, bevor Sie mit Ihrer Party anfingen.«

»Möge er sich in Frieden auf die lange Reise begeben«, sagte Marapper schwach. »Das hast du gut gemacht, Meller. Für blutige Amateure haben wir unsere Sache eigentlich alle ganz gut gemacht.«

»Ich habe ein Wurfmesser«, erläuterte Meller. »Zum Glück – denn ich mache mir nichts aus Faustkämpfen. Haben Sie was dagegen, wenn ich mich setze?«

Noch etwas benommen kniete Complain neben den Körpern nieder und fühlte nach dem Herzschlag. Sobald sie zur direkten Aktion übergegangen waren, hatte sich der alltägliche Complain in einen anderen verwandelt, einen automatisch reagierenden Mann mit gewandteren Bewegungen und sicherem Instinkt. Immer dann, wenn es auf Jagd ging, übernahm dieser andere seine Persönlichkeit. Nun untersuchte seine Hand Zilliac und den zusammengebrochenen Wächter und stellte fest, daß bei keinem von beiden mehr der Puls schlug.

Tod war den kleinen Stämmen ein ebenso vertrauter Gefährte wie die Kakerlaken. Ein Volkslied drückte es so aus: »Der Tod ist der längere Teil eines Manneslebens.« Da ihnen der Anblick des ausgestreckt daliegenden Todes so häufig begegnete, beschäftigte sich die Lehre ausführlich mit ihm: Es mußte eine Möglichkeit geben, durch rituelle

Handlungen damit fertig zu werden. Der Tod rief Furcht hervor, und Furcht hatte keinen Platz im Herzen eines Mannes. Der Automat in Complain vollzog beim Anblick des Todes sofort die vorgeschriebene Geste des Fußfalls, wie man es ihn von früh auf gelehrt hatte.

Wie auf ein Stichwort gesellten sich Marapper und Meller, der leise vor sich hinschluchzte, sofort zu ihm. Erst als sie die komplizierten Riten ausgeführt und die Letzte Große Reise aufgesagt hatten, kehrten sie zu so etwas wie Normalität zurück.

Dann blickten sie sich über die reglosen Körper hinweg an – gleichermaßen erschreckt und blöde triumphierend. Draußen war es still; nur die allgemeine Erschöpfung, die sich nach dem Fest auf die Menschen gelegt hatte, bewahrte sie vor einer Menge Schaulustiger und der unvermeidlichen Entdeckung. Langsam kehrte Complains Denkvermögen wieder zurück.

»Was ist mit dem Wächter, der Ihren Plan an Zilliac verraten hat? Wenn wir noch lange hierbleiben, werden wir es mit ihm zu tun bekommen.«

»Und wenn wir für alle Zeiten hierbleiben – *er* könnte uns nicht mehr schaden«, erwiderte der Priester und wies auf den Mann, den Meller erledigt hatte. »Da liegt er. Es scheint so, als ob unser Vorhaben nicht noch weiter durchgesickert ist. Dadurch bleibt uns noch etwas Zeit, bevor sie sich auf die Suche nach Zilliac machen. Ich vermute, daß er selbst insgeheim etwas plante, sonst hätte er sich von einer Eskorte begleiten lassen. Um so besser für uns. Auf, Roy, wir müssen hier weg. Die Quartiere sind kein gesunder Aufenthaltsort mehr.«

Er erhob sich, doch seine Beine waren so zittrig, daß er sich prompt wieder hinsetzen mußte. Beim zweiten Versuch klappte es, und er sagte entschuldigend: »Für einen Mann von Zartgefühl habe ich aber saubere Arbeit mit der Pritsche geleistet, findet ihr nicht auch?«

»Sie haben mir noch nicht gesagt, warum die hinter Ihnen her waren, Priester«, wollte Meller wissen.

»Das macht dein schnelles Eingreifen desto dankenswerter«, entgegnete der Priester geschmeidig und eilte zur Tür.

Doch Meller verlegte ihm den Weg und beharrte: »Ich muß erfahren, worin Sie verwickelt sind. Schließlich sitze ich jetzt auch in der Patsche.«

Als Marapper immer noch nicht antwortete, rief Complain ungestüm: »Warum nehmen wir ihn nicht mit, Priester?«

»Ach so ...«, sagte der Künstler nachdenklich. »Ihr zwei verlaßt also die Quartiere! Na, dann wünsche ich euch viel Glück, Freunde, aber ich bleibe lieber hier in Sicherheit und male weiter. Trotzdem – vielen Dank für die Einladung.«

»Abgesehen von der Kleinigkeit, daß dich kein Mensch zum Mitkommen aufgefordert hat, stimme ich dir voll bei«, sagte Marapper. »Du hast dich gut geschlagen, mein Sohn, aber ich kann nur wahre Männer der Tat gebrauchen, und auch von denen nur eine Handvoll, keine Armee.«

Meller gab die Tür frei, woraufhin sich die Haltung des Priesters erweichte. »Unser Leben ist nur ein mikroskopisch kurzer Augenblick, aber den verdanken wir jetzt wohl dir, Maler. Nun aber mit unserem innigsten Dank versehen zurück an deine Farbtöpfe – und daß du mir kein Wort über die Sache verlierst, hörst du?«

Sie schritten rasch den Gang hinunter. Schlaf hatte sich auf den Stamm gesenkt. Ein verspäteter Wächter eilte auf seinem Weg zu einer der hinteren Barrikaden an ihnen vorbei, und zwei Pärchen in bunten Fetzen versuchten, die vergangenen Ausschweifungen noch einmal aufleben zu lassen; im übrigen war der Ort menschenleer.

Marapper führte ihn durch einen Seitengang zu seiner eigenen Unterkunft. Verstohlen um sich blickend öffnete er die Tür mit einem Magnetschlüssel und stieß Complain in den dahinterliegenden Raum. Er war vollgestopft mit zahllosen im Laufe eines langen Lebens erworbenen Gegenständen, die der Priester durch Bestechung oder Bettelei zusammengebracht hatte. Verständnislos ließ Complain seinen Blick über die faszinierenden Relikte einer ehemals fortschrittlicheren Kultur schweifen, die seit der Auslöschung der Riesen jede Bedeutung verloren hatten. Ohne zu wissen, was das überhaupt war, registrierte er eine Kamera, elektrische Ventilatoren, Laubsägepuzzles, Schalter, Kondensatoren, eine Bettpfanne, einen Vogelkäfig, Vasen, Feuerlöscher, Schlüsselbunde, zwei Ölgemälde, eine zusammengerollte, mit »Mondatlas« etikettierte Karte, ein Spielzeugtelefon, ein paar Flaschen mit eingetrocknetem Bodensatz und der Aufschrift »Shampoo«.

»Bleib hier, während ich die restlichen drei Rebellen hole«, sagte Marapper, der schon halb aus der Tür war.

»Was ist, wenn die uns auch verraten haben?«

»Ausgeschlossen. Warte, bis du sie gesehen hast. Den Wächter mußte ich einweihen, weil er das hier spitzgekriegt hatte«, und er klopfte auf das Buch in seiner Tasche.

Die magnetische Verriegelung schloß sich mit einem leisen Klicken hinter ihm. Complain hing seinen Gedanken nach. Wenn etwas schiefginge, säße er hier in der Falle und hätte bei seiner Befreiung eine Menge zu erklären. Vermutlich würden sie ihn für den Mord an Zilliac töten. Während er angespannt wartete, polkte er nervös an seinem Handballen herum. Als er schließlich hinunterblickte, sah er, daß sich ein Splitter ins Fleisch gebohrt hatte. Die Beine von Gwennys Stuhl waren schon immer ziemlich rauh gewesen.

Teil Zwei: Auf den Todesstraßen

1

Eine altbewährte Regel in den Quartieren lautete: »Spring, bevor du hinschaust.« Schnelligkeit galt als der Pfad der Weisheit, und die Schlauen gehorchten stets dem Impuls des Augenblicks. In einem Klima lähmender Lethargie, das sich aus Mangel an sinnvollen Betätigungsmöglichkeiten bedrohlich auf alle Stammesmitglieder gelegt hatte, war es auch kaum denkbar, einen anderen Verhaltenskodex zu befolgen als den der rasch entschlossenen Tat. Der listige Marapper, der stets alles zu seinem Vorteil zu wenden verstand, bediente sich dieser Regel, um die letzten drei Mitglieder seiner Expedition zur Eile anzutreiben.

Sie rafften ihre Jacken, Bündel und Betäuber zusammen und folgten ihm mürrisch durch die Gänge ihres Dorfs. Nur wenige sahen sie vorbeikommen, und diese wenigen bekundeten nicht das geringste Interesse an dem kleinen Trupp, denn die jüngst beendeten Festlichkeiten hatten eine stattliche Anzahl von Katern zur Folge. Marapper blieb vor der Tür zu seiner Unterkunft stehen und suchte nach dem Schlüssel.

»Warum halten wir hier an? Wenn wir noch lange rumtrödeln, wird man uns entdecken und in Stücke schneiden. Laßt uns in die Poniks gehen.«

Anstelle einer Antwort kehrte Marapper dem Fragesteller eine griesgrämig aussehende Wange zu, dann stieß er die Tür auf und rief: »Komm raus, Roy, und begrüße deine Gefährten.«

Wachsam wie ein Jäger, der in eine Falle zu gehen fürchtet, erschien Complain mit seinem Betäuber in der Hand und inspizierte die drei, die bei Marapper standen, der Reihe nach in aller Gemütsruhe. Er kannte sie gut: Bob Fermour, der ein nichtssagendes Lächeln aufgesetzt und die Ellbogen auf die beiden prall gefüllten Beutel gestützt hatte, die ihm vom Gürtel hingen; Wantage, der unaufhörlich einen Holzstecken in seinen Händen zwirbelte, und Ern Roffery, der Preismacher, der ausgesprochen unfreundlich dreinschaute.

Schließlich sagte er entschieden: »Ich denke nicht daran, mit diesem Haufen loszuziehen, Marapper. Wenn das das Beste ist, was Sie kriegen konnten, mache ich nicht mehr mit. Ich dachte, Sie hätten eine abenteuerliche Sache vor, keinen Kinderkram.«

Der Priester gluckste ungeduldig wie ein magenkrankes Huhn und wollte auf ihn zugehen, doch Roffery stieß ihn beiseite, legte seine Hand an die Waffe und funkelte Complain aus nächster Nähe herausfordernd an.

»Aha, so denkst du also über uns, mein Spezialist für Wildpret. Kannst du einen Vorgesetzten nicht erkennen, wenn er vor dir steht? Falls du dir einbildest ...«

»Ich sage, was ich meine«, entgegnete Complain. »Und hör lieber auf, mit dem Ding in deinem Halfter herumzuspielen, oder ich senge dir die Finger ab. Der Priester hat mir gesagt, dies sei eine Expedition für Männer und nicht das letzte Aufgebot.«

»Es ist eine Expedition!« brüllte Marapper, der sich zwischen die beiden Streithähne geworfen hatte; der Speichel sprühte ihm vor Zorn von den Lippen. »Und ihr werdet alle mitkommen, und wenn ich euch höchstpersönlich einen nach dem anderen dorthin schleppen muß. Ihr Narren, ihr Holzköpfe, was bellt ihr euch wie tollwütige Hunde an? Hört auf, eure und meine Zeit zu verschwenden, oder ich hetze euch die Wachen auf den Hals.«

Diese Drohung war so grotesk, daß Roffery in höhnisches Gelächter ausbrach.

»Ich wollte eigentlich nur mitmachen, um nicht länger den Anblick von so trübseligen Gesellen wie diesem Complain ertragen zu müssen, Priester. Aber sei's drum! Sie sind unser Anführer, Sie befehlen.«

»Wozu hast du denn diesen idiotischen Streit vom Zaun gebrochen, wenn du so denkst?« fragte Wantage entrüstet.

»Weil ich hier das zweite Kommando habe und tun kann, was mir paßt«, schnappte Roffery zurück.

»Irrtum, Ern«, widersprach ihm der Priester freundlich. »Befehlen tut nur einer, und das bin ich. Ihr anderen habt zu gehorchen und seid im übrigen alle gleichgestellt.«

»Können wir nun endlich aufbrechen, nachdem das klar ist?«

»Nicht so rasch«, sagte Complain. »Ich weiß immer noch nicht, was der Preismacher hier zu suchen hat. Er hatte einen angenehmen Job, warum hat er ihn aufgegeben? Das begreife ich nicht; an seiner Stelle hätte ich es jedenfalls nicht getan.«

»Du hast ja auch nicht mehr Grips als ein Frosch«, knurrte Roffery und versuchte, den Arm des Priesters wegzuschieben, der ihn zurückhalten wollte. »Wir haben alle unsere ganz persönlichen Gründe, hier mitzumachen, und meiner geht dich einen Dreck an.«

Plötzlich war der kurze Degen des Priesters zwischen ihnen. Seine Knöchel waren weiß, so fest hatte er den Griff gepackt.

»Als heiliger Mann schwöre ich bei jedem Tropfen ranzigen Blutes, das in den Quartieren zirkuliert, daß ich den nächsten, der den Mund aufzumachen wagt, auf die Lange Reise schicken werde.«

Sie standen sich in wortloser Feindseligkeit gegenüber.

»Süßes, friedenstiftendes Messer«, flüsterte Marapper. Dann setzte er eins der Pakete ab, die er sich auf den Rükken geschnallt hatte, und sagte wieder in seinem normalen Tonfall: »Trag das für mich, Roy, und reiß dich zusammen. Ern, Finger weg von deinem Betäuber – du kommst mir vor wie ein Kind, das mit seiner Puppe spielt. Regt euch alle ab und folgt mir. Bleibt dicht beisammen. Wir müssen durch eine der Barrieren hindurch, um in das Gebiet der Todesstraßen zu gelangen. Es wird nicht leicht sein.«

Er schloß seine Wohnungstür wieder ab und ließ den Schlüssel in seine Tasche gleiten. Dann stapfte er, ohne noch ein Wort zu verlieren, den Korridor entlang, den Blick eisern auf sein fernes Ziel gerichtet. Die anderen zögerten nur einen Moment, bevor sie gehorsam neben ihm in Schritt fielen.

An der nächsten Kreuzung wandte Marapper sich nach

links und kurz darauf noch einmal. Dann kamen sie in eine Sackgasse, die an ihrem fernen Ende mit einem Maschendraht versperrt war. Er wurde bewacht, denn dies war eine der Barrieren.

Der Wächter war auf der Hut. Er saß entspannt auf einer Kiste und hatte das Kinn in eine Hand gestützt, doch sobald die fünf um die Ecke bogen, sprang er auf, zielte mit seiner Betäubungspistole auf sie und schrie laut:

»Es wäre mir ein Vergnügen, zu schießen.« Das war die gebräuchliche Floskel, mit der man den Gegner herausforderte, doch in seinem Mund klang sie ernst.

»Und mir, zu sterben«, gab Marapper liebenswürdig zurück. »Steck deine Waffe weg, Twemmers, wir sind doch keine Außenseiter. Du scheinst mir einigermaßen nervös zu sein.«

»Halt oder ich schieße!« brüllte die Wache neuerlich. »Was wollt ihr? Bleibt sofort stehen!«

Aber Marapper verlangsamte nicht einmal seinen Schritt, und die anderen folgten ihm, von einem unerklärlichen Gefühl der Faszination vorwärts getrieben.

»Du wirst allmählich zu kurzsichtig für diese Art von Job, mein Junge«, rief der Priester lustig. »Ich werde Zilliac ein Wörtchen zuflüstern, damit er dich ablösen läßt. Ich bin's, Marapper, dein Marapper, der Hüter deiner zweifelhaften geistigen Gesundheit, mit ein paar Freunden. Tja, heute nacht wird wohl leider nichts aus dem Blutvergießen.«

»Ich schieße auf jeden!« drohte Twemmers, doch zog er sich ungeachtet seiner martialischen Worte langsam gegen das Maschengitter zurück.

»Spar dir deine Kugel für ein besseres Ziel – wenn dir auch nie ein dickeres vor die Flinte kommen wird. Ich habe etwas Wichtiges für dich dabei.«

Während dieses verbalen Schlagabtauschs war Marapper unentwegt weitermarschiert und stand nun fast vor dem Wächter. Der Unglücksvogel zögerte verunsichert. Zwar befanden sich andere Wachen in Rufweite, aber wenn er einen falschen Alarm auslöste, würde man ihn auspeitschen. Diese wenigen Momente der Unentschiedenheit kosteten ihn das Leben. Der Priester hatte ihn erreicht.

Mit einer blitzschnellen Bewegung zog Marapper sein Kurzschwert unter dem Mantel hervor und stieß es dem Wächter mit einem Grunzen tief in die Eingeweide, dann fing er den zusammenknickenden Körper geschickt auf und legte ihn sich über die Schulter. Als er Twemmers Hand schlaff herabbaumeln sah, grunzte er noch einmal zufrieden.

»Gut gemacht, Vater«, sagte Wantage beeindruckt. »Hätte es selber nicht besser gekonnt.«

»Meisterhaft!« lobte Roffery; in seiner Stimme lag Achtung. Es tat wohl, einen Priester zu sehen, der das, was er predigte, auch wirklich in die Tat umsetzte.

»War mir ein Vergnügen, Jungs, aber redet nicht so laut, oder wir haben die Bluthunde auf unseren Fersen. Fermour, willst du mir das abnehmen?«

Der Leichnam wurde Fermour aufgepackt, der die anderen um Haupteslänge überragte und daher für solche Aufgaben am geeignetsten war. Nachdem Marapper seine blutige Klinge an Complains Jacke abgewischt hatte, wandte er seine Aufmerksamkeit der vergitterten Pforte zu.

Aus einer seiner geräumigen Taschen zauberte er eine Drahtschere hervor und machte sich daran, den Maschendraht zu durchtrennen. Als er damit fertig war, zog er an dem Griff, doch das Tor gab nur ein paar Zentimeter nach. Dann klemmte es und ließ sich trotz aller Anstrengungen des Priesters nicht mehr bewegen.

»Lassen Sie mich mal ran«, sagte Complain.

Er zerrte mit aller Kraft an dem Türgriff, und die Pforte schwang plötzlich unter einem protestierenden Quietschen der verrosteten Angeln auf. Ein Abgrund öffnete sich hinter ihr, ein schwarzes, gähnendes Loch, das bodenlos zu sein schien. Voller Grauen zuckten sie zurück.

»Der Krach müßte eigentlich sämtliche Wachen in den Quartieren alarmiert haben«, bemerkte Fermour und studierte interessiert eine Inschrift am Rande des Schachts, auf der KNOPF DRUECKEN – AUFZUG KOMMT stand. »Was nun, Priester?«

»Wirf erst mal den Wächter da runter«, befahl Marapper.

Der Körper verschwand in der Finsternis und schlug gleich darauf mit einem dumpfen Laut auf.

»Das ist ja widerlich«, rief Wantage entzückt.

»Er war noch warm«, flüsterte Marapper. »Wir können uns die Todesriten sparen. Nun also, Kinder, habt keine Angst, dieser finstere Ort ist Menschenwerk; wenn ich nicht irre, lief hier einst eine Art Förderkorb. Uns bleibt nichts anderes übrig, als Twemmers' Beispiel zu folgen, aber etwas langsamer, wenn ich bitten darf.«

In der Mitte der Öffnung hingen Kabel herab. Der Priester beugte sich weit genug vor, um sich eines zu angeln, dann seilte er sich vorsichtig etwa 5 Meter bis zur nächsten Ebene ab. Dort gelang es ihm, auf einem schmalen Sims Fuß zu fassen und mit Hilfe der Drahtschere und seiner Körperkraft die Gittertür so weit aufzustemmen, daß er sich hindurchquetschen konnte.

Die Männer folgten ihm einer nach dem andern. Complain verließ die obere Ebene als letzter. Der Abschied von den Quartieren zerriß ihm nicht eben das Herz. Gleich darauf stieß er zu seinen Gefährten. Schweigend standen sie in dem raschelden Zwielicht und blickten sich um.

Sie befanden sich auf fremdem Gebiet, aber eine Ponik-Pflanzung war wie die andere.

Marapper schloß die Pforte wieder sorgfältig hinter ihnen, dann straffte er sich und verkündete:

»Das war in einer Wachperiode genug an Taten für einen alten Mann, es sei denn, einer von euch will den Disput über meine Führerschaft wiederaufnehmen.«

»Darüber hat es nie eine Meinungsverschiedenheit gegeben«, sagte Complain und starrte Roffery herausfordernd an.

»Versuch nicht, mich zu provozieren«, warnte der ihn. »Ich hacke jeden in Stücke, der unserem Vater Ärger macht.«

»Wir werden noch übergenug Ärger jeder Art bekommen«, prophezeite Wantage düster. »Es wäre vielleicht klüger, wenn wir unsere Messer für die Gedärme anderer Leute aufsparten.«

Widerwillig mußten sie ihm recht geben.

Marapper zupfte an seinem kurzen Mantel und schaute sorgenvoll drein. Schließlich verkündete er: »Wir werden jetzt schlafen. Laßt uns eine geeignete Räumlichkeit finden, wo wir unser Lager aufschlagen können. So wollen wir es von nun an in jeder Schlafperiode halten. Wir dürfen auf keinen Fall in den Korridoren bleiben, da würden wir zu schnell aufgespürt.«

»Wäre es nicht ratsam, uns erst noch etwas weiter von den Quartieren zu entfernen?« fragte Complain.

»Was immer ich vorschlage, *ist* der beste Rat«, erklärte Marapper mit Entschiedenheit. »Glaubst du denn im Ernst, daß es einer von jenen Schwächlingen wagen würde, sein armseliges Leben in einem fremden Ponik-Dickicht aufs Spiel zu setzen, wo überall unbekannte Gefahren auf ihn lauern? Wollen wir keinen weiteren Gedanken an eine so groteske Annahme verschwenden und statt dessen lieber eines klarstellen: Ihr tut, was ich sage. Merkt euch das gut, wenn ihr überleben wollt. Verstanden? Roy? Ern? Wantage? Fermour?«

Der Priester schaute ihnen der Reihe nach in die sturen Gesichter, als ob er einen Namensappell abhielt. Sie wichen seinem Blick aus wie ein Quartett schlaftrunkener Geier.

»Darüber waren wir uns doch längst einig«, sagte Fermour schließlich ungeduldig. »Was wollen Sie denn noch von uns? Sollen wir Ihnen die Stiefel küssen?«

»Das ist ein Privileg, das ihr euch erst verdienen müßt. Aber ich hatte noch etwas anderes im Sinn: Ich wünsche nicht nur, daß ihr mir blind gehorcht, sondern auch, daß ihr euch untereinander vertragt. Ich verlange nichts so Blödsinniges wie gegenseitiges Vertrauen. Die Gebote der Lehre werden nicht angetastet – wenn wir uns auf die Lange Reise machen, dann auf orthodoxe Weise. Wir können uns ständige Reibereien in der Gruppe einfach nicht leisten. Die schönen Zeiten in den Quartieren sind vorbei.

Wir kennen bereits einige der Gefahren, denen wir begegnen werden – Mutanten, Außenseiter, andere Stämme und nicht zuletzt die schrecklichen Voruns-Leute. Aber es erwarten uns noch viele andere Gefahren, von denen wir nichts wissen. Hebt euch also euren Haß für das große Unbekannte auf, das vor uns liegt.«

Wieder blickte er sie forschend an, dann befahl er: »Schwört es.«

»Alles schön und gut«, brummte Wantage. »Aber wenn wir aufs Streiten verzichten müssen, Priester, dann hören Sie gefälligst damit auf, uns mit Ihren langen Predigten anzuöden. Sagen sie uns klipp und klar, was wir tun sollen, und wir tun's.«

»Richtig«, warf Fermour schnell ein, bevor ein neuerlicher Zwist entstehen konnte. »Laßt uns, um Himmis willen, endlich diesen Schwur hinter uns bringen.«

So gelobten sie also, hinfort auf persönliche Streitereien zu verzichten und schlugen sich gleich darauf in den Ponik-Dschungel. Der Priester ging voran. Nach ein paar Metern kamen sie zur ersten Tür. Marapper blieb stehen, fischte einen riesigen Magnetschlüsselbund aus seiner Tasche und versuchte, damit die Tür zu öffnen.

Complain, der unterdessen etwas weiter vorgedrungen war, rief ihnen einen Augenblick später zu:

»Ich hab' eine aufgebrochene Tür gefunden. Anscheinend ist hier vor uns schon mal ein anderer Stamm vorbeigekommen. Würde uns 'ne Menge Arbeit sparen, wenn wir da reingingen.«

Sie drückten sich durch die raschelnden Ponik-Stangen bis zur Tür. Sie stand nur einen Spaltbreit auf, und die Männer starrten sie voll böser Vorahnungen an. Jede Tür war eine Herausforderung, ein Tor ins Unbekannte. Man hatte ihnen allen schon als Kindern Geschichten vom Tod erzählt, der hinter diesen schweigsamen Türen lauerte und so die Furcht in ihre Herzen gepflanzt.

Roffery war es, der der Tür schließlich mit vorgehaltener Waffe einen Fußtritt versetzte. Sie schwang auf. Man vernahm ein leises Scharren, dann herrschte Todesstille. Der Raum schien groß zu sein, aber dunkel, da die Beleuchtung defekt war – wie lange wohl schon? Nur die Finsternis hatte die Poniks davon abhalten können, sich in ihrem unstillbaren Hunger nach Licht den Zutritt zu erzwingen.

»Hier gibt's nur Ratten«, sagte Complain ein wenig atemlos. »Geh doch rein, Roffery, worauf wartest du?«

Statt einer Antwort holte Roffery eine Taschenlampe aus seinem Gepäck und ließ ihren Lichtkegel durch den Raum wandern.

Er war tatsächlich groß – und leer. Der Strahl der Taschenlampe zuckte nervös über das übliche Gitter in der Decke, die kahlen Wände und den Boden, auf dem sich Gerümpel türmte. Stühle und Tische mit herausgerissenen Schubladen lagen herum, ihr Inhalt kunterbunt verstreut – irgend jemand hatte mit einem Beil Kleinholz daraus gemacht. Zerbeulte Kabinen aus Leichtmetall lagen kopfunter im Staub. Die fünf Männer blieben argwöhnisch auf der Schwelle stehen und fragten sich dumpf, wann diese Orgie der Zerstörung wohl stattgefunden hatte. Vielleicht spürten sie sogar noch einen Hauch jenes Wüters in der Luft – denn die Vernichtung überlebt, anders als das Gute, ihre Urheber noch lange.

»Wir können hier schlafen«, sagte Marapper knapp. »Roy, schau mal durch die Tür dort.«

Complain stapfte zum entfernten Ende des Raums und zog die Tür auf; dahinter befand sich eine kleine Toilette; die Porzellanschüssel war zerbrochen, die Rohre herausgerissen. Eine alte Rostspur lief an der Wand herunter, aber das Wasser hatte seit langem zu fließen aufgehört. Plötzlich schoß eine weiße Ratte aus einem der Löcher, jagte in Riesensätzen an Complain, der ihr vergebens einen Fußtritt zu geben versuchte vorbei und verschwand in dem Ponik-Dschungel des Korridors.

»Hier können wir bleiben«, wiederholte Marapper noch einmal. »Laßt uns essen und dann die Wachen auslosen.«

Das ganze bescheidene Mahl über stritten sie sich, ob es nötig sei, Wachen aufzustellen oder nicht. Complain und Fermour waren dafür, Roffery und Wantage dagegen. Der Priester äußerte sich vorerst nicht. Nachdem er seine Mahlzeit beendet hatte, wischte er sich sorgfältig die Hände an einem Lumpen ab und verkündete dann mit vollem Mund: »Roffery, du hast die erste Wache, du, Wantage, die zweite. Somit habt ihr Gelegenheit, euch sofort zu bewähren. In der nächsten Schlafperiode sind die beiden anderen dran.«

»Und Sie, Vater, wachen wohl nie?«

Marapper spreizte die Hände und brachte es fertig, seinem Gesicht einen Ausdruck engelhafter Unschuld zu verleihen. »Meine Söhne, euer Priester wacht immer über euch, im Wachen wie im Schlafen.«

Dann zog er, um das Thema zu wechseln, rasch einen Gegenstand unter seinem Mantel hervor. »Mit diesem Ding hier, das ich in meiner weisen Voraussicht Zilliac entwendet habe, können wir die Länge unserer Wachen exakt berechnen, so daß keiner von euch mehr tun muß als der andere. Wie ihr seht, hat es auf der einen Seite eine Reihe von Zahlen und drei Finger oder Zeiger. Man nennt es Uhr. Es ist eine Erfindung der Riesen.«

Complain, Fermour und Wantage beugten sich interessiert über die Uhr; nur Roffery, der im Laufe seiner Tätigkeit als Preismacher so etwas schon öfters gesehen hatte, lehnte sich hochmütig zurück. Der Priester nahm die Uhr wieder an sich und drehte an einem kleinen Rädchen.

»So bringe ich sie dazu, zu funktionieren«, erläuterte er großartig. »Für unseren Zweck ist nur der langsamste der drei Zeiger von Interesse. Wie ihr seht, berührt er gerade die Zahl acht. Ern, du wirst aufbleiben, bis er bei der Neun angekommen ist, dann weckst du Wantage. Wantage, wenn der Zeiger auf die Zehn zeigt, weckst du uns alle, und wir setzen unsere Reise fort. Ist das klar?«

»Wo gehen wir hin?« fragte Wantage verdrießlich.

»Darüber reden wir, wenn wir geschlafen haben, nicht früher«, erklärte Marapper mit Bestimmtheit. »Weckt mich, sobald ihr etwas Verdächtiges hört. Aber keinen falschen Alarm – ich kann sehr unangenehm werden, wenn man mich in meinen Träumen stört.«

Damit rollte er sich in einem Winkel zusammen. Die anderen, mit Ausnahme von Roffery, der sie mit einem wenig herzlichen Blick bedachte, folgten seinem Beispiel.

Sie lagen alle schlafbereit am Boden, als Wantage zögernd die Stimme erhob. »Vater, Vater Marapper«, rief er mit einem flehentlichen Unterton, »wollen Sie nicht ein Gebet für unsere Sicherheit sprechen?«

»Bin zu müde, um für irgend jemanden ein gutes Wort einzulegen«, murmelte der Priester.

»Nur ein ganz kurzes, Vater.«

»Na schön. Kinder, möge euer Ego wachsen, laßt uns beten.« Im Dreck auf der Erde liegend begann er zu psalmodieren; seine Worte kamen erst gleichgültig, aber in dem Maß, in dem er sich selbst an ihnen berauschte, gewannen sie an Überzeugungskraft.

»Oh, Bewußtheit, wir, die wir hier versammelt sind, sind doppelt unwürdig deine Gefäße zu sein, denn wir wissen um unsere Fehler und bekämpfen sie doch nicht so, wie wir es sollten. Wir sind ein armseliger Haufen, und unser Leben ist erbärmlich; und doch haben wir noch nicht alle Hoffnung aufgegeben. Oh, Bewußtheit, ergieße dich vor allem in diese fünf Gefäße hier, denn für uns besteht mehr Hoffnung als für die, die wir zurückgelassen haben. Darum ist auch mehr Platz in uns, um dich aufzunehmen. Wir wissen, daß, wenn du uns nicht erfüllst, nur der böse Feind das Unbewußte in uns ist; gib unseren Gedanken Kraft, daß sie nur in dir weilen. Mach uns schneller und stärker, damit wir alle, die sich uns entgegenstellen, besiegen können. Hilf uns, unsere Gegner zu zerschmettern und ihre Eingeweide über das gesamte Schiff zu verstreuen! So wollen wir schließlich, von dir erfüllt, die Macht erringen und deiner vollen Gegenwart teilhaftig werden. Möge dein Funke bis zu unserem letzten Atemzug in uns glühen, wenn der böse Feind unser Leben fordert und auch wir die Letzte Reise antreten müssen.«

Während er die Gebetsworte sprach, hatte sich der Priester unwillkürlich auf die Knie erhoben und die Hände über dem Kopf ausgestreckt. Nun fuhr er mit dem rechten Zeigefinger in der vorgeschriebenen Geste über seine Kehle, und die anderen machten ihm die Gebärde nach.

»Jetzt aber Ruhe«, mahnte er darauf in seinem normalen Tonfall und rollte sich wieder in der Ecke zusammen.

Complain hatte sich ein Bündel unter den Kopf geschoben. Normalerweise war sein Schlaf so leicht wie der eines

Tiers. In dieser ungewohnten Umgebung kam er jedoch nicht so prompt wie gewohnt, und Complain lag eine Weile mit halbgeschlossenen Augen da und versuchte nachzudenken. Er dachte immer nur in Bildern: Gwennys leere Koje, Marapper, der triumphierend über Zilliac stand, die springende Katze, die unter Mellers Händen Gestalt annahm, die vorspringenden Muskeln auf Wantages Nakken, Twemmer, der Wächter, wie er in Marappers Armen zusammensackte. Und weil er nur in Bildern dachte, bezogen sich seine Gedanken stets auch nur auf die Vergangenheit, denn von der Zukunft konnte er sich ja noch kein Bild machen; dort begann jene andere unheimliche Dunkelheit, von der seine Mutter manchmal gesprochen hatte.

Er zog keine Schlüsse und vergeudete keine Zeit mit unnützen Sorgen, denn eine der Spruchweisheiten des Stammes lautete: Der Teufel, den man nicht kannte, mochte den besiegen, den man kannte.

Bevor er einschlief, gewahrte er noch einmal im Dämmerlicht des Gangs den immerwährenden Ponik-Dschungel, der in der gleichbleibenden trockenen Hitze unablässig raschelte; ab und zu gab es ein leises Plopp, wenn eine der Schoten aufplatzte und ihre Samen ins Zimmer schleuderte. Die Pflanzen wuchsen mit rasender Geschwindigkeit und drängten gewaltsam gegen die Schotten. Sie erstickten sich gegenseitig in ihrer Lebensgier, um in der nächsten Dunkelphase allesamt wieder abzusterben, starke wie schwache gleichermaßen. Doch Complain war nicht fähig, in diesem endlosen Kampf ums Dasein die Parallele zum Leben der Menschen um sich herum zu sehen.

2

»Sie schnarchen«, sagte Roffery scherzend zum Priester, als sie zu Beginn der nächsten Wachphase eine gemeinsame Mahlzeit einnahmen.

Die Beziehung zwischen ihnen hatte sich unmerklich verändert, als ob während ihres Schlafs eine geheimnisvolle Kraft am Werk gewesen sei. Sie empfanden sich nicht mehr als Gegner und Konkurrenten, wie sie es von den Quartieren her nicht anders gekannt hatten. Das Bewußtsein der sie umgebenden Gefahr hatte sie stillschweigend zu einer Einheit zusammengeschmiedet. Die Wache schien Roffery gutgetan zu haben, er wirkte fast unterwürfig. Nur Wantage war überhaupt nicht verändert. Alles Weiche seines Wesens war durch die konstanten Demütigungen und die Einsamkeit, die er hatte erdulden müssen, abgetragen worden. Nun glich er einem kahlen Fels; er konnte nur noch zerbrochen oder getötet werden.

»Wir müssen versuchen, in dieser Phase so weit wie möglich voranzukommen«, sagte Marapper. »Wie ihr wißt, herrscht während der nächsten Schlafperiode Dunkelheit. Es ist gefährlich für uns, dann unterwegs zu sein; das Licht unserer Taschenlampen würde uns jedem zufälligen Beobachter verraten. Bevor wir aufbrechen, will ich euch jedoch einen kleinen Einblick in meine Pläne gewähren. Und das bedeutet, daß ich erst ein paar Worte über das Schiff verlieren muß.«

Selbstzufrieden grinsend blickte er in die Runde.

»Punkt eins: Wir befinden uns in einem Schiff. Sind wir uns da alle einig?«

Sein insistierender Blick schien eine Antwort von allen zu erzwingen: ein »Na klar« von Fermour; ein ungeduldiges Grunzen von Wantage, als ob er die Frage belanglos fände; eine nichtssagende Handbewegung von Roffery und ein »Nein« von Complain.

Marapper wandte ihm augenblicklich seine volle Aufmerksamkeit zu.

»Dann tätest du gut daran, mir genau zuzuhören, Roy. Ich reagiere in diesem Punkt sehr impulsiv, und wenn ich auf hartnäckige Dummheit stoße, kann ich sehr ärgerlich werden.

Also, Roy – das Entscheidende ist folgendes: Das Leben außerhalb eines Schiffs ist völlig anders als das im Schiff. Wir alle wissen nur, wie es *in* einem Schiff ist, und darum glauben wir, daß es gar nichts anderes gibt. Aber in Wirklichkeit gibt es viele Orte, die *nicht* Schiff sind – gewaltige, großartige Orte ... Das weiß ich, weil ich die Aufzeichnungen der Riesen studiert habe. Es waren die Riesen, die das Schiff für ihre eigenen, uns noch verborgenen Zwecke gebaut haben.«

»Das hab' ich alles schon mal in den Quartieren gehört«, sagte Complain unbehaglich. »Und selbst wenn ich Ihnen glaubte, Marapper: was macht das schon für einen Unterschied – Schiff oder Welt?«

Der Priester beugte sich plötzlich vor, riß ein Büschel Ponik-Blätter aus und hielt sie Complain unter die Nase.

»Die sind etwas *Natürliches*, etwas Gewachsenes.«

Dann trampelte er in das kleine Hinterzimmer und gab der Kloschüssel einen Tritt, daß sie aufklang.

»Und das da ist etwas *Künstliches*. Verstehst du jetzt? Das Schiff ist künstlich, es wurde geschaffen. Die Welt ist natürlich. Auch wir sind Geschöpfe der Natur, und unsere angestammte Heimat ist nicht hier.«

»Selbst wenn es so ist ...«, fing Complain wieder an.

»Es *ist* so! Es *ist* so! Die Beweise sind da, du bist ständig und überall von ihnen umgeben – die Gänge, die Wände, die Zimmer –, es ist alles künstlich, aber du begreifst ja nicht, was das bedeutet.«

»Doch«, sagte Complain ärgerlich, »ich begreife es schon, ich kann es nur nicht akzeptieren.«

»Versuche, damit fertig zu werden. Ich habe Bücher gelesen, ich kenne die Wahrheit. Die Riesen haben das Schiff für einen bestimmten Zweck gebaut; irgendwann ist dieser Zweck in Vergessenheit geraten, und die Riesen selbst sind ausgestorben. Nun ist nur noch das Schiff übrig.«

Er hörte auf, ruhelos das Zimmer zu durchmessen, blieb vor einer Wand stehen und lehnte die Stirn dagegen. Als er weiterredete, war es fast, als ob er zu sich selber spräche.

»Nur das Schiff ist noch übrig. Das Schiff und in ihm, wie in einer Falle gefangen, alle Stämme der Menschheit. Es muß eine fürchterliche Katastrophe gegeben haben, irgendwas ging schief, und als Folge davon wurden wir einem schrecklichen Schicksal überlassen. Unsere Vorfahren müssen eine unvorstellbar schlimme Sünde begangen haben, daß uns eine so schwere Prüfung auferlegt wurde.«

»Zur Hölle mit dem dummen Geschwätz«, sagte Wantage ärgerlich. »Können Sie nicht mal einen Augenblick vergessen, daß Sie Priester sind, Marapper? Erklären Sie uns lieber, welche Konsequenzen sich daraus für uns ergeben.«

»Entscheidende Konsequenzen«, belehrte ihn Marapper ein wenig von oben herab. »Natürlich interessiere ich mich eigentlich nur für die theologischen Aspekte der Frage. Aber was euch betrifft, ist der springende Punkt doch der: das Schiff kam *von* einem Ort und ist folglich *zu* einem Ort unterwegs. Diese Orte sind wichtiger für uns als das Schiff selbst: dort sollten wir eigentlich sein. Es sind natürliche Orte.

Doch das ist außer für Dummkömpfe kein Geheimnis. Das wahre Geheimnis ist dieses: Warum besteht eine Verschwörung mit der Absicht, uns nicht wissen zu lassen, wo wir uns befinden?«

»Ich hab's doch schon immer gesagt: es ist was schiefgelaufen«, warf Wantage eifrig ein.

»Na schön«, aber sag es ja nicht noch einmal in meiner Gegenwart!« fuhr ihn der Priester an, der fürchtete, seine Autorität könne untergraben werden, wenn er einem von ihnen gestattete, einer Meinung mit ihm zu sein. »Es besteht eine Verschwörung gegen uns. Der Kapitän dieses Schiffs hält sich irgendwo versteckt, während wir immer weiter fliegen, ohne zu wissen wohin oder warum. Er ist ein Wahnsinniger, der sich vor uns verbirgt und uns für die Sünden unserer Väter büßen läßt.«

In Complains Ohren klang dies äußerst unwahrscheinlich, aber auch nicht unwahrscheinlicher als die Behauptung, sie seien auf einem sich bewegenden Schiff. Ein Gefühl grenzenloser Verunsicherung überkam ihn. Verstohlen musterte er seine Gefährten, doch er konnte keine eindeutigen Anzeichen dafür finden, ob sie mit den Theorien des Priesters übereinstimmten. Fermour hatte ein verächtliches Lächeln aufgesetzt, Wantages Gesicht trug wie stets den Ausdruck prinzipieller Ablehnung, und Roffery zupfte ungeduldig an seinem Schnurrbart.

»Kommen wir jetzt zu meinem Plan«, sagte der Priester.

»Leider bin ich dabei auf eure Mithilfe angewiesen. Wir werden diesen Kapitän aufspüren, egal, wo er sich verkrochen hat. Wenn wir ihn gefunden haben, werden wir ihn töten – und selber die Kontrolle des Schiffs übernehmen!«

»Und was dann?« fragte Fermour in einem Ton, der darauf berechnet war, Marappers überschäumenden Enthusiasmus ein wenig zu dämpfen.

Der Priester sah ihn verständnislos an. Endlich sagte er: »Oh ... wir werden schon ein Ziel für das Schiff finden. Überlaßt diese Nebensächlichkeiten ruhig mir.«

»Und wo genau finden wir diesen Schurken von Kapitän?« erkundigte sich Roffery.

Statt einer Antwort zog Marapper das Buch unter seinem Gewand hervor, das er Complain bereits gezeigt hatte, und hielt es ihnen triumphierend unter die Nase. Doch der Titel sagte nur Roffery etwas, der als einziger von ihnen fließend lesen konnte. Die anderen vermochten wohl einzelne Silben zu buchstabieren, aber mit unvertrauten Worten kamen sie nur mühsam zurecht. Herablassend erklärte ihnen der Priester, daß es sich um das »Handbuch der elektrischen Schaltkreise des Sternenschiffs« handele. Er ließ sie auch wissen, wie es in seinen Besitz geraten war, weil ihm das wieder einmal Gelegenheit gab, vor ihnen groß zu tun. Zilliacs Wächter hatten es in demselben Versteck gefunden, in dem auch die Farben gewesen waren. Sie hatten es zusammen mit vielen anderen Dingen in das Büro des Leutnants geschafft. Der zufällig anwesende Marapper hatte sofort seinen Wert erkannt und es in seiner Tasche verschwinden lassen. Unglücklicherweise hatte ihn einer der Wächter dabei beobachtet, und er konnte sich das Schweigen dieses guten Mannes nur dadurch erkaufen, daß er ihn mitzunehmen versprach.

»Das war wohl der, den Meller erledigt hat?«

»Derselbe«, sagte der Priester und machte automatisch das Zeichen der Trauer. »Nachdem er über meinen Plan nachgedacht hatte, glaubte er wohl, er könne mehr für sich herausschlagen, wenn er ihn an Zilliac verriete.«

»Wer sagt, daß er damit unrecht hatte?« kommentierte Roffery mit bitterem Lachen.

Doch der Priester zog es vor, diese Herausforderung zu überhören und schlug statt dessen das Buch an einer bestimmten Stelle auf.

»Auf dieser Zeichnung basiert mein ganzes Vorhaben«, sagte er eindringlich. »Es ist der Grundriß des Schiffs.«

Doch zu seinem Ärger mußte er sich gleich wieder unterbrechen, um ihnen zu erklären, was ein Grundriß ist. Complain hatte es schnell begriffen, aber es erwies sich als unmöglich, Wantage das Prinzip der zweidimensionalen Wiedergabe eines dreidimensionalen Gegenstandes klarzumachen. So mußten sie die Angelegenheit schließlich auf sich beruhen lassen.

»Nie zuvor hat jemand einen Plan des ganzen Schiffs besessen«, teilte ihnen der Priester erregt mir. »Es war ein großes Stück, daß er in meine Hände fiel. Ozbert Bergass wußte eine Menge über die Gesamtanlage, aber richtig vertraut war er eigentlich nur mit der Region der Achtertreppe und einem Teil der Todesstraßen.«

Aus dem Diagramm konnte man ersehen, daß das Schiff die Form eines langgestreckten, in der Mitte auseinandergezogenen Eies hatte. Sein mittlerer Teil war zylindrisch, die beiden Enden liefen stumpf zu. Es bestand, wie der Querschnitt zeigte, aus ingesamt vierundachtzig scheibenförmigen Decks, die wie die Münzen einer Rolle nebeneinander im Schiffsrumpf lagen. Mit Ausnahme von ein paar Decks an den abgeplatteten Enden bestanden alle anderen aus drei konzentrischen Ebenen – einer oberen, mittleren und unteren –, in denen die Korridore verliefen. Die Ebenen waren durch Fahrstühle und Treppen untereinander verbunden. Die Unterkünfte lagen längs der Korridore. Ein großer Gang, der Hauptkorridor, lief durch die gesamte Längsachse des Schiffs und verband alle Decks miteinander. Außer ihm gab es aber noch zahlreiche Seitenverbindungen, durch die man von einem Deck zum nächsten gelangen konnte.

Das eine Ende des Schiffs trug deutlich die Aufschrift »Achtern«, an seinem anderen Ende befand sich eine kleine Ausbuchtung, die mit »Kontrollraum« beschriftet war. Marapper legte einen plumpen Finger darauf.

»Das ist unser Ziel. Hier werden wir den Kapitän finden. Wer immer sich in diesem Raum befindet, hat die Gewalt über das Schiff.«

»Mit unserem Plan ist das ein Kinderspiel«, meinte Roffery und rieb sich zuversichtlich die Hände. »Wir brauchen nur den Hauptkorridor entlangzugehen.«

»Ganz so einfach, wie du glaubst, ist es nicht«, warf Complain ein. »Du kennst den Hauptkorridor nicht, weil du kein Jäger bist, aber ich weiß, daß er nirgendwo hin führt, wie es doch ein normaler Gang tun sollte.«

»Trotz deiner etwas unbeholfenen Art dich auszudrükken, hast du recht, Roy«, pflichtete ihm der Priester bei. »Aber ich habe in dem Buch den Grund dafür gefunden. Einst befanden sich auf der gesamten Länge des Hauptkorridors Notausgänge zwischen jedem Deck. Die Decks waren so konstruiert, daß sie in Notfällen voneinander abgetrennt werden konnten und dennoch autarke, lebensfähige Einheiten bildeten. Nun – genau das muß geschehen sein. Ein Notfall trat ein, ein Feuer oder etwas Ähnliches, und seitdem blieben die Türen des Hauptkorridors verschlossen.«

»Darum ist es also so schwierig, irgendwohin zu kommen – einmal abgesehen von den Poniks«, überlegte Fermour. »Man bewegt sich immer nur im Kreis herum. Wir sollten versuchen, noch offene Seitenverbindungen zwischen den Decks zu finden. Das bedeutet allerdings, daß wir ständig Umwege machen und von unserer eigentlichen Richtung abweichen müssen.«

»Vielen Dank, aber das Denken besorge ich«, schnitt ihm der Priester das Wort ab. »Nun wollen wir aber aufbrechen, ohne noch weiter Zeit zu verlieren.«

Sie erhoben sich gehorsam. Vor ihrer Kammer erwarteten sie die Todesstraßen – keine einladende Aussicht.

»Wir werden durch das Voruns-Land müssen, um den Kontrollraum zu erreichen«, bemerkte Complain.

»Fürchtest du dich?« fragte Wantage höhnisch.

»Ja, Schlitzgesicht, ich fürchte mich.«

Doch Wantage war zu bedrückt, um wegen des Gebrauchs seines Spitznamens einen Streit anzufangen.

Schweigend kämpften sie sich durch den Dschungel. Sie kamen nur sehr langsam voran. Ein einsamer Jäger konnte, wenn er sich dicht an der Wand hielt, gebückt durch die Poniks kriechen, ohne sie abhauen zu müssen. Doch als sie diese Methode ausprobierten, erwies sie sich als unvorteilhaft, weil die Zweige, die der Vorangehende beiseite gedrückt hatte, seinem Hintermann ins Gesicht schlugen. Das hätte sich durch ein weiteres Auseinanderziehen ihrer Reihe vermeiden lassen, aber in stillschweigendem Einverständnis blieben sie so dicht beieinander wie möglich. Es empfahl sich auch nicht, zu nahe an der Wand zu gehen, denn dort lagen die von den Wänden abgeprallten Samen am höchsten und knirschten bei jedem Tritt unangenehm laut. Mit dem geschärften Auge des Jägers erkannte Complain an der Menge der Samen, die einen Leckerbissen für Hunde und Schweine bildeten, daß es nicht viele Wildtiere in der Gegend geben konnte.

Die Insekten waren eine furchtbare Plage. Unablässig summten sie den Männern um die Ohren und reizten sie bis aufs Blut.

Als sie zur ersten Nebenverbindung zwischen zwei Decks kamen, wußten sie sofort, was sie vor sich hatten, denn sie war deutlich markiert. Der Zugang befand sich in einem kurzen Seitenkorridor und bestand aus zwei in geringem Abstand voneinander angebrachten Stahltüren, die beide den Gang völlig abzusperren vermochten, aber durch den allgegenwärtigen Pflanzenwuchs daran gehindert wurden. Auf der Vorderseite der ersten Tür stand »Deck 61«, auf der Rückseite der zweiten »Deck 60«. Marapper nahm es mit einem zufriedenen Grunzen zur Kenntnis, war aber zu erschöpft, um eine Bemerkung darüber zu machen. Complain war auf seinen Streifzügen schon des öfteren auf solche Türen gestoßen, ohne sich je Gedanken über ihre Bedeutung zu machen.

Auf Deck 60 begegneten sie anderen Menschen.

Fermour hatte die Führung übernommen und hackte mit stoischem Gleichmut die Ponik-Stangen ab, als er auf eine offene Tür stieß. Offene Türen bedeuteten stets Gefahr, und wenn sie durch eine hindurch mußten, sammelten sie sich am Eingang, um dann zusammen durchzugehen. Bisher war immer alles gutgelaufen, aber dieses Mal stießen sie auf eine alte Frau.

Sie lag nackt auf dem Boden neben einem angebundenen Schaf. Da sie in die andere Richtung blickte, konnten die Männer ihr linkes Ohr sehr gut sehen. Es war monströs angeschwollen und stand wie ein Schwamm vom Schädel ab. Das Gewebe war grellrosa und bildete einen schockierenden Gegensatz zur fahlen Blässe des Gesichts.

Langsam drehte sich die Alte zu ihnen um und fixierte sie mit Eulenaugen. Dann begann sie ohne Vorwarnung zu schreien.

Das Schaf lief fort, soweit es das Seil erlaubte und blökte jämmerlich.

Bevor die fünf flüchten konnten, hatte der Lärm zwei Männer alarmiert, die zur Verteidigung des kreischenden Weibs herbeigeeilt kamen.

»Die werden uns nichts tun«, sagte Fermour erleichtert. Das war offensichtlich. Der eine war ganz krumm vom Alter, und der andere hatte in einer lange zurückliegenden Messerstecherei einen Arm eingebüßt.

»Wir sollten sie töten«, grunzte Wantage; die eine Hälfte seines Gesichts belebte sich plötzlich bei dieser Aussicht. »Vor allem die gräßliche alte Hexe.«

Als die Frau das hörte, stellte sie augenblicklich ihr Geschrei ein und leierte: »Wachstum für eure Egos und die Pest auf eure Augen; rührt uns nicht an, oder der Fluch, der auf uns liegt, wird auch über euch kommen.«

»Wachstum für Ihr Ohr, Madame«, erwiderte Marapper trocken. »Los, ihr Helden, was trödelt ihr so lange herum; laßt uns verschwinden, bevor noch jemand anders hier auftaucht.«

Die drei Elendsgestalten rührten sich nicht, als sich die Männer zum Gehen wandten. Vielleicht waren sie die letzten Überlebenden eines Todesstraßen-Stamms, vielleicht aber auch Flüchtlinge, die ihr Leben in der Wildnis beendeten.

Von nun an stießen die Reisenden häufiger auf Spuren von Mutanten und Außenseitern. Trampelpfade wanden sich durch die Poniks und erleichterten ihnen das Vorankommen; andererseits mußten sie nun noch schärfer auf der Hut sein als zuvor.

Die nächste Nebenverbindung war verschlossen, und die Stahltür widerstand all ihren Versuchen, sie zu öffnen.

»Es *muß* einfach eine Möglichkeit geben, die verdammte Tür aufzukriegen«, ärgerte sich Roffery.

»Bitte doch den Priester, in seinem Buch nachzusehen«, empfahl ihm Wantage boshaft. »Im übrigen werde ich jetzt erst mal was essen.«

Nur Marapper war dafür, weiterzumachen, also rasteten sie und nahmen schweigend ein Mahl ein.

»Was passiert, wenn wir auf ein Deck kommen, wo alle Türen wie diese sind?« wollte Complain wissen.

»Das wird nicht geschehen«, sagte der Priester überzeugt, »sonst hätten wir nie etwas vom Voruns-Gebiet gehört. Es muß einen offenen Durchgang geben. Wir werden es auf einer der anderen Ebenen probieren.«

Schließlich fanden sie tatsächlich eine Verbindung zu Deck 59 und ganz kurz darauf eine zu Deck 58. Sie schöpften neuen Mut, aber da war es bereits spät geworden, und eine dunkle Schlafperiode stand unmittelbar bevor.

»Fällt euch etwas auf?« fragte Complain, der gerade wieder einmal den kleinen Trupp anführte, unvermutet. »Die Poniks verändern ihr Aussehen.«

Es stimmte. Die fedrigen Stengel wurden allmählich fleischiger und verloren ihre Elastizität, das Blattwerk war nicht mehr ganz so üppig, und anstelle des wuchernden Laubs traten verstärkt wachsfarbene grüne Blüten. Auch die Erdschicht unter ihren Füßen hatte sich verwandelt. War der Boden bislang hart und trocken gewesen, da ihm die weitverzweigten Wurzeln alle Feuchtigkeit entzogen, wurde er nun dunkel und schwer und gab unter den Tritten der Männer nach.

Je weiter sie kamen, desto mehr nahm das zu. Dann stießen sie zum ersten Mal auf Tomatenpflanzen und andere, ihnen unbekannte Fruchtsträucher, die sich zwischen den geschwächten Ponikpflanzen behaupteten. All dies beunruhigte sie, denn es war ihnen neu. Doch sie mußten haltmachen, weil sie nun jeden Augenblick von der Dunkelheit überrascht werden konnten.

Wieder suchten sie in einem Raum Zuflucht, in den schon einmal eingebrochen worden war. Er war mit altem Gerümpel vollgestopft. Im Schein ihrer Taschenlampen flog ein Mottenschwarm auf. Die Motten füllten das ganze Zimmer, wirbelten umher und umflatterten die Männer wie die Flocken eines Schneesturms.

Complain wich einer Motte aus, die direkt auf sein Gesicht zuflog. Für den Bruchteil einer Sekunde hatte er fast eine Halluzination, an die er sich später einmal erinnern sollte: es war ihm, als sei die Motte nicht an ihm vorbei, sondern direkt in seinen Kopf hineingeflogen. Dort fühlte sie sich sehr groß; dann war der Spuk vorbei.

»Hier würden wir wohl nicht viel Schlaf bekommen«, sagte er angewidert und führte sie weiter den Korridor entlang.

Hinter der nächsten Tür fanden sie ein ideales Lager. Der Raum mußte einst eine Maschinenhalle gewesen sein, denn er war mit Werkbänken und allerlei Gerätschaften voll, für die sie kein Interesse hatten. Aus einem Hahn kam unentwegt ein dünnes Wasserrinnsal, versickerte im Bekken und floß wieder in das Rückgewinnungssystem unter dem Deck. Müde wuschen sie sich, tranken und aßen ein wenig von ihren Vorräten. Dann brach die Dunkelheit an, die natürliche Dunkelheit, die sich in jeder vierten Wach-Schlaf-Phase einstellte.

Diesmal bat keiner um ein Gebet, und der Priester war zu erschöpft, um es aus freien Stücken anzubieten. Außerdem machte er sich Sorgen, weil sie erst drei Decks hinter sich gebracht hatten. Zum ersten Mal überkam ihn eine Ahnung von der wahren Größe des Schiffs – die hatte ihm sein Plan nicht verraten können.

Die kostbare Uhr wurde Complain ausgehändigt, der nach einer Umdrehung des großen Zeigers Fermour wekken sollte. Neidisch sah er zu, wie sich die anderen zum Schlaf niederlegten. Eine Weile hielt er sich verbissen aufrecht, doch dann übermannte ihn die Müdigkeit, und er mußte sich setzen. Er lehnte sich gegen eine Bank und starrte auf das Milchglasfenster in der Tür, das von der Notbeleuchtung im Flur trübe erhellt wurde. Das Viereck aus Licht wurde allmählich größer, dann begann es zu kreisen und verschwamm schließlich vor Complains Augen.

Er erwachte mit einem unguten Gefühl und setzte sich mit einem Ruck auf. Die Tür stand weit offen. Ohne ihre Lichtquelle, fielen die Poniks in den Fluren mit rasender Geschwindigkeit zusammen; die Stengel knickten ein, legten sich aufeinander und boten den Anblick von alten Männern, die auf den Knien rutschten, weil man ihnen das Rückgrat gebrochen hatte. Ern Roffery war nicht mehr im Raum.

Complain zog seinen Betäuber und schlich vorsichtig zur Tür, um zu lauschen. Es war äußerst unwahrscheinlich, daß er mit Gewalt weggeschleppt worden war – die Schleifgeräusche hätten die anderen bestimmt geweckt. Roffery mußte also auf seinen eigenen zwei Beinen hinausgegangen sein. Aber warum? Hatte er etwas gehört?

Nun fiel Complain ein schwaches Rauschen auf, das wie fließendes Wasser klang. Je länger er lauschte, desto lauter schien es zu werden. Nach einem kurzen Blick auf seine schlafenden Gefährten schlüpfte Complain in den Flur, um der Geräuschquelle nachzugehen. So gefährlich dies auch sein mochte – es war immer noch angenehmer, als den Priester zu wecken und ihm die Wahrheit gestehen zu müssen.

Einmal im Gang, folgte er Rofferys Fußspuren, die sich deutlich in den schlammigen Boden eingedrückt hatten und auf das noch unerforschte Ende dieser Ebene zuführten. Complain bewegte sich vorsichtig und ließ seine Taschenlampe nur hier und da aufleuchten.

Je weiter er kam, desto spärlicher standen die Poniks, und schließlich trat sogar der kahle Decksboden zutage; ein stetig fließender Wasserstrom hatte die Erdschicht fortgespült. Behutsam stapfte Complain durch das Naß. Es war eine ganz neue Erfahrung für ihn. In der Ferne glomm ein Licht. Als er sich näherte, erkannte er, daß es durch eine Glastür fiel, auf der »Schwimmbad« stand, Verständnislos buchstabierte Complain das Wort. Dann spähte er durch das Glas und erblickte den Schatten eines Mannes, der am Ende einer nach oben führenden Treppenflucht stand.

Erschrocken zuckte Complain zurück, doch der andere schien ihn nicht gesehen zu haben. Ob es Roffery war? Als er vorsichtig die Tür öffnete, schwappte ihm eine Welle über die Füße. Wasser kam die Treppe heruntergeflossen und verwandelte sie in eine Kaskade.

»Roffery!« rief Complain leise, ohne den Finger vom Abzug zu nehmen. Die drei Silben wurden von den Wänden des riesigen Raums aufgefangen und laut hallend zurückgeworfen. Als das Echo endlich verklungen war, schien selbst noch die Stille in Complains Ohren zu dröhnen.

»Wer da?« flüsterte der Schatten.

Complain wisperte seinen Namen und stieg dann auf ein Zeichen des anderen hin zögernd die Stufen hoch. Oben stellte er zu seiner großen Erleichterung fest, daß es sich tatsächlich um den Preismacher handelte.

Roffery packte ihn grob am Arm.

»Du hast geschlafen, du Narr!« zischte er ihm ins Ohr.

Complain nickte nur stumm, um das Echo zu vermeiden. Dann folgte er mit dem Blick Rofferys ausgestrecktem Arm.

Keiner von ihnen war je zuvor an einem so großen Ort gewesen. Von einer einzigen Birne schwach beleuchtet, schien er sich endlos in der Dunkelheit zu erstrecken. Der Boden war eine gewaltige Wasserfläche, die metallisch schimmerte und sich an den Rändern sanft kräuselte. An ihrem fernen Ende, im Dunkel nur noch zu erahnen, erhoben sich Brettergerüste aus dem Wasser, auf denen Hütten standen.

»Ist es nicht wunderschön?« hauchte Roffery ergriffen.

Complain starrte ihn verwirrt an. Das Wort »schön« hatte eine erotische Bedeutung und wurde normalerweise nur für begehrenswerte Frauen verwandt. Doch er spürte dumpf, daß dieser überwältigende Anblick eine ungewöhnliche Wortwahl rechtfertigte. Wieder betrachtete er verwundert die schier unermeßliche Wasserfläche und versuchte vergeblich, in seiner Erfahrung etwas Vergleichbares zu finden. Wasser war für ihn bisher ein Tröpfeln aus dem Hahn gewesen oder eine kleine Pfütze am Boden eines Topfs. Er fragte sich, wozu diese gewaltige Menge wohl gut sein mochte.

»Ich weiß, was das ist«, flüsterte Roffery plötzlich, der wie hypnotisiert auf das Wasser starrte. »Ich habe in alten Büchern darüber gelesen, aber bis jetzt habe ich es immer für Träumereien und Hirngespinste gehalten.« Er hielt einen Augenblick inne, dann zitterte er: ›Die Toten werden sich nie mehr aus ihren Gräbern erheben, und selbst der längste Strom fließt irgendwann ins Meer.‹ Das ist es, Complain, das Meer – und wir haben es durch Zufall gefunden! In meinen Augen beweist das, daß Marapper unrecht hatte. Wir sind nicht auf einem Schiff, sondern in einer unterirdischen Stadt.«

Complain begann auf einmal zu ahnen, warum Roffery seine gewinnbringende Pfründe aufgegeben und sich der Expedition des Priesters angeschlossen hatte. Auch in ihm war also die Sehnsucht nach dem Unbekannten, nach etwas, wofür sie nicht einmal einen Namen hatten. Doch selbst die Erkenntnis, daß sie von ähnlichen Motiven bewegt wurden, brachte ihm Roffery nicht näher.

»Was machst du eigentlich hier?« fragte er ihn nun.

»Während du geschnarcht hast, hörte ich Stimmen im Korridor, und dann sah ich durch das Glasfenster zwei Menschen vorbeigehen – nur, daß sie zu groß für Menschen waren. Es waren Riesen!«

»Riesen! Aber die sind doch ausgestorben, Roffery.«

»Das da waren Riesen, wenn ich es dir sage! Weit über zwei Meter groß.« In seinen Augen lag noch ein Reflex von der Faszination des Gesehenen.

»Und du bist ihnen gefolgt?«

»Ja. Bis hierher.«

Beunruhigt spähte Complain in die schwarzen Schatten. »Willst du mir Angst machen?«

»Ich hab' dich nicht gebeten, mitzukommen. Außerdem – wer fürchtet sich schon vor Riesen? Gegen meinen Betäuber sind sie ebenso wehrlos wie wir Menschen.«

»Laß uns zurückgehen, Roffery. Ich muß wieder auf meinen Wachposten.«

»Daran hättest du früher denken sollen. Warte, ich komme gleich mit, aber ich will erst noch rasch dorthin – da habe ich die Riesen verschwinden sehen.«

Er deutete auf einen Punkt in der Nähe der Hütten, wo sich eine niedrige Brüstung über der Wasserfläche erhob.

»Dahinter ist eine Falltür«, wisperte Roffery. »Ich hab' gesehen, wie die Riesen reingeklettert sind und die Tür hinter sich zugemacht haben. Komm, laß uns mal nachschauen. Das Wasser ist nur knöcheltief.«

Complain fand diesen Plan zwar äußerst närrisch, wagte aber keinen Einwand.

Roffery wirkte seltsam erregt und schien gleich einem Kind jedes Gespür für die Gefahr verloren zu haben. Dennoch hielt er sich auf Complains Ermahnung hin möglichst nahe an der Wand. So wateten sie durch den großen See, bis sie zu der Falltür kamen, die von einem schützenden Mäuerchen umgeben war.

Roffery schnitt seinem Gefährten eine Grimasse, dan bückte er sich und zog vorsichtig die Klappe hoch. Sanftes Licht fiel aus der Öffnung. Eine Metalleiter führte in eine Grube, auf deren Boden zwei Gestalten in Overalls schweigend an einem Absperrhahn hantierten. Nun mußten sie etwas gemerkt haben, denn sie hielten in ihrer Arbeit inne und blickten verwundert zu Roffery und Complain auf. Es waren tatsächlich Riesen: sie waren ungeheuerlich groß und dick und hatten dunkle Gesichter.

Roffery verlor die Nerven. Er ließ die Klappe krachend zufallen und rannte los. Wasser spritzte auf, und im nächsten Moment war er verschwunden. Complain, der ihm dicht auf den Fersen war, blieb jäh stehen. Direkt vor seinen Füßen fiel der Boden steil nach unten ab. Roffery war in dieses Loch gestürzt und schlug nun wie wild um sich, um wieder an die Wasseroberfläche zu kommen. Complain beugte sich so weit vor, wie er es eben noch riskieren konnte und streckte dem anderen eine Hand entgegen. Einmal hätte Roffery sie beinahe gepackt, doch sie entglitt ihm wieder, und er versank neuerlich in einem Strudel von Blasen.

Als er das nächste Mal hochkam, hatte er einen Halt für

seine Füße gefunden und ließ sich von Complain prustend und keuchend in flacheres Wasser ziehen. Als sie es gerade geschafft hatten, ging die Falltür auf, und die Riesen erschienen in der Öffnung. Complain feuerte, ohne zu zielen; der Schuß ging daneben. Dann war einer der Riesen über ihm, und vor Schreck fiel ihm der Betäuber aus der Hand. Während er sich bückte und in dem flachen Wasser verzweifelt danach angelte, feuerte Roffery, der endlich seine Pistole aus dem Halfter gezerrt hatte, über Complains Rücken hinweg. Er war ein besserer Schütze als Complain.

Einer der Riesen schwankte und stürzte dann in einer hoch aufspritzenden Fontäne in das Wasser. Complain glaubte sich später zu entsinnen, daß das Ungeheuer keine Waffe getragen hatte.

Als der zweite Riese sah, wie es seinem Kameraden ergangen war, duckte er sich hinter die Brüstung und gab zwei Schüsse ab. Der erste traf Roffery mitten ins Gesicht. Er versank ohne einen Laut.

Complain versuchte unterzutauchen, aber er bildete in dem seichten Gewässer ein leichtes Ziel. Das Ungeheuer traf ihn an der Schläfe. Complains Körper wurde schlaff, und er trieb bäuchlings auf dem Wasser.

Der Riese kletterte aus seiner Grube und stapfte grimmig auf ihn zu.

3

Im Zentrum des menschlichen Organismus ist der Überlebenstrieb verankert. Doch ist er von so subtiler Natur, daß ihn ein unerwartetes Ereignis in sein Gegenteil, den Todestrieb, verkehren kann. Diese beiden Impulse wohnen dicht nebeneinander, doch ein ganzes Leben kann vergehen, ohne daß sich der Mensch ihrer Existenz bewußt würde. Wenn aber eine Krise eintritt, muß er sich mit diesem fatalen Zwiespalt in seinem Inneren auseinandersetzen und erst den Feind in der eigenen Brust besiegen, bevor er sich dem äußeren Gegner stellen kann.

So geschah es auch Complain. Als das Bewußtsein in ihn zurückflutete, verspürte er zuerst ein übermächtiges Verlangen, sich aufzugeben und wieder in der Schwärze des Nichts zu versinken. Doch das Leben drängte sich ihm hartnäckig auf, bis er es nicht länger ignorieren konnte.

So öffnete er für einen kurzen Moment die Augen. Er lag mit gefesselten Händen und Füßen in einer düsteren kleinen Kammer. Sein Kopf schmerzte fürchterlich, und seine Lungen waren von einem fauligen Gestank erfüllt. Ihm dämmerte, daß ihn der Riese mit einem zwar wirkungsvollen, letztlich aber unschädlichen Gasgeschoß getroffen haben mußte.

Die Kammer, in der er sich befand, schien sich zu bewegen. Nach einer Weile hörte die Bewegung auf. Wieder riskierte er einen kurzen Blick. Ein Riese kauerte neben ihm – vermutlich der, der ihn gefangengenommen hatte. Er kniete, weil er anders nicht in die enge Kabine gepaßt hätte. Nun fummelte er an einem Knopf herum, und im nächsten Augenblick schob sich ein Teil des Dachs auf.

Licht und der Klang tiefer Stimmen kamen durch die Öffnung. Erst später merkte Complain, daß diese schwere, ein wenig schleppende Redeweise charakteristisch für die Riesen war. Jetzt aber wurde er hochgehoben und ohne Umstände nach oben verfrachtet. Große Hände packten ihn und ließen ihn nicht unsanft zu Boden gleiten.

»Er kommt wieder zu sich«, sagte eine Stimme mit eigentümlichem Akzent.

Ein zweiter Körper wurde durch die Öffnung gereicht – wahrscheinlich der des getöteten Riesen –, dann kletterte der andere Riese heraus und begann eine leise Unterhaltung mit den Anwesenden. Soviel Complain verstand, erklärte er ihnen gerade, auf welche Weise sein Gefährte ums Leben gekommen war, als ein weiterer Riese eintrat und Complains Häscher Fragen zu stellen begann. Sein knapper, befehlsgewohnter Ton ließ vermuten, daß er ein Vorgesetzter war.

»Habt ihr die Überschwemmung gestoppt?« wollte nun der Neuankömmling wissen.

»Jawohl, Mr. Curtis. Wir haben das Wasser abgestellt

und den verrosteten Absperrhahn durch einen anderen ersetzt. Wir haben auch ein Rohrstück erneuert und waren gerade dabei, den Abfluß zu öffnen, als dieser Kerl hier auftauchte. Das Becken müßte jetzt leer sein.«

»Na schön, Randall, meldete sich die gebieterische Stimme, die mit Curtis angeredet wurde. »Und jetzt verraten Sie mir mal, wann Sie mit Ihrer Jagd auf die beiden Hübschen angefangen haben.«

Eine kurze Pause trat ein, dann meinte der andere in einem um Entschuldigung bittenden Tonfall: »Wir hatten keine Ahnung, wie viele von ihnen existierten. Wir gingen davon aus, daß wir jederzeit mit einem Überfall zu rechnen hatten. Wir mußten raus und uns an Ort und Stelle umschauen. Hätten wir gewußt, daß sie nur zu zweit sind, hätten wir sie unbehelligt weiterziehen lassen.«

Die Riesen redeten so schwerfällig, daß Complain sie trotz ihres fremdartigen Akzents ohne Schwierigkeiten verstehen konnte. Viel anfangen konnte er damit nicht. Sein Interesse ließ bereits erheblich nach, als er plötzlich zum Diskussionsgegenstand erhoben wurde.

»Ihnen ist wohl klar, daß Sie in Schwierigkeiten sind, Randall«, sagte die herrische Stimme. »Sie kennen die Vorschriften; und danach erwartet Sie das Kriegsgericht. Sich mit Notwehr zu verteidigen, dürfte Ihnen schwerfallen. Zumal der andere Bursche ertränkt wurde.«

»Er wurde nicht ertränkt. Ich fischte ihn aus dem Wasser und deponierte ihn in der Inspektionsschleuse, damit er sich dort in Ruhe erholen konnte.« Randalls Stimme klang resignierend.

»Lassen wir das vorerst – was soll mit dem Exemplar geschehen, daß Sie hergebracht haben?« wollte Curtis wissen.

»Wenn ich ihn zurückgelassen hätte, wäre er ertrunken.«

»Und warum brachten sie ihn her?«

»Können wir ihn nicht einfach unauffällig loswerden, Mr. Curtis?« Zum erstenmal seit Curtis hereingekommen war, sprach einer der Riesen.

»Unmöglich. Das wäre eine Verletzung der Vorschriften.

Und abgesehen davon – könnten Sie kaltblütig einen Menschen töten?«

»Er ist doch nur eine von diesen Trantüten, Mr. Curtis«, erklang es.

»Und wenn man ihn einer Rehabilitationsbehandlung unterzöge?« schlug Randall in einem Ton vor, als hätte er den Stein der Weisen gefunden.

»Er ist doch viel zu alt, Mann! Sie wissen doch, daß sie ausschließlich Kinder aufnehmen. Warum, zum Teufel, wurde er hergebracht?«

»Ich wollte ihn nicht allein zurücklassen und dachte überdies – ich hätte etwas gehört.«

»Ganz klar, daß Sie in Panik gerieten, Randall«, sagte Curtis tadelnd. »Wir wollen hier keinen von der Sorte. Nehmen Sie ihn wieder mit. Complain hörte das mit geheimer Freude. Nichts wäre ihm lieber, als wieder zurückgebracht zu werden. Er hatte vor den Riesen keine Angst, sie waren einfach zu sanft und träge, um etwas Böses im Schilde zu führen.

Zwischen den Riesen entbrannte eine Diskussion, wie man mit Complain verfahren sollte. Bis Curtis, der Befehlshabende, die Geduld verlor.

»Schluß jetzt, bellte er. »Ab in mein Büro. Wir melden uns bei Little Dog und lassen ihn entscheiden.«

Nachdem die Riesen verschwunden waren, blieb Complain für einige Sekunden allein zurück. Ein Knarren veranlaßte ihn, nach unten zu sehen. Er wurde Zeuge, wie ein rechteckiges Stück Wand in Höhe seiner Knie beiseite glitt. Alptraumhafte Figuren entstiegen ihm.

Sie waren zu fünft, umringten Complain und hüpften blitzartig vor und zurück. Es waren Ratten. Drei weitere Exemplare erschienen in der Wandöffnung und bedeuteten den anderen, sich zurückzuhalten.

Die fünf Kundschafter trugen Stachelhalsbänder; sie waren kleinwüchsig und drahtig; eine hatte ein Auge verloren. Von den drei später erschienenen war einer schwarz, offensichtlich der Anführer. Er stand aufrecht da und ruderte mit den Pfoten in der Luft herum. Er trug keinen Kragen, doch der obere Teil seines Körpers war von einem

Sammelsurium verschiedener Metallteile umhüllt. Um die Hüften trug er etwas, das ein kleines Schwert sein mochte. Er quiekte wütend, und die fünf Kundschafter drangen wieder auf Complain ein.

Die beiden Leibwächter des Rattenführers warteten mit nervös zuckenden Schnurrhaaren.

Währenddessen versuchte Complain, den Ratten so gut wie möglich aus dem Weg zu gehen. Sie waren ihm zwar nicht fremd, aber er hatte trotzdem Respekt vor ihnen.

Die Ratten waren auch nicht auf der Jagd auf eine besonders wohlschmeckende Beute. Jetzt erschien der Wächter, der die Nachhut bildete. Hinter ihm schoben sich vier weitere Ratten aus der Wandöffnung. Sie zerrten einen kleinen Käfig hinter sich her, der auf Anweisungen des Führers hin vor Complains Gesicht in Position gebracht wurde. Dort konnte er ihn genauestens inspizieren und sein spezielles Aroma riechen.

Das Tier in dem Käfig war größer als die Ratten. Aus dem Pelz auf seinem ovalen Schädel ragten zwei lange Ohren auf; sein Schwanz war lang und trug einen dichten, weißen Bausch als attraktiven Abschluß. Complain hatte ein solches Wesen noch nie zuvor gesehen, doch er erkannte es anhand der Beschreibungen von alten Jägern in seinem Dorf sofort: es war ein Kaninchen – eine seltene Tierart, weil die Ratten sie fast ausgerottet hatten.

Nun schwärmten die Aufklärer-Ratten aus, um Wache zu halten, während sich der Anführer dem Käfig näherte. Das Kaninchen zuckte vor ihm zurück, doch es war an allen vier Pfoten festgebunden. Der Anführer riß blitzschnell sein winziges Schwert aus der Scheide und machte Anstalten, mit seiner scharfen Klinge den Hals des Kaninchens durchzusäbeln. Aber nachdem er einen Moment in dieser Drohhaltung verharrt hatte, steckte er die Waffe wieder zurück.

Das gefangene Tier schien seine Absichten zu kennen. Complain starrte es verwundert an, blickte direkt in seine sich vergrößernden Pupillen. Ein unangenehmes Gefühl ergriff von ihm Besitz, ohne daß er etwas dagegen hätte tun können. Er versuchte es abzuschütteln, aber die unheimliche Empfindung verstärkte sich noch: es war, als ob ein im Sterben liegender Mann in einem dunklen Raum herumtappte und verzweifelt nach dem Lichtschalter suchte. Complain brach der Schweiß aus, als er mit aller Kraft versuchte, den geistigen Kontakt mit dem Tier zu unterbrechen.

Dann zerplatzte sein Hirn zu einer einzigen Frage:

WARUM SIND ...
    WER IST ...
        WAS TUN ...
            WIE KANN ...
                TUST DU ...
                    KÖNNT IHR ...

Complain brüllte laut vor Entsetzen.

Das schreckliche Geplapper in seinem Gehirn verstummte sofort; die Aufklärer-Ratten rasten herbei, packten den Käfig, zerrten ihn ins Loch zurück, und gleich darauf war der ganze Spuk wieder in der Wand verschwunden, die sich hinter ihm schloß – gerade noch rechtzeitig, bevor einer der Riesen ins Zimmer stapfte, um nachzusehen, warum der Gefangene so schrie.

Unfähig zu reden, starrte Complain seinen Bewacher hilflos an.

Nachdem dieser sich vergewissert hatte, daß ihm nichts fehlte, kehrte er beruhigt ins Nebenzimmer zurück und verkündete seinen Gefährten:

»Der Waldmensch hat Kopfschmerzen.«

Danach schienen sie sich mit einer Art Maschine zu unterhalten. Aber Complain interessierte sich nur für das, was mit ihm geschehen war. Ein Wahnsinniger hatte sich für kurze Zeit in seinem Schädel eingenistet! Nun, die Lehre warnte vor dem menschlichen Hirn und behauptete, es sei ein übler Ort. Und was hatte die Heilige Dreieinigkeit, Froid, Yung und Raich entdeckt, als sie sich auf die andere Seite der Schlafgrenze vorwagten? Sie fanden nicht etwa das Nichts, wie man früher geglaubt hatte, sondern Grotten und unterirdische Labyrinthe, in denen Dämonen und finstere Geister hausten, Triebe und Lüste, die wie Säure ätzten. So stand der Mensch zum ersten Mal nackt vor sich selbst und erkannte sich als das, was er war: ein Wesen von ungeheurer Komplexität und Verderbtheit. Es war das Ziel der Lehre, so viel von diesem fauligen Stoff an die Oberfläche des Bewußtseins zu bringen wie möglich.

Hatte sich also das Unbewußte in ihm verselbständigt und von seinem Gehirn Besitz ergriffen, ihn in einen kreischenden Irren verwandelt?

Plötzlich wußte er die Antwort. Es war ganz anders: Die Kreatur im Käfig hatte einen Kontakt mit seinem Hirn hergestellt, war ihm unter die Schädeldecke gekrochen! Sobald er das begriffen hatte, fühlte er sich ungemein erleichtert. Es war wesentlich einfacher, mit Kaninchen fertig zu werden als mit Phantomen, die aus einem selbst aufstiegen. Kaninchen konnte man töten.

Und damit ließ Complain die Sache auf sich beruhen.

Kurz darauf kehrten die Riesen zurück. Ohne ein Wort zu verlieren, lud Randall seinen Gefangenen auf und hievte ihn wieder in die enge Kabine. Dann quetschte er sich dazu, drückte auf einen Knopf, und abwärts ging es.

Am Ende der Fahrt wurde Complain ausgeladen, ein paar Meter weitergetragen und hinter einer Tür fallen gelassen. Er war wieder in den Todesstraßen: der Jäger in ihm merkte es sofort an dem unverkennbaren Geruch. Der Riese machte sich kurz an ihm zu schaffen, dann verschwand er in den Schatten.

Complain empfand die Dunkelheit der Wach-Schlaf-Phase wie eine mütterliche Umarmung. Er war wieder zu Hause. Dankbar glitt er in den Schlaf.

Legionen von Ratten schwärmten über ihn, nagelten ihn am Boden fest. Das Kaninchen schlüpfte in seinen Schädel und schlitterte durch die gewundenen Gänge seines Hirns.

Complain erwachte stöhnend. Er fühlte sich von der Gemeinheit seines Traums erniedrigt. Aber sein Körper war wieder in Ordnung. Vorsichtig stand er auf.

Er schirmte den Strahl seiner Taschenlampe ab, bis kaum noch Licht hindurchfiel, lauschte kurz an der Tür und glitt, als er nichts Verdächtiges bemerkte, hinaus in die Finsternis. Die feuchten Kacheln unter seinen Füßen verrieten ihm, wo er sich befand. Der Riese hatte ihn zu dem Ort zurückgebracht, den Roffery Meer genannt hatte.

Complains Orientierungssinn funktionierte wieder. Das Meer war verschwunden. Er ging zu der Grube, in die Roffery gestürzt war. Auch die Grube war nun leer, bis auf eine Wasserlache auf ihrem Grund, die in der warmen Luft schnell trocknete. Roffery war nicht mehr da.

Auf leisen Sohlen, um das Echo nicht auszulösen, schlich sich Complain aus dem Raum. Durch die abgestorbenen Ponik-Stangen der letzten Saison suchte er sich seinen Weg zurück zu Marappers Lager. Als er es schließlich erreicht hatte, pfiff er leise und fragte sich, wer wohl gerade Wache hätte: Marapper? Wantage? Fermour? Er dachte fast liebevoll an seine Gefährten und kehrte das alte Sprichwort um: Besser ein Teufel, den man kennt ... Aber niemand antwortete auf sein Signal. Vorsichtig schlüpfte er ins Zimmer. Es war leer. Sie waren weitergezogen und hatten ihn zurückgelassen. Er war allein in den Todesstraßen.

Da brach seine Selbstbeherrschung zusammen. Das war zuviel. Riesen, Ratten und Kaninchen hatte er noch ertragen können aber nicht die unerbittliche Einsamkeit der Todesstraßen. Er tobte wie ein Tollwütiger, trat blindlings um sich, fluchte, schrie, wütete, stürmte in den Flur und warf sich, laute Verwünschungen heulend, in die Poniks.

Etwas traf ihn heftig in den Rücken. Complain fiel hin und bemühte sich verzweifelt, seinen Angreifer in dem fauligen Pflanzendickicht zu fassen zu bekommen. Dann legte sich eine Hand wie eine Stahlkammer auf seinen Mund.

»Ruhig, du dämlicher Narr!« zischte ihm eine Stimme ins Ohr.

Er hörte auf, wie ein Rasender um sich zu schlagen. Eine Taschenlampe leuchtete auf, und in ihrem Schein erkannte er die Gestalten seiner drei Gefährten, die sich über ihn beugten.

»Ich ... ich dachte, ich hätte euch verloren«, stammelte er. Und dann fing er zu schluchzen an, wurde wieder zu einem Kind, das mit bebenden Schultern laut heulte, während ihm die Tränen in Strömen über die Wanen liefen.

Marappers kräftige Ohrfeige brachte ihn wieder zu sich.

4

Sie zogen weiter. Unermüdlich arbeiteten sie sich durch den Dschungel, wachsam durchquerten sie Regionen, wo kein Licht brannte und keine Poniks wuchsen. Einmal kamen sie in eine verwüstete Gegend: die Türen waren herausgerissen, die Gänge mit Gerümpel vollgestopft. Die wenigen Lebewesen, die es hier gab, mieden ängstlich jeden Kontakt mit ihnen. Sie begegneten nur einer entlaufenen Ziege, einem verrückten Einsiedler und einer mitleiderregenden Bande von Untermenschen, die Reißaus nahmen, als Wantage in die Hände klatschte. Das waren die Todesstraßen – ungezählte Epochen des Schweigens hingen über ihrer Verlassenheit. Die Quartiere lagen so weit zurück, daß sich die Reisenden ihrer kaum noch entsinnen konnten. Sogar ihr nebelhaftes Ziel hatten sie vergessen – wenigstens für den Augenblick, der all ihre physischen und geistigen Kräfte beanspruchte.

Selbst mit Marappers Plan war es keineswegs einfach, die Nebenverbindungen zwischen den Decks zu finden. Fahrstuhlschächte waren häufig blockiert, vermeintliche Durchgänge entpuppten sich als Sackgassen. Aber sie kamen trotz aller Widrigkeiten stetig voran. Die 50er Decks lagen längst hinter ihnen, auch die 40er, und in der achten Schlafperiode nach ihrem Aufbruch erreichten sie Deck 29.

Mittlerweile hatte Roy Complain an die Schiffstheorie zu glauben begonnen. Die intelligenten Ratten hatten nicht unerheblich zu diesem Sinneswandel beigetragen. Die Episode mit den Ratten hatte er ihres phantastischen Charakters wegen ausgelassen, als er seinen Gefährten von seinen Erlebnissen mit den Riesen berichtete. Er spürte instinktiv, daß sie ihn deswegen nur verspottet hätten. Aber seine Gedanken kehrten häufig zu jenen schreckenerregenden Kreaturen zurück. Er sah nun eine Parallele zwischen den Menschen und den Ratten, vor allem, wenn er daran dachte, wie erbarmungslos sie das Kaninchen mißhandelt hatten, das doch auch ein Lebewesen war. Die Ratten waren einzig an ihrem eigenen Überleben interessiert und scherten sich keinen Deut um die restliche Welt; bislang war dies eigentlich auch Complains Einstellung gewesen.

Marapper hatte seiner Schilderung der Riesen gebannt zugehört. Einmal warf er ein: »Dann wissen sie also, wo sich der Kapitän befindet?«

Complain muße ihm genau wiederholen, was die Riesen gesagt hatten. Für ihren Chef, diesen Little Dog, schien sich der Priester besonders zu interessieren, aber Complain wußte nichts über ihn außer seinem Namen. Überhaupt waren seine Erinnerungen recht vage, da er ja die meiste Zeit halb bewußtlos war.

Marapper bestand darauf, daß sie sich alle vier das Schwimmbad ansahen. Das Wasser war nun völlig verschwunden, und auch von Roffery war nichts zu sehen, obwohl doch der eine Riese gesagt hatte, er würde sich wieder von der Gaskugel erholen.

»Wahrscheinlich hängt sein Schnurrbart jetzt schon über der Koje eines Mutanten«, sagte Wantage, nachdem sie eine Weile vergeblich nach ihm gesucht hatten.

Weder gelang es ihnen, die Falltür zu der Inspektionsgrube zu öffnen, noch fanden sie den Zugang zu den Räumen der Riesen. Der Priester bedachte Complain mit einem skeptischen Blick, machte aber keine Bemerkung.

Durch den Vorfall war Complains Ansehen in der Gruppe beträchtlich gesunken. Wantage nutzte das geschickt aus, um sich an die zweite Stelle in ihrer Rangordnung zu setzen.

Auf ihrem langen schweigenden Marsch durch die schier endlosen Ringe der Decks hatte sich nicht nur mit Complain eine Verwandung vollzogen. War er etwas gedankenvoller und weniger selbstsüchtig geworden, so hatte der Priester seinerseits einen Großteil seiner Redegewandtheit und Lebhaftigkeit eingebüßt, nun, da ihm endlich die ganze Größe der Aufgabe, die er sich vorgenommen hatte, bewußt wurde.

»Hier muß vor langer Zeit etwas passiert sein«, sagte er jetzt und ließ seinen Blick prüfend über den vor ihnen liegenden Abschnitt von Deck 29 schweifen. Auch die anderen blieben stehen. Ein paar Meter weiter hörten die Poniks plötzlich auf, denn dieser Bereich des Korridors war in völlige Finsternis getaucht. Der Grund dafür lag auf der Hand: Die Wände waren ringsum mit pockennarbigen Einschüssen übersät, die von alten Waffen herrührten, wie man sie in den Quartieren nicht mehr kannte. Sie hatten alle Beleuchtungsquellen zerstört. Türen waren von der Gewalt einer Explosion aus den Angeln gerissen worden, und in der Decke klaffte ein großes Loch.

»Wenigstens sind wir den verdammten Dschungel für eine Weile los«, sagte Wantage schließlich. »Laßt uns weitergehen.«

Doch der Priester blieb stehen und zupfte sich nachdenklich an der Nase. Dann gab er zu bedenken:

»Wir müssen inzwischen nahe beim Voruns-Gebiet sein. Ich fürchte, daß uns das Licht unserer Taschenlampen verraten könnte.«

»Sie können ja im Dunkeln weiterlaufen, wenn Sie wollen«, fauchte Wantage und marschierte einfach los, Fermour und Complain in seinem Schlepptau. Dem Priester blieb nichts anderes übrig, als sich ihnen anzuschließen, was er mit viel Würde tat. Keiner ertrug Demütigungen würdevoller als er.

Als sie an den Rand des Dunkelbereichs kamen, knipste Wantage seine Lampe an und ließ ihren Strahl tastend umherwandern. Die erste unnatürliche Sache, die Complain auffiel, war das merkwürdige Aussehen der Poniks. Ihre Stengel waren noch schlaffer und dünner, als es in der Nähe einer lichtlosen Zone zu erwarten gewesen wäre.

Dann verloren seine Füße den Halt.

Vor ihm war Wantage in ein zappelndes Gehen verfallen, und Fermour vollführte sonderbar steife, ungelenk wirkende Bewegungen. Complain fühlte sich hilflos; die automatischen Steuermechanismen seines Körpers versagten ihm den Dienst und gaben ihm das Empfinden, durch Wasser zu waten, wobei er sich gleichzeitig sehr leicht fühlte. Das Blut rauschte in seinen Ohren, und in seinem Kopf verschwamm alles. Er hörte, wie Marapper verblüfft aufschrie, dann versetzte ihm der Priester versehentlich einen Stoß in den Rücken. Im nächsten Augenblick segelte Complain auf einer langgezogenen Bahn durch die Luft. Er flog an Wantage vorbei, überschlug sich einmal und prallte schließlich mit der Hüfte gegen eine Wand. Der Boden kam ihm entgegen, und er landete mit ausgebreiteten Armen auf allen vieren.

Als er sich noch etwas schwindlig umblickte, sah er Marapper mit hervorquellenden Augen wie ein angeschlagenes Nilpferd umhertorkeln, bis ihn Fermour am Arm packte und aus der Gefahrenzone riß. Dann tauchte Fermour nach Wantage und zog auch ihn auf festen Boden.

Erregt begriff Complain, daß sie sich mit Hilfe dieses Phänomens mühelos fortbewegen konnten. Was auch immer in dem Korridor geschehen sein mochte – er vermutete, daß, obwohl man sie noch immer atmen konnte, sich die Beschaffenheit der Luft irgendwie verändert hatte. Jedenfalls konnten sie den Gang mit einigen großen Sätzen durchqueren. Vorsichtig erhob er sich und machte gleich einen Versuch.

Er schrie laut auf vor Erstaunen. Wenn er nicht geistesgegenwärtig die Hand ausgestreckt hätte, wäre er mit dem Kopf gegen die Decke gestoßen. Als er völlig schwindlig wieder auf dem Boden landete, war er ein ganzes Stück den Korridor hinuntergelangt. Complain fielen wieder die Worte von Ozbert Bergass ein: »Der Ort, wo Hände zu Füßen werden und die Menschen wie Insekten durch die Lüfte fliegen.« Er hatte damals geglaubt, Bergass spreche im Delirium, dabei hatte er die Wahrheit gesagt! Verwundert machte er sich klar, daß ihr alter Anführer also schon einmal so weit vorgedrungen sein mußte.

»Das Schiff ist wahnsinnig geworden.« Das war Marapper.

»Warum steht davon nichts in Ihrem famosen Plan?« schimpfte Wantage.

»Weil die Schwerelosigkeit offensichtlich erst eingetreten ist, nachdem der Plan fertig war«, fuhr ihn Fermour an. »Benutze doch wenigstens das bißchen Grips, das du hast!« Die Heftigkeit dieses Ausbruchs wurde zum Teil durch seine nächste Bemerkung verständlich: »Ich glaube, wir haben genug Radau gemacht, um sämtliche Voruns-Leute auf unsere Spur zu locken. Laßt uns besser umkehren.«

»Umkehren?« brüllte Complain. »Kommt nicht in Frage. Das nächste Deck liegt *vor* uns, nicht hinter uns! Los, folgt mir nach!«

»Ja, aber ...«, begann Marapper ängstlich.

»Ach, zur Hölle, so fassen Sie sich doch ein Herz, Priester«, sagte Complain zornig. Dann zwängte er sich durch die Tür, die ihm am nächsten lag. Sie war ganz zerbeult und hing lose im Rahmen. Fermour und Wantage kamen dicht hinter ihm, und der Priester bildete wieder einmal das Schlußlicht.

Der Raum vor ihnen war riesig und, da seine Beleuchtung noch funktionierte, vollständig mit Poniks zugewuchert. Complain hackte sich verbissen einen Weg durch die Wildnis. Die Schwerelosigkeit war hier leichter zu ertragen, weil sie sich an den Ponik-Stengeln festhalten konnten.

Dann gewahrten sie durch eins der Löcher in der Wand ein entferntes Licht im Korridor.

»Wir werden verfolgt«, sagte Wantage. Sie blickten sich beunruhigt an und eilten gleich darauf mit doppelter Geschwindigkeit weiter.

Ein großer metallener Tisch versperrte ihnen den Weg, und sie mußten sich mühsam um ihn herumarbeiten. Der Raum hatte zu Zeiten der Riesen offensichtlich als Messe gedient. Nun wucherten die Poniks auf den Bänken, hatten sich um Stuhlbeine geschlungen und die Tischplatten umrankt, so daß die Männer vor einem schier undurchdringlichen Dickicht aus Pflanzen und Möbeln standen.

Es war wie in einem Alptraum. Halb erblindet von den Mückenschwärmen, die sich ihnen in die Augen setzten, hieben sie sich einen Weg durch Tische und Stühle. Die zuunterst wachsenden Poniks wurden von den anderen erstickt und verrotteten in großen, schleimigen Klumpen, aus denen neue Triebe sprossen. Die Stengel waren von einer brandigen Fäule angefressen, die sich klebrig anfühlte und ihre Messer stumpf machte. Das Gestrüpp wurde immer unwegsamer.

Die Männer waren schweißüberströmt. Wantage mühte

sich keuchend und unterdrückt fluchend neben Complain ab. Seine gesunde Gesichtshälfte war so angeschwollen, daß das Auge fast völlig darin verschwand.

Endlich erreichten sie die Wand. Aber welche Wand? Sie hatten jeglichen Orientierungssinn verloren. Marapper plumpste wie ein Sack auf die Ponik-Samen und lehnte sich erschöpft gegen die Wand.

»Ich kann nicht mehr«, ächzte er.

Complain zog tief den Atem ein. Die Luft roch faulig, und er hatte das scheußliche Gefühl, daß seine Lungen voller herumwimmelnder Fliegen seien.

»Wir müssen nur noch eine Tür finden«, sagte er aufmunternd zu dem Priester. »Das Gehen wird jetzt viel leichter sein, weil wir uns an der Wand halten können.« Dann sank er ungeachtet seiner Worte kraftlos neben Marapper auf den Boden.

Marapper begann zu niesen.

Der Anfall war so heftig, daß er sich bei jedem Nieser zusammenkrümmte. Bei Numero sieben gingen alle Lichter aus.

Blitzschnell war Complain auf den Füßen und leuchtete mit seiner Taschenlampe in Wantages gräßlich entstelltes Gesicht.

»Hör sofort auf damit!« herrschte er ihn an. »Wir dürfen keinen Laut von uns geben.«

»Mach lieber das Licht aus!« zischte Wantage zurück.

So standen sie eine Weile mit angehaltenem Atem in der Finsternis. Die Hitze war so groß, daß sie sich wie heißer Sirup um sie legte.

»Vielleicht hat es gar nichts zu bedeuten«, sagte Marapper beunruhigt. »Ich kann mich entsinnen, daß das Licht auch schon früher einmal ausgefallen ist.«

»Nein, das waren die Voruns-Leute«, wisperte Complain. »Sie sind hinter uns her!«

»Wir könnten uns ganz leise an der Wand entlangtasten, bis wir zur nächsten Tür kommen«, schlug Fermour vor.

»Leise?« höhnte Complain. »Sie würden uns sofort hören. Am besten rühren wir uns nicht von der Stelle. Haltet eure Betäuber schußbereit, vermutlich werden sie versuchen, sich an uns anzuschleichen.«

Wieder warteten sie angespannt im Dunkeln. Die stikkige Nacht umgab sie wie die fauligen Ausdünstungen eines Wals.

»Sprechen Sie die Litanei für uns, Priester«, bat Wantage auf einmal mit schwankender Stimme.

»Doch nicht jetzt, um Himmels willen«, stöhnte Fermour.

»Die Litanei! Sagen Sie die Litanei auf!« flehte Wantage abermals.

Sie hörten, wie der Priester niederkniete; gleich darauf fiel Wantage neben ihm auf die Knie.

»Runter mit euch, ihr Schweinehunde«, zischelte er den beiden anderen zu.

Marapper begann, mit monotoner Stimme das Allgemeine Glaubensbekenntnis zu rezitieren. Ein überwältigendes Gefühl von Vergänglichkeit überkam Complain. Hier werden wir also enden, dachte er, und alles, was dem Priester einfällt, ist zu beten. Wie habe ich ihn nur je für einen Mann der Tat halten können. – Er streichelte seine Pistole und lauschte mit einem Ohr in die dunkle Nacht hinaus, während er gleichzeitig gemeinsam mit den anderen die Antworten herunterleierte. Ihre Stimmen hoben und senkten sich. Am Ende war ihnen ein wenig leichter ums Herz.

»... und mögen wir frei sein von inneren Konflikten, indem wir unseren Todestrieb abreagieren«, psalmodierte der Priester.

»Und in psychosomatischer Reinheit leben«, fielen sie ein.

»Bis sich dieses unnatürliche Leben auf die Letzte Große Reise begibt.«

»Und die Vernunft die Herrschaft antritt«, respondierten sie.

»Und das Sternenschiff den Weg nach Hause findet!« Der Priester mußte natürlich wieder das letzte Wort haben.

Dann kroch er im Dunkeln herum, drückte jedem von ihnen die Hand und wünschte ihnen Wachstum für ihr

Ego. Der Auftritt eben hatte sein Selbstvertrauen wiederhergestellt.

Complain stieß ihn unsanft zurück, als er zu ihm kam. »Heben Sie sich das lieber auf, bis wir uns aus dieser unangenehmen Lage befreit haben.«

Dann entspann sich ein heftiger Disput über die Frage, ob sie versuchen sollten, sich heimlich fortzuschleichen. Der Priester war fürs Bleiben. Während sie noch stritten, raschelte es plötzlich im Unterholz.

»Still!«

Sie lauschten mit aufs äußerste angespannten Sinnen. Die zusammenfallenden Poniks knackten leise. Fliegen summten um ihre Köpfe. Die Luft war zum Schneiden dick, denn die Wand aus abgestorbenen Pflanzen verhinderte den Zufluß von frischem Sauerstoff.

Plötzlich, ohne die geringste Vorwarnung, drehte Wantage durch. Er warf sich auf Fermour, der vor Schreck aufschrie, und rollte mit ihm in den Morast, wo sie verbissen miteinander zu kämpfen begannen. Complain ging dazwischen, um die beiden zu trennen; im Dunkel ertastete er die drahtige Gestalt von Wantage, der auf dem schwabbeligen Fermour lag, ihn mit aller Gewalt umklammert hielt und ihm die Kehle zuzudrücken versuchte.

Complain packte den Rasenden an den Schultern und zerrte ihn von Fermour runter. Wantage holte zu einem gewaltigen Schwinger gegen Complain aus, verfehlte ihn aber. Als er seinen Betäuber zücken wollte, bekam Complain sein Handgelenk zu fassen und verdrehte es ihm, dann landete er einen Kinnhaken. Wantage jaulte auf und schlug mit den Armen wie mit Dreschflegeln um sich.

Der nächste Hieb von Complain gab ihm den Rest. Er torkelte ein paar Schritte in die Poniks, wo er lautlos zusammensackte.

»Danke«, krächzte Fermour.

Stille kehrte wieder ein. Nur das immerwährende Rascheln der Poniks war zu vernehmen, das die Männer während ihres gesamten Lebens begleitete und auch dann nicht aufhören würde, wenn sie die Letzte Reise anträten.

Complain tastete im Dunkeln nach Fermour; der zitterte an allen Gliedern.

»Warum hast du ihn nicht mit deinem Betäuber erledigt?«

»Er hat ihn mir aus der Hand geschlagen. Jetzt liegt das verdammte Ding irgendwo im Schlamm.« Fermour bückte sich und begann, in dem zähen Brei aus Pflanzenresten und Miltex nach der Waffe zu suchen.

Der Priester kroch währenddessen zu dem leise stöhnenden Wandtage und ließ sich neben ihm auf die Knie nieder.

»Ich erlebe so etwas nicht zum ersten Mal«, flüsterte Marapper. »Aber bei dem armen Wantage war die Grenze zwischen Normalität und Wahnsinn schon immer hauchdünn. Dies ist ein typischer Fall von Hyper-Klaustrophobie, wie wir Priester sagen. Vermutlich sind wir alle bis zu einem gewissen Grad von diesem Leiden befallen. Es ist für viele Todesfälle im Greene-Stamm verantwortlich, wenn auch die meisten nicht so gewaltsam sind wie dieser hier. Die Kranken erlöschen einfach wie eine Fackel.«

»Bleiben Sie uns mit Ihrer Fallstudie vom Leib, Priester, und sagen sie uns lieber, was wir mit ihm anfangen sollen«, fragte Fermour.

»Wir lassen ihn liegen und hauen ab«, schlug Complain vor.

»Ihr scheint nicht zu begreifen, wie interessant dieser Fall für mich ist«, tadelte der Priester. »Ich kenne Wantage, seitdem er ein kleiner Junge war, und nun wird er hier im Dunkeln sterben. Es macht mich demütig, auf das Leben eines Menschen zurückzublicken: es ist abgeschlossen, das Kunstwerk ist vollendet. Wantage wird auf die Lange Reise gehen, aber er hinterläßt uns seine Geschichte, die in unserer Erinnerung weiterlebt.

Wantage kam im Dschungel der Todesstraßen zur Welt, wohin sich seine Mutter geflüchtet hatte, nachdem sie von ihrem Stamm ausgestoßen worden war. Sie hauste mit einem Mann zusammen, doch als dieser auf der Jagd getötet wurde, konnte sie nicht länger im Dschungel bleiben und suchte Schutz in den Quartieren; so kam sie zu uns.

Wantage war damals erst ein Krabbelkind – ein kleines

Wesen mit einer großen Mißbildung. Seine Mutter wurde eine Hure und verlor ihr Leben bei einer Schlägerei zwischen Betrunkenen, bevor ihr Sohn die Pubertät erreicht hatte.«

»Glauben Sie, daß die Geschichte, die Sie da erzählen, gut für unsere Nerven ist?« fragte Fermour.

»Furcht ist sinnlos; unsere Leben sind uns nur geliehen«, entgegnete der Priester salbungsvoll. »Das Schicksal unseres armen Gefährten ist der beste Beweis dafür. Wie so oft, weist sein Ende auf seinen Anfang zurück; der Kreis hat sich geschlossen. Wantage wurde in seiner Kindheit wegen seiner Mißbildung und seiner schlechten Mutter unablässig von seinen Kameraden gequält. Beide Ursachen wurden für ihn schließlich zu einer einzigen. Er kehrte stets die entstellte Hälfte seines Gesichts zur Wand und verbannte jede Erinnerung an seine Mutter. Aber die Rückkehr in die Dschungel hat seine Kindheit wieder in ihm heraufbeschworen, hat die durchlittene Scham und die kindlichen Ängste vor der Dunkelheit wieder freigesetzt.«

»Vielleicht darf ich Sie daran erinnern, daß der Gegenstand Ihrer kleinen Lektion noch am Leben ist und eine Gefahr für uns alle bildet?« sagte Complain schwerfällig.

»Ich wollte ihm gerade den Rest geben. Leuchte mir mal, wir wollen ja nicht, daß er wie ein Schwein quiekt.«

Als Complain sich bückte, um dem Priester zu leuchten, überkam ihn auf einmal das fast unwiderstehliche Verlangen, wie Wantage alle Vernunft über Bord zu werfen und laut heulend durch das Dickicht zu toben. Erst später sollte er seinen blinden Gehorsam gegenüber dem Priester in Frage stellen. Marapper hatte sich offensichtlich gegen die Gefahren dieser Stunde gewappnet, indem er sich in die priesterliche Routine flüchtete; seine Beschwörung von Wantages Kindheit war zugleich eine versteckte Suche nach seiner eigenen gewesen.

»Ich glaube, ich muß gleich wieder niesen«, sagte Wantage auf einmal mit völlig normaler Stimme. Sie hatten gar nicht gemerkt, daß er das Bewußtsein wiedererlangt hatte.

Sein Gesicht war in dem schwachen Licht kaum noch zu erkennen; es war derart angeschwollen und blutunterlaufen, daß man es für die Maske eines vollgefressenen Vampirs hätte halten können, wären da nicht die heiß glitzernden Augen gewesen. Als der Strahl der Taschenlampe direkt auf ihn fiel, sprang er mit einem Satz auf.

Complain, der völlig unvorbereitet war, ging unter der wütenden Attacke des Rasenden zu Boden. Doch Wantage hielt sich nicht weiter mit ihm auf, sondern stürmte sogleich in den Dschungel davon.

Marapper leuchtete ihm nach, aber sie erhaschten gerade noch einen letzten Blick auf seinen entschwindenden Rücken.

»Licht aus, dämlicher Priester!« bellte Fermour.

»Ich erwisch ihn mit meinem Betäuber!« brüllte Marapper.

Doch er irrte sich. Wantage war noch nicht weit gekommen, als er plötzlich stehenblieb. Sie hörten, wie er ein sonderbares, pfeifendes Geräusch von sich gab. Einen Moment lang war alles ruhig, dann drehte Wantage sich um und stolperte wieder in den Bereich von Marappers Taschenlampe. Nach ein paar Schritten brach er zusammen und kroch auf allen vieren weiter.

Zwei Meter vor dem Priester rollte er sich auf den Rükken, zuckte noch einmal und blieb dann reglos liegen. Sein starres Auge schien ungläubig auf den Pfeil zu starren, der ihm aus der Brust ragte.

Sie glotzten immer noch dümmlich auf den Leichnam, als die bewaffneten Wächter von Voruns aus den Schatten glitten und sie umstellten.

Teil Drei: Im Voruns-Land

1

Ein Gebiet wie das Voruns-Land hatte Roy Complain noch nie in seinem Leben gesehen. Weder die majestätische Größe der Achtertreppen noch die gemütliche, etwas vergammelte Atmosphäre der Quartiere oder die heimtückische Wildnis der Todesstraßen. Nicht einmal die makabre Szenerie des Sees, wo er von den Riesen gefangengenommen worden war, hatte ihn auf die völlige *Andersartigkeit* von Voruns vorbereitet. Obwohl seine Hände, wie die von Fermour und Marapper, hinter dem Rücken gebunden waren, ließ ihn sein Bewacher auf dem Marsch ins Lager nicht aus den Augen.

Ein grundlegender Unterschied zwischen dem Voruns-Land und den verlorenen Dörfern des langsam verfaulenden Kontinents der Todesstraßen fiel sofort auf. Während sich die Greene-Leute und andere Stämme in vergleichbarer Lage ständig auf Wanderschaft befanden, war hier mit festen und unverrückbaren Grenzen alles auf Dauer errichtet. Eine ordnende Hand schien hinter dem Ganzen zu stehen. Complain mußte seine vagen Vorstellungen von diesem Ort als einer Stätte von Chaos und Grauen gründlich revidieren. Auch die Ausdehnung von Voruns, das er bislang für ein größeres Dorf gehalten hatte, übertraf all seine Erwartungen.

Schon die Barrikaden unterschieden sich auffällig von den behelfsmäßigen Zäunen in den Quartieren. Die eilig ausschreitende Gruppe, die sich durch die dichtstehenden Poniks arbeiten mußte, erreichte zunächst einen schweren, mit kleinen Glöckchen besetzten Vorhang, der ein warnendes Klingeln von sich gab, als sie hindurchgingen. Auf seiner anderen Seite erstreckte sich ein schmutziger Korridorabschnitt, auf dem keine Poniks wuchsen. Er mündete in eine Barrikade aus Tischen und Bänken, hinter der Wächter mit angelegtem Pfeil und Bogen standen.

Nach Begrüßungsrufen und dem Austausch von Parolen wurde dem aus vier Männern und zwei Frauen bestehenden Trupp der Zutritt getattet. Hinter der Barrikade befand sich ein weiterer Vorhang, diesmal aus feinem Netz, um die allgegenwärtigen Insekten, eine der Plagen der Todesstraßen, abzuhalten. Und jenseits von diesem Vorhang begann das eigentliche Voruns-Land.

Am meisten wunderte Complain das völlig Fehlen von Ponik-Pflanzen. Gewiß hatten seine Leute innerhalb der Quartiere stets das schlimmste Dickicht gerodet oder niedergetreten, doch behob dies das Übel nur vorübergehend, denn das weitverzweigte Wurzelwerk blieb in der Regel unangetastet. Immer hatte der süßsaure durchdringende Geruch des Miltex-Saftes in der Luft gehangen oder das Rascheln der Ponik-Samen, mit denen die Kinder spielten, war zu hören gewesen.

Hier jedoch sah es so aus, als hätte es die Poniks nie gegeben. Der Geröllboden, auf dem sie gediehen, war vollständig abgetragen worden, und man hatte selbst die Muster entfernt, die die Wurzeln auf dem harten Untergrund der Decks bildeten. Das Licht, das nicht länger durch eine grüne Pflanzenwand gefiltert wurde, schien ungewohnt hell und stahlend. Es verlieh allem ein neuartiges Aussehen, ließ die Konturen schärfer und deutlicher hervortreten, so daß Complain eine geraume Weile benötigte, um sich darüber klarzuwerden, daß all diese Türen, Korridore und Decks keineswegs zu einem fremden Königreich gehörten, sondern die gleichen waren, die er kannte.

So sehr blendete ihn der ungewohnte Glanz, daß er ihn über die grundlegende Ähnlichkeit der Anlage mit seinen eigenen Quartieren hinwegtäuschte.

Die drei Gefangenen wurden in eine kleine Zelle gestoßen. Man nahm ihnen alle Habseligkeiten ab und löste ihre Fesseln. Dann fiel die Tür mit einem lauten Knall ins Schloß.

»O heilige Bewußtheit!« ächzte Marapper. »Ein schönes

Quartier für einen harmlosen alten Priester. Möge Froyd ihre Seelen verfaulen lassen.«

»Immerhin haben sie Ihnen gestattet, die Todesriten für Wantage abzuhalten«, gab Fermour zu bedenken, während er versuchte, seine Haare vom Schmutz zu befreien.

Er erntete verblüffte Blicke.

»Was hättest du denn sonst erwartet?« fragte Marapper. »Diese Rohlinge sind ja immerhin Menschen; was aber keine Garantie dafür ist, daß sie nicht noch vor der nächsten Mahlzeit mit unseren Därmen als Halsschmuck herumstolzieren.«

»Wenn ich nur meinen Betäuber hätte«, ließ sich jetzt Complain vernehmen, der ruhelos in dem engen Raum auf und ab schritt. An der Wand neben der Tür waren zwei zerbrochene Zifferblätter befestigt, an der anderen Wand befand sich eine Pritsche, und ein Gitterfenster in der Decke sorgte für spärliches Licht. Nichts, was im entferntesten als Waffe hätte dienen können.

So mußte sich das Trio in Geduld üben, bis die Wächter wiederkämen. Die trübsinnige Stille wurde nur hin und wieder durch ein Wimmern unterbrochen, das direkt aus den Eingeweiden des Priesters zu kommen schien. Mit der Zeit wurden die drei immer unruhiger.

Marapper versuchte so gut es ging, ein paar Dreckklümpchen von seinem Mantel zu entfernen. Als sich die Tür endlich öffnete, und zwei Männer in ihrem Rahmen erschienen, sprang er auf und stürzte hastig auf sie zu.

»Bringt mich sofort zu eurem Vorgesetzten, nur das Beste für euer Ego, übrigens. Ich muß ihn auf der Stelle sprechen, und ich bin es nicht gewohnt zu warten.«

»Ihr werdet alle drei mit uns kommen«, erklärte der eine Mann bestimmt. »Wir haben unsere Befehle.«

Marapper war klug genug, sich dieser Anordnung zu fügen, wenn auch unter lautstarkem Protest. Die drei wurden auf den Gang und dann weiter ins Voruns-Gebiet hineingeführt, wobei sie an mehreren neugierigen Gaffern am Wegrand vorbeikamen. Complain fiel auf, daß die Haltung dieser Leute feindselig war. Eine ältere Frau rief sogar: »Ihr

Schweine, ihr habt meinen Frank umgebracht! Dafür wird man euch jetzt töten!«

Durch die Gefahr geschärft, prägte sich Complain jedes Detail des Weges ein. Wie überall im Gebiet der Todesstraßen war der Gang, den Marapper als Hauptkorridor bezeichnet hatte, vor jedem neuen Deck blockiert, so daß sie weitläufige Umwege durch die Nebengänge und Zwischendecktüren machen mußten.

Auf diese Weise durchquerten sie zwei Decks. Mit gelindem Erstaunen bemerkte Complain die Aufschrift »Deck 22« auf einer der Zwischendeckstüren; die Zahl stellte eine Verbindung zu der scheinbar endlosen Reihe von Decks dar, durch die sie bisher auf ihrer Reise gekommen waren; dies ließ sie vermuten, daß Voruns aus insgesamt vierundzwanzig Decks bestand.

Das überstieg Complains Fassungsvermögen. Er mußte sich mit Gewalt all die Phänomene ins Gedächtnis zurückrufen, deren Existenz er nie für möglich gehalten hätte und die sich dennoch als real erwiesen hatten. Aber was lag dann jenseits von Deck 1? Er vermochte sich nichts als eine Wildnis aus Riesen-Poniks vorzustellen, die jenes nur spärlich erhellte Gebiet bedeckten, das seine Mutter Myra einst als »die andere Seite der Dunkelheit« bezeichnet hatte. Nicht einmal die Raumschiff-Theorie des Priesters, die sich doch immerhin auf gedruckte Beweise stützen konnte, vermochte dieses Bild, das sich ihm bereits in der frühesten Kindheit eingeprägt hatte, aus seiner Vorstellungswelt zu verdrängen. Mit heimlichem Vergnügen wog er die beiden Hypothesen gegeneinander ab. Bisher hatte ihm die Beschäftigung mit unfaßbaren Dingen stets Unbehagen bereitet, doch nun begann er, die alte verstaubte Hülle, die das Denken der Greene-Leute begrenzte, abzustreifen.

Complain wurde von den Wächtern unsanft aus seinen Überlegungen gerissen. Sie stießen ihn, Fermour und den Priester in einem großen Raum, in dem sich zwei Wachsoldaten befanden.

Die neue Umgebung unterschied sich von allen Räumlichkeiten, die Complain bisher zu Gesicht bekommen hatte. Besonders eine Pflanze mit leuchtenden Blüten, die in einem Kübel stand, irritierte ihn – er konnte sich nicht vorstellen, welchem Zweck sie wohl dienen mochte. Dann war da noch ein Mädchen in einer adretten grauen Uniform. Sie stand hinter einem Schreibtisch und musterte die Eintretenden gelassen. Das Haar fiel ihr glatt in den Nakken. Es war schwarz, ihre Augen dagegen grau. Ihr bleiches, feingezeichnetes Gesicht schien Complain, der die Linie der Wangenknochen bis hinunter zum Kinn studierte, eine Botschaft zu enthalten, die er trotz allem Bemühen nicht entschlüsseln konnte. Obwohl sie jung und schön war, herrschte der Eindruck von Sanftmut vor – bis sein Blick auf ihr energisches Kinn fiel. Hier lag eine leise aber unmißverständliche Warnung, keine zu nahe Bekanntschaft mit diesem Mädchen zu schließen.

Sie sah die Gefangenen der Reihe nach forschend an. Complain spürte einen seltsamen Schauder, als seine Augen den ihren begegneten. Eine leichte Verkrampfung in Fermours Haltung verriet ihm, daß sich auch dieser der Anziehungskraft der jungen Frau bewußt war. Daß sie mit ihrem direkten Blick eines der strengsten Tabus der Quartiere verletzte, verwirrte ihn nur noch mehr.

»Ihr seid also Greggs Raufbolde«, sagte sie schließlich. Nachdem sie die Gefangenen einer so ausgiebigen Musterung unterzogen hatte, schien sie nicht gewillt, weiterhin Notiz von ihnen zu nehmen. Sie neigte ihren hübschen Kopf leicht und versenkte sich in die Betrachtung eines Risses in der Wand. »Gut, daß wir euch endlich gefangen haben. Ihr habt uns viel unnötigen Ärger gemacht. Ich werde euch jetzt foltern lassen, denn wir benötigen gewisse Informationen. Oder möchtet ihr vielleicht gleich hier reden, freiwillig?«

Ihre Stimme klang kalt und unbeteiligt wie die eines Polizeikommissars, der einen Verbrecher verhört; sie ließ durchblicken, daß Folter die einzig angemessene Behandlungsweise für Leute ihres Schlages war.

Fermour ergriff das Wort. »Da Sie eine warmherzige Frau sind, bitten wir Sie darum, uns die Folter zu erlassen.«

»Es ist weder meine Aufgabe, noch liegt es in meiner Absicht, warmherzig zu sein«, erwiderte sie. »Und was mein Geschlecht betrifft, so glaube ich kaum, daß Sie das etwas angeht. Mein Name ist Inspektor Vyann. Ich verhöre alle Gefangenen, die nach Voruns gebracht werden. Wer nicht reden will, wird eben etwas unter Druck gesetzt. Ihr brutalen Kerle verdient es ja nicht besser. Ich muß unbedingt herausbekommen, wer der Anführer eurer Bande ist.«

Marapper breitete seine Hände weit aus.

»Sie können mir glauben, daß wir nichts über diesen Anführer oder seine Spießgesellen wissen. Wir drei sind ganz auf uns allein gestellt, unser Stamm lebt viele Decks von hier entfernt. Ich bin nur ein einfacher, demütiger Priester und würde mich nicht unterstehen, Sie anzulügen.«

»Demütig? Sie?« Ihr kleines Kinn schnellte hoch. »Was hattet ihr so nahe bei Voruns zu suchen? Wußtet ihr nicht, daß dies eine gefährliche Gegend ist?«

»Wir haben gar nicht gemerkt, daß wir schon so nahe waren«, entgegnete der Priester. »Die Poniks standen sehr dicht, und wir haben einen langen Weg hinter uns.«

»Von wo genau kommt ihr?«

Dies war die erste einer langen Reihe von Fragen. Marapper antwortete beflissen und unglücklich, denn Inspektor Vyann gab ihm keine Gelegenheit auszuweichen. Egal ob sie sprach oder zuhörte, nie blickte sie direkt zu den Gefangenen hin. Sie hätten genausogut drei dressierte Hunde sein können, die ihre Kunststücke vorführten. So entschieden vermied es das Mädchen in Grau, sie wie menschliche Wesen zu behandeln. Die zwei schweigenden Männer und Marapper, der einen Schritt vor seine Gefährten getreten war, der gestikulierte und protestierte und das Gewicht von einem Bein auf das andere verlegte, stellten für sie lediglich zufällige Elemente in einer Rechenaufgabe dar, die es zu lösen galt.

Der Lauf der Befragung zeigte bald, daß sie von ihrer anfänglichen Überzeugung, bei den dreien handle es sich um Mitglieder einer marodierenden Bande, allmählich abrückte. In ihrer natürlichen Enttäuschung darüber, daß der Fang doch nicht so wertvoll war wie erhofft, kühlte sich ihr Verhalten immer mehr ab. Aber je dicker ihre Eisschicht wurde, desto zungenfertiger wurde Marapper. Seine lebhafte, leicht erregbare Einbildungskraft plagte ihn mit der unangenehmen Vorstellung, diese undurchsichtige junge Frau könnte ihn plötzlich mit einem Fingerschnippen auf die Lange Reise schicken. Schließlich trat er noch einen Schritt vor und legte eine Hand scheinbar lässig auf ihren Schreibtisch.

»Eines ist Ihnen bisher anscheinend entgangen, Verehrteste«, sagte er gewichtig. »Wir sind keine gewöhnlichen Gefangenen. Wir gerieten zwar in den Hinterhalt eines Ihrer Spätrupps, doch waren wir sowieso mit wichtigen Nachrichten nach Voruns unterwegs.«

»Tatsächlich?« Sie hob die Augenbrauen. »Vor kurzem behaupteten Sie doch noch, ein schlichter Priester aus irgendeinem obskuren Dorf zu sein. Wie vertragen sich diese Widersprüche?«

»Es geht um hochwichtige Nachrichten«, beharrte Marapper. »Was tut es da zur Sache, woher wir kommen? Ich warne Sie: Ich bin eine bedeutende Persönlichkeit.«

Vyann ließ sich zu einem frostigen Lächeln herab.

»Euer Leben soll also verschont werden, weil ihr über lebenswichtige Informationen verfügt, verstehe ich Sie da richtig, Priester?«

»*Ich* verfüge über diese Informationen«, entgegnete Marapper mit verschlagener Miene, wobei er seine Backen aufblähte. »Sollten Sie aber geruhen, auch meine armen unwissenden Freunde hier in Ihre Gunst einzuschließen, wäre ich Ihnen selbstverständlich auf ewig zu Dank verpflichtet.«

»So?« Zum ersten Mal seit Beginn des Verhörs nahm sie hinter dem Schreibtisch Platz; die Andeutung eines Lächelns spielte um ihre Lippen. Sie deutete auf Complain. »Was ist mit Ihnen? Wenn Sie schon nicht im Besitz besonderer Kenntnisse sind, womit können Sie uns dann sonst erfreuen?«

»Ich bin Jäger«, entgegnete Complain schlicht, »und mein Freund Fermour ist Bauer. Wir besitzen kein Wissen, aber wir können Ihnen mit unserer Stärke dienen.«

Vyann verschränkte ihre Hände auf dem Schreibtisch.

»Euer Priester hatte da für meinen Geschmack einen besseren Einfall. Mit Intelligenz kann man uns vielleicht bestechen, mit Muskeln nicht. Es gibt bereits genügend starke Männer in Voruns.«

Sie richtete ihren Blick auf Fermour. »Und Sie? So ein großer Kerl, und doch haben Sie bisher noch kein Wort herausgebracht. Was haben Sie denn anzubieten?«

Fermour schlug die Augen nieder. »Ich schwieg nur, um die Verwirrung in meinem Inneren zu verbergen, verehrte Dame«, sagte er höflich. »In unserem kleinen Stamm gibt es keine Frauen, die sich mit Ihnen messen könnten.«

»Auch dies kann ich als Bestechung nicht akzeptieren«, entgegnete Vyann ruhig. »Nun, Priester, ich hoffe nur, daß Ihre Informationen tatsächlich wichtig sind. Warum sagen Sie mir nicht einfach, worum es sich handelt?«

Der Priester kostete seinen kleinen Triumph voll aus. Er schob die Hände in die Taschen seines verschlissenen Mantels und schüttelte ablehnend den Kopf.

»Ich bedaure, aber ich kann diese Nachrichten nur einer hochgestellten Persönlichkeit anvertrauen.«

Sie schien nicht beleidigt zu sein. »Ich lasse meinen Vorgesetzten sogleich benachrichtigen.«

Eine der Wachen wurde ausgeschickt und kehrte nach kurzer Zeit mit einem lebhaft wirkenden Mann in mittleren Jahren zurück.

Der Neuankömmling sah beeindruckend aus. Tiefe Furchen zogen sich über sein Gesicht, und in seinem blonden Haar zeigten sich bereits die ersten grauen Strähnen. Seine Augen waren hellwach, sein Mund streng und befehlend. Beim Anblick von Vyann hellte sich seine ernste Miene auf. Er lächelte ihr zu, und sie nahmen an einem Nebentisch Platz, wo sie sich mit halblauter Stimme berieten und gelegentlich zu Marapper hinüberblickten.

»Jetzt wäre eine günstige Gelegenheit zu fliehen«, raunte Fermour mit unterdrückter Stimme Complain zu.

»Sei doch kein Narr!« flüsterte dieser ebenso leise zurück. »Wir kämen nicht einmal aus diesem Raum, geschweige denn über die Barrikaden.«

Fermour murmelte etwas Unverständliches, und es

schien fast, als wolle er einen Ausbruch auf eigene Faust unternehmen, doch in diesem Augenblick erhob sich der Mann, der mit Vyann gesprochen hatte, und trat zu den Gefangenen.

»Wir möchten euch noch einmal einzeln verhören,« sagte er freundlich. »Ich lasse Sie bald wieder holen, Priester, doch zunächst werden Sie mit Ihren Gefährten in Zelle drei zurückgebracht.«

Trotz ihres Protests ergriffen die Wachen Marapper, Fermour und Complain und führten sie in eine nahe gelegene Zelle. Der Priester wirkte etwas verlegen. Er war sich darüber im klaren, daß ihn sein Taktieren beim Verhör nicht gerade in der Gunst der beiden anderen hatte steigen lassen und versuchte nun, den verlorenen Boden wiedergutzumachen, indem er die Gefährten aufmunterte.

»Nun, meine Kinder«, begann er und breitete die Arme aus, »die Lange Reise hat schon längst begonnen, wie es in der Lehre heißt. Sie Voruns-Leute sind zivilisierter als wir, und ich bin sicher, daß uns ein schreckliches Schicksal erwartet. Erlaubt, daß ich die letzten Riten für euch zelebriere.«

Complain wandte sich wortlos ab, zog sich in die entfernteste Ecke des Raums zurück und kauerte sich dort nieder. Fermour folgte seinem Beispiel. Der Priester ging ihnen nach, hockte sich ebenfalls hin und stützte die Arme auf seine fetten Schenkel.

»Laß uns in Frieden, Priester!« fuhr Complain ihn an.

»Habt ihr denn gar keine Ehrfurcht mehr?« Marappers Stimme war süß und einschmeichelnd wie Sirup. »Glaubt ihr etwa, die Lehre gestatte euch *Frieden* in euren letzten Stunden? Sie will euch ganz im Gegenteil zu höchster Bewußtheit verhelfen. Warum hockt ihr so verzweifelt in der Ecke? Wißt ihr nicht, daß euer armseliges Leben nicht mal einen Fluch lohnt? Was an euch ist schon so wertvoll, daß man sein Verschwinden bedauern müßte? Du bist krank, Roy Complain, laß mich meines Amtes walten.«

»Zählen Sie mich nicht mehr zu Ihren Pfarrkindern«, erwiderte Complain müde. »Ich komme alleine klar.«

Der Priester verzog das Gesicht und wandte sich zu Fermour. »Und du, mein Freund, hast du mir etwas zu sagen?«

Fermour mußte lächeln. Er hatte seine Selbsbeherrschung wiedergewonnen. »Ich würde gerne ein Stündchen mit dieser niedlichen Inspektorin Vyann verbringen – danach begäbe ich mich bereitwillig auf die Große Reise. Läßt sich das vielleicht irgendwie arrangieren, Marapper?«

Der Angesprochene holte gerade zu einer angemessenen moralischen Belehrung aus, als sich die Tür öffnete und ein häßliches Gesicht hereinstarrte, gefolgt von einer Hand, die dem Priester winkte. Marapper erhob sich und glättete seine Gewänder.

»Ich werde ein gutes Wort für euch einlegen, meine Kinder«, sagte er und folgte dem Wärter würdevoll auf den Gang. Eine Minute später stand er wieder vor Inspektor Vyann und Ihrem Vorgesetzten, der sofort das Wort ergriff.

»Möge Euer Ego wachsen. Sie sind Henry Marapper, ein Priester, wie ich hörte. Mein Name ist Scoyt, Master Scoyt, und ich leite die Ermittlungen über unbekannte Personen. Jeder Fremdling, der nach Voruns gelangt, wird zuerst Inspektor Vyann und mir vorgeführt. Wenn Sie sind, was Sie vorgeben zu sein, wird Ihnen nichts geschehen – aber gerade von den Todesstraßen droht uns immer wieder Gefahr, und wir müssen auf der Hut sein. Sie sind also eigens hergekommen, um uns etwas Wichtiges mitzuteilen?«

»Ich habe einen langen Weg durch viele Decks hinter mir, und der Empfang hier gefällt mir überhaupt nicht.«

Master Scoyt neigte den Kopf. »Um welche Informationen handelt es sich?«

»Darüber kann ich nur mit dem Kapitän sprechen.«

»Dem Kapitän? Welcher Kapitän denn? Der Kapitän der Wachen etwa? Einen anderen gibt es hier nicht.«

Das brachte Marapper in eine mißliche Lage, denn das Wort »Raumschiff« wollte er nicht fallen lassen, bevor ihm der Moment reif dazu erschien.

»Wer ist Ihr Vorgesetzter?«

»Inspektor Vyann und ich unterstehen nur dem Rat der Fünf«, entgegnete Scoyt verärgert. »Sie können aber keinesfalls mit dem Rat zusammentreffen, bevor wir uns nicht ein Urteil über die Wichtigkeit Ihrer Information gebildet haben. Also, was ist, Priester – ich habe noch anderes zu tun. Geduld ist eine altmodische Tugend, die ich leider nicht besitze. Reden Sie!«

Marapper zögerte. Es war ganz entschieden noch nicht der rechte Augenblick. Scoyt hatte sich halb erhoben, als wolle er gehen, und Vyann wirkte unruhig. Na schön, es ließ sich wohl nicht länger aufschieben.

»Diese Welt«, begann er mit Nachdruck, »vom Voruns-Land über das Gebiet der Todesstraßen bis hin zu den entlegenen Regionen der Achtertreppe ist in Wirklichkeit ein einziger Körper, ein Schiff. Das Schiff wurde von Menschen erbaut und bewegt sich in einem Medium, welches Raum genannt wird. Ich habe Beweise hierfür.« Er legte eine Pause ein, um in ihren Minen zu lesen, wie sie auf seine Eröffnung reagierten, doch Scoyts Ausdruck war unergründlich. Marapper fuhr fort, seine Theorie in all ihren Aspekten ausführlich und wortgewandt darzulegen. Er endete mit: »Wenn Sie mir Vertrauen schenken, Vertrauen und Unterstützung, dann werde ich dieses Schiff an sein wahres Ziel bringen, und wir werden für immer von ihm und seiner Tyrannei befreit sein.«

Zögernd hielt er inne. Jetzt schien eine Art bitterer Belustigung in ihren Gesichtern zu liegen. Sie blickten sich an und lachten kurz und humorlos. Marapper rieb sich unbehaglich das Kinn.

»Sie glauben mir nicht, weil ich von einem kleinen, unbedeutenden Stamm bin.«

»Falsch, Priester!« Das Mädchen hatte sich erhoben und trat auf ihn zu. »Die Sache ist nur ... wir in Voruns wissen schon seit langem von dem Schiff und seiner Reise durch den Raum.«

Marappers Kinnlade klappte herunter.

»Dann ... dann wissen Sie auch, wer der Kapitän ist?« stammelte er.

»Es gibt keinen Kapitän mehr. Er hat die Lange Reise schon vor vielen Generationen angetreten.«

»Aber ... der Kontrollraum ... haben Sie den wenigstens gefunden?«

»Auch der existiert nicht«, erwiderte das Mädchen. »Es gibt eine Legende darüber, mehr nicht.«

»Tatsächlich?« Marapper war mit einem Schlag hellwach. »In unserem Stamm ist sogar die Kenntnis von dieser Legende verlorengegangen, wahrscheinlich, weil wir weiter vom Kontrollraum entfernt leben als Sie. Aber er *muß* existieren! Haben Sie nach ihm gesucht?«

Abermals tauschten Scoyt und Vyann einen Blick aus; Scoyt nickte, als wolle er eine unausgesprochene Frage bejahen.

»Da Sie bereits einen Teil der Wahrheit zu kennen scheinen«, erklärte Vyann, »können wir Ihnen genausogut alles erzählen. Sie müssen wissen, daß es sich hierbei um ein streng gehütetes Geheimnis handelt, das nur einigen wenigen Voruns-Leuten, der Elite unseres Stammes, bekannt ist. Wir behalten dieses Wissen für uns, weil wir fürchten, daß es Unruhe oder gar Wahnsinn unter der Bevölkerung hervorrufen könnte. Wie sagt doch das Sprichwort: Die Wahrheit hat noch niemandem die Freiheit gebracht. Also, wir befinden uns auf einem Raumschiff, wie Sie richtig bemerkten. Einen Kapitän gibt es nicht. Das Schiff rast ohne Führung durch den Raum, und wir nehmen an, daß es das bis in alle Ewigkeit tun wird. Niemand vermag es anzuhalten, denn obwohl wir das ganze Voruns-Land durchkämmt haben, konnten wir den Kontrollraum nicht finden.«

Sie schwieg und blickte voller Mitgefühl auf Marapper, der versuchte, diese wenig schmackhaften Neuigkeiten zu verdauen.

»Unsere Vorfahren müssen irgendeine schreckliche Sünde begangen haben«, sagte er schließlich leise und fuhr sich mit dem rechten Zeigefinger abergläubisch über die Kehle. »Aber der Kontrollraum existiert dennoch! Sehen Sie, hier ist der Beweis!«

Und er zog unter seinem schmuddeligen Gewand das Buch mit den Schaltkreisen hervor.

»Sie wurden doch an den Barrikaden durchsucht«, sagte

Scoyt mißtrauisch. »Wie haben Sie es fertiggebracht, dieses Buch durchzuschmuggeln?«

»Sagen wir dank einer besonders dichten Behaarung der Unterarme«, scherzte der Priester und winkte Vyann heran. Es war ihm gelungen, die beiden zu beeindrucken, und nun war er wieder obenauf. Er legte das Buch geöffnet auf den Schreibtisch und wies dramatisch auf das Diagramm, das er noch vor kurzem Complain gezeigt hatte. Eine kleine Ausbuchtung ganz vorn am Schiff stellte offensichtlich den Kontrollraum dar. Während die anderen zwei mit großen Augen die Zeichnung betrachteten, erzählte er ihnen, wie er an das Buch geraten war.

»Die Riesen haben es gemacht. Sie müssen die Herren des Schiffs gewesen sein.«

»Das war uns bekannt«, meinte Scoyt. »Aber das Buch ist von größtem Wert für uns, weil wir nun endlich einen genauen Lageplan haben. Komm, Vyann, wir wollen sofort mit der Suche anfangen.«

Das Mädchen nahm einen Gürtel mit einer Betäubungspistole und legte ihn sich um die schlanken Hüften. Dies war der erste Betäuber, den Marapper hier zu Gesicht bekam, und er rief ihm in Erinnerung, wie gut der Greene-Stamm bewaffnet war, ein Umstand, den man Bergass' Vater verdankte, der im Gebiet der Todesstraßen zufällig ein großes Waffenlager aufgefunden hatte.

Sie wollten gerade gehen, als sich die Tür öffnete und ein großer Mann hereinkam. Er trug ein Gewand aus feinerem Stoff, und sein langes Haar war gepflegt. Scoyt und Vyann erhoben sich ehrerbietig.

»Wie ich höre, haben Sie Gefangene gemacht, Master Scoyt?« sagte der Neuankömmling bedächtig. »Sind uns endlich ein paar von Greggs Leuten ins Netz gegangen?«

»Leider nicht, Ratsherr Deight. Es handelt sich um drei Wanderer aus dem Gebiet der Todesstraßen. Dies ist einer von ihnen.«

Der Ratsherr musterte Marapper scharf. »Und die beiden anderen?«

»Befinden sich in Zelle drei«, antwortete Scoyt beflissen. »Wir werden sie später vernehmen.«

Der Ratsherr zögerte einen Moment, dann nickte er leicht und ging wieder hinaus. Der Priester blickte ihm beeindruckt nach.

»Das war Ratsherr Zac Deight, einer aus dem Rat der Fünf«, erklärte Scoyt. »Bei diesen fünf, vor allem aber bei Deight, empfiehlt es sich, gute Manieren an den Tag zu legen.«

Vyann steckte das Buch des Priesters in ihre Tasche. Sie verließen den Raum gerade noch rechtzeitig, um den Ratsherrn hinter der nächsten Biegung des Korridors verschwinden zu sehen. Dann begann ihr langer Marsch zu den äußersten Grenzen von Voruns, wo sich der Zeichnung zufolge der Kontrollraum befinden mußte. Sie hätten mehrere Wachperioden für diese Strecke gebraucht, wäre sie nicht bereits von Ponik sowie anderen Hindernissen gesäubert gewesen.

Marapper, der mit großen Zukunftsplänen schwanger ging – die Entdeckung des Kontrollraums würde ihm zweifellos eine einflußreiche Position verschaffen –, beobachtete die Umgebung mit regem Interesse. Es blieb ihm nicht verborgen, daß Voruns keineswegs das gelobte Land war, als das die Gerüchte in den Todesstraßen es hinstellten und wofür auch er es auf den ersten Blick gehalten hatte. Sie kamen an vielen Menschen vorbei, darunter einer großen Anzahl von Kindern. All diese Leute waren ärmlicher gekleidet als die Bewohner der Quartiere. Sie wirkten sehr sauber, doch viele von ihnen waren mager, ja sogar ausgemergelt. Es gab offenbar nicht genügend Nahrung, was daran liegen mochte, daß es ihnen in ihrem nur noch dünn mit Poniks bestandenen Gebiet an trainierten Jägern fehlte. Überdies stellte Marapper fest, daß von den vierundzwanzig Voruns-Decks nur ganze zwei, die Nummern 22 und 21, besiedelt waren, und zwar nicht einmal besonders dicht.

Als sie zu Deck 11 kamen, wurde dem Priester einer der Gründe dafür klar. Auf einer Strecke von drei Decks war nämlich der Strom ausgefallen. Scoyt knipste eine Taschenlampe an, und sie schritten in halber Finsternis weiter. War schon die Dunkelheit im Gebiet der Todesstraßen äußerst deprimierend gewesen, so empfand man sie hier, wo sich kein Lebewesen regte und die Fußtritte hohl von den Wänden widerhallten, als doppelt bedrückend. Als sie Deck 7 erreichten, wo die Beleuchtung wieder funktionierte, bot sich ihnen ein Anblick, der nicht weniger düster war als der zuvor. Nach allen Seiten erstreckte sich ein Anblick von Verwüstung und Verlassenheit.

»Schaut nur!« rief Scoyt und deutete auf einen Teil der Wand, der völlig zerfetzt war und sich an seinem oberen Rand gegen das Schott zurückbog. »Einst gab es Waffen auf diesem Schiff, die solche Zerstörungen anrichten konnten! Wenn wir doch nur auch etwas hätten, womit man Wände einfach durchschneiden könnte, dann hätten wir uns schnell zum Weltraum vorgearbeitet.«

»Oder wenn sie wenigstens Fenster eingebaut hätten«, meinte Vyann, »dann wäre die Bestimmung des Schiffs nicht so leicht in Vergessenheit geraten.«

»Dem Plan zufolge müssen sich im Kontrollraum mehrere große Fenster befinden«, bemerkte Marapper.

Sie verfielen in Schweigen. Die Umgebung war so traurig und öde, daß kein Gespräch aufkommen wollte. Die meisten Türen, an denen sie vorbeikamen, standen offen. Sie gaben den Blick frei auf Räume voller Maschinen, die seit langem stillgelegt waren und den Staub von Generationen auf sich gesammelt hatten.

»Auf diesem Schiff geschehen viele verrückte Sachen, von denen wir keine Ahnung haben«, sagte Scoyt düster. »Geister sind unter uns und arbeiten gegen uns.«

»Geister?« Marapper war verblüfft. »Soll das heißen, daß Sie an so etwas glauben, Master Scoyt?«

»Roger will sagen, daß wir es mit zwei unterschiedlichen Problemen zu tun haben«, warf Vyann ein. »Zum einen sind da das Schiff und die Frage, wohin es fliegt und wie man es anhalten kann. Dies ist zweifellos das Hauptproblem. Doch das andere wächst allmählich, unsere Urgroßeltern kannten es nicht einmal: es gibt eine seltsame Rasse auf dem Schiff, die zu Beginn der Reise noch nicht existierte.«

Der Priester starrte sie an. Er bemerkte, daß sie bei jeder

Tür immer erst vorsichtig in die Öffnung spähte, bevor sie daran vorbeiging, und Scoyt machte es ebenso. Ein unangenehmes Gefühl beschlich Marapper.

»Sie sprechen ... von den Außenseitern?«

Sie nickte. »Es sind widernatürliche Wesen, die sich als Menschen maskieren ... Sie, Marapper, wissen besser als wir, daß das Schiff zu drei Vierteln aus Dschungel besteht. Irgendwie, irgendwo hat dieser heiße, gärende Schlamm eine neue Rasse ausgebrütet. Es sind keine Menschen sondern unsere Feinde. Manchmal kommen sie aus ihren Verstecken hervor, um herumzuspionieren und uns zu töten.«

»Wir müssen ständig auf der Hut vor ihnen sein«, bestätigte Scoyt.

Von nun an prüfte auch Marapper jede offene Tür, bevor er an ihr vorbeiging.

Allmählich änderte sich die Anlage der Decks. Statt aus drei bestanden sie nun nur noch aus zwei konzentrischen Gängen, deren Krümmung merklich stärker geworden war. Auf Deck 2 schließlich gab es nur noch einen einzigen Gang, und in ihm befand sich die große Eingangspforte zum Hauptkorridor, der für immer verschlossen war. Scoyt klopfte leicht dagegen.

»Würde dieser Korridor, der einzige im ganzen Schiff, der geradlinig verläuft, geöffnet, dann brauchten wir weniger als eine Wach-Schlafphase, um von hier bis zur Achtertreppe am anderen Ende des Schiffs zu gelangen.«

Nun führte nur noch eine enge Wendeltreppe weiter. Marappers Herz schlug heftig, als er auf ihr nach oben kletterte. Wenn der Plan stimmte, mußte an ihrem Ende der Kontrollraum liegen.

Oben angelangt, erblickte er einen trüb beleuchteten kleinen runden Raum, der völlig leer war. Verzweifelt hämmerte Marapper gegen die kahlen Wände und suchte nach einer Tür. Nichts. Er brach in hemmungsloses Schluchzen aus: »Sie haben gelogen!« stieß er unter Tränen hervor. »Sie haben gelogen! Wir sind allesamt Opfer eines ungeheuerlichen ... eines ungeheuerlichen ...«

Doch ihm fiel kein Wort ein, das stark genug gewesen wäre.

2

Roy Complain gähnte gelangweilt und änderte wohl zum zwanzigsten Mal seine Stellung auf dem harten Fußboden der Zelle. Bob Fermour hatte sich mit dem Rücken gegen die Wand gelehnt und drehte unentwegt an einem Ring, der an seiner rechten Hand steckte. Sie hatten sich nichts zu sagen, es gab auch nichts zu sagen, nichts zu denken. So war es eine willkommene Abwechslung, als der häßliche Wächter plötzlich seinen Kopf hereinsteckte und Complain mit einigen ausgesucht unflätigen Schimpfworten zum Mitkommen aufforderte.

»Wir sehen uns auf der Großen Reise wieder«, sagte Fermour mit Galgenhumor.

Complain winkte ihm zu und folgte dem Wächter. Sein Herz pochte heftig. Er wurde diesmal nicht in den Raum gebracht, wo Inspektor Vyann sie zuerst befragt hatte sondern in ein anderes Büro auf Deck 24, ganz in der Nähe der Barrikaden.

Er war allein mit Master Scoyt. Das Gesicht des Offiziers wirkte unter dem Druck der Ereignisse eingefallener und zerfurchter denn je. Als schmerzten seine Wangen, strich er beständig mit den Fingern über sie.

»Möge Ihr Ego sich vergrößern«, begrüßte er Complain.

»Gleichfalls«, erwiderte dieser. Er wußte, daß er verhört werden sollte und fühlte nur einen leichten Kummer, daß das Mädchen Vyann nicht anwesend war.

»Ich möchte Ihnen einige Fragen stellen«, begann Scoyt. »Ich rate Ihnen gut, ehrlich zu antworten. Also: wo wurden Sie geboren?«

»In den Quartieren.«

»Ist das der Name Ihres Heimatdorfs? Haben Sie Brüder oder Schwestern?«

»In den Quartieren war für uns die Lehre maßgeblich. Wir durften unsere Geschwister nicht mehr kennen, sobald wir unseren Müttern bis zur Taille reichten.«

»Zur Hölle mit dieser L...« Scoyt unterbrach sich abrupt und glättete seine Stirn, aber es war ihm deutlich anzumerken, daß ihm die Beherrschung schwerfiel. Ohne aufzublicken frage er mit müder Stimme: »Wie viele Brüder und Schwestern hätten Sie denn, wenn Sie die Lehre einmal außer acht ließen?«

»Nur drei Schwestern.«

»Keine Brüder?«

»Doch, einen. Aber der lief schon vor langer Zeit Amok.«

»Welchen Beweis haben Sie dafür, daß Sie in den Quartieren geboren wurden?«

»Beweis!« echote Complain. »Wenn Sie einen Beweis brauchen, lassen Sie doch meine Mutter holen. Sie lebt noch und wird Ihnen bestimmt gern Auskunft erteilen.«

Scoyt erhob sich. »Hören Sie mir mal gut zu. Ich habe weder Lust noch Zeit, Ihnen geduldig die Würmer aus der Nase zu ziehen. Wir alle hier auf diesem Schiff befinden uns in einer scheußlichen Klemme. Wir sind übrigens wirklich auf einem Raumschiff, und es steckt voller Rätsel, Phantome, Schmerz und Leid – und irgendein armer Schweinehund muß diesen ganzen Schlamassel in Ordnung bringen, bevor es zu spät ist, falls es das nicht schon ist.« Er unterbrach sich, weil er von seinen eigenen Worten überwältigt zu werden drohte; insgeheim sah er sich selbst als diesen armen Schweinehund, dem allein die ganze Last aufgebürdet worden war. »Sie müssen begreifen, daß wir jeden Mann brauchen«, fuhr er etwas beherrschter fort, »und wenn Sie sich nicht nützlich machen wollen, dann geht es eben ab auf die Lange Reise.«

»Tut mir leid. Ich wäre gern kooperativer, wenn ich nur wüßte, auf welcher Seite ich stehe.«

»Hat Ihre schlaue Lehre Ihnen nicht einmal das beigebracht? Auf Ihrer eigenen Seite natürlich, und der dienen Sie am besten, indem Sie meine Fragen beantworten.«

Früher hätte Complain an diesem Punkt vermutlich nachgegeben, doch er war selbstbewußter geworden und stellte noch eine Frage: »Hat Ihnen denn nicht Henry Marapper alles gesagt, was Sie wissen wollten?«

»Der Priester wollte uns für dumm verkaufen und hat mittlerweile die Große Reise angetreten. Die übliche Strafe übrigens, wenn man meine Langmut überstrapaziert.«

Nach dem ersten Schock über diese Neuigkeit überkamen Complain starke Zweifel an ihrer Wahrheit. Nicht, daß er Scoyt eine solche Tat nicht zugetraut hätte, aber der Gedanke, daß er den geschwätzigen Priester nie wiedersehen sollte, wollte ihm einfach nicht in den Kopf. Sorgenvoll beantwortete er Scoyts weitere Fragen, die sich hauptsächlich auf ihre lange Wanderschaft durch das Gebiet der Todesstraßen bezogen. Als er von der Gefangennahme durch die Riesen zu erzählen begann, fiel ihm sein Befrager, der bis dahin schweigend zugehört hatte, plötzlich ins Wort.

»Es gibt keine Riesen! Sie sind vor langer Zeit ausgestorben, und wir haben das Schiff von ihnen geerbt!«

Trotz seiner offen zur Schau getragenen Skepsis erkundigte er sich dann aber doch eingehend nach Details. Je mehr er erfuhr, desto mehr Glauben schien er Complains Geschichte zu schenken. Sein Gesicht umwölkte sich, und er trommelte mit seinen langen Fingern nervös auf der Schreibtischplatte.

»Von den Außenseitern wissen wir, daß sie unsere Feinde sind, aber die Riesen haben wir bisher für unsere Verbündeten gehalten, deren Königreich wir mit ihrer eigenen Billigung übernahmen. Wenn tatsächlich noch ein paar von ihnen in den Todesstraßen überlebt haben sollten, warum verstecken sie sich dann vor uns? Führen sie am Ende etwas gegen uns im Schilde? Haben wir denn nicht schon genug Ärger?«

Complain berichtete, daß die Riesen ihn nicht getötet hätte, obwohl es ein leichtes für sie gewesen wäre; auch Ern Roffery hatten sie verschont, dessen weiteres Schicksal allerdings ein großes Rätsel bildete. Alles in allem war das Verhalten der Riesen zweideutig gewesen.

»Ich neige dazu, Ihrer Geschichte zu glauben«, sagte Scoyt zu guter letzt, »denn es dringen immer wieder Gerüchte über die Riesen zu uns, ja es gibt sogar Leute, die einen Eid darauf ablegen würden, einen von ihnen gesehen zu haben. Gerüchte, alles Gerüchte! Einen greifbaren Beweis hat uns bislang noch niemand geliefert. Jedenfalls scheinen die Riesen keine Bedrohung für Voruns darzustellen und, was noch wichtiger ist, auch kein Bündnis mit den Außenseitern eingegangen zu sein.«

Er schwieg einen Augenblick und fragte dann: »Wie weit ist es bis zu diesem Meer, wo Sie von den Riesen gefangengenommen wurden?«

»Es ist viele Decks entfernt, etwa vierzig.«

Angewidert erhob Master Scoyt seine Hände. »Zu weit. Ich dachte, wir könnten vielleicht eine kleine Expedition dorthin unternehmen ...«

In diesem Moment flog die Tür auf, und ein Wachsoldat stürzte atemlos herein.

»Angriff auf die Barrikaden, Master Scoyt! Kommen Sie sofort, Sie werden gebraucht!«

Scoyt war bereits aufgesprungen, sein Gesicht hatte einen entschlossenen Ausdruck angenommen. Auf halbem Weg zur Tür drehte er sich zu Complain um. »Sie bleiben, wo Sie sind. Ich bin gleich wieder zurück.«

Die Tür fiel hinter ihm zu, und Complain war allein. Zaghaft blickte er sich um, er konnte es noch gar nicht recht glauben. An der Wand hinter Scoyts Stuhl befand sich eine zweite Tür. Vorsichtig ging er hinüber und drückte die Klinke herunter. Die Tür ging auf. Hinter ihr lag ein kleines Vorzimmer mit einer weiteren Tür. Das Vorzimmer enthielt lediglich ein morsches Holzregal, auf dem ein paar zerbrochene Gerätschaften lagen. Auf dem Boden standen vier Bündel, die Complain sofort als Marappers, Fermours, Wantages und sein eigenes identifizierte. Ihre wenigen Habseligkeiten waren offensichtlich durchsucht worden, aber es fehlte anscheinend nichts. Complain ging weiter zur nächsten Tür, die ebenfalls unverschlossen war.

Sie führte auf einen Nebenkorridor. In geringer Entfernung wuchsen – Poniks. Der Weg dorthin schien unbewacht zu sein. Aufgeregt trat Complain auf den Flur, schloß die Tür hinter sich und überlegte. Sollte er fliehen?

Marapper war getötet worden, und es gab keinen Grund anzunehmen, daß man mit ihm anders verfahren würde. Es wäre also schon ratsam, die Flucht zu ergreifen – nur wohin? Die Quartiere waren zu weit enfernt, als daß sich ein einzelner Mann bis zu ihnen hätte durchschlagen können. Aber ein Jäger mochte auch für die Stämme, die in der Nähe lebten, ein willkommener Zuwachs sein. Complain erinnerte sich, daß Vyann ihn und seine Gefährten zunächst für Mitglieder eines Volkes gehalten hatte, das gelegentlich Raubzüge ins Voruns-Land unternahm. Vielleicht waren das dieselben Leute, die gerade die Barrikaden angriffen? Wenn ja, würden sie sich gewiß über die Verstärkung durch einen Jäger, der sich ein wenig im Voruns-Land auskannte, freuen.

Er schnappte sich sein Bündel, spähte noch einmal nach rechts und links und rannte dann los in den Dschungel.

Alle Türen in dem Seitengang, durch den ihn sein Fluchtweg führte, waren verschlossen, bis auf eine. Unwillkürlich warf er einen Blick hinein – und blieb wie angewurzelt stehen.

Auf einer Pritsche mitten im Raum lag eine Gestalt, die zu schlafen schien. Die Beine waren angewinkelt, der schäbige Mantel zu einem Kopfkissen zusammengerollt, und das Gesicht hatte den melancholischen Ausdruck einer überfütterten Bulldogge.

»Marapper!« schrie Complain, der seinen Blick nicht von dem vertrauten Gesicht lösen konnte. Haare und Schläfen waren blutüberstömt. Der Arm des Priesters fühlte sich eiskalt an.

Ganz automatisch verfiel Complain wieder in die alten Gewohnheiten aus der Zeit in den Quartieren. Die Lehre funktionierte beinahe so instinktiv wie ein Reflex. Ohne zu überlegen, nahm er die Pose der Niedergeschlagenheit ein, die das Ritual der Furcht einleitete. Die Lehre verlangte, die Furcht nicht ins Unterbewußte dringen zu lassen. Sie mußte auf der Stelle in einem komplizierten Ritual, in dessen Verlauf man alle Arten des Schreckens durchspielte, abreagiert werden. Über den vorgeschriebenen Verneigungen, den Fußfällen und dem Wehklagen vergaß Complain völlig sein eigentliches Vorhaben.

»Ich bedaure, diese eindrucksvolle Darbietung unterbrechen zu müssen«, ließ sich eine eisige weibliche Stimme hinter ihm vernehmen. Complain wirbelte herum und erblickte Vyann, die, flankiert von zwei Wachen, einen

Betäuber auf ihn gerichtet hielt. Der Schwung ihrer Lippen war betörend, doch ihr Lächeln wirkte weniger einladend.

Dies war das Ende von Complains Prüfung.

Nun war Fermour an der Reihe. Scoyt behandelte ihn wesentlich unfreundlicher als noch vor kurzem Complain. Seine erste Frage bezog sich wieder auf den Geburtsort.

»Irgendwo im Dschungel. Wo genau weiß ich nicht.«

»Warum kamen Sie nicht in einem Dorf zur Welt?«

»Meine Eltern waren von ihrem Stamm, einer kleinen Horde aus der Mittelregion, verstoßen worden.«

»Wann haben Sie sich den Greene-Leuten angeschlossen?«

»Nach dem Tod meiner Eltern. Sie litten an der schleichenden Fäulnis. Als sie starben, war ich ein erwachsener Mann.«

Scoyts volle Lippen hatten sich zu einem schmalen Strich verzogen. Er holte einen Gummiknüppel aus der Schublade vor sich und wog ihn vielsagend in seiner Hand. Dann stand er auf und fixierte Fermour aus nächster Nähe.

»Haben Sie einen Beweis für Ihre Geschichte?«

Der sonst so gesetzte Fermour schien nun doch einigermaßen nervös; unaufhörlich drehte er an seinem schweren Ring.

»Was für einen Beweis meinen Sie denn?« fragte er mit belegter Stimme.

»Irgendeinen. Etwas, das wir überprüfen können. Sie sind hier nicht in einem von diesen verrotteten Dschungeldörfern, Fermour. Wer nach Voruns kommt, muß sich genau ausweisen können. Nun ...?«

»Marapper wird für mich bürgen.«

»Marapper ist tot. Außerdem bin ich mehr an jemandem interessiert, der Sie gekannt hat, als Sie noch ein Kind waren.« Er blickte ihm direkt ins Auge. »Mit anderen Worten, Fermour: Wir suchen einen Beweis dafür, daß Sie ein menschliches Wesen sind.«

»Ich bin vielleicht menschlicher als Sie, Sie verdammter ...« Fermour holte zu einem Schlag aus.

Gewandt wich Scoyt zurück und landete einen kräftigen

Hieb auf Fermours Handgelenk; dessen Arm wurde sofort taub.

»Ihre Reflexe sind zu langsam«, tadelte Scoyt. »Sie hätten mich erwischen müssen, das Überraschungsmoment war auf Ihrer Seite.«

»Ich bin eben etwas schwerfällig, das ist den Leuten in den Quartieren auch aufgefallen«, murmelte Fermour und rieb sich die schmerzende Stelle.

»Wie lange waren Sie bei dem Greene-Stamm?« Scoyt kam wieder näher und hielt den Gummiknüppel, als hole er bereits zum nächsten Schlag aus.

»Das kann ich nicht genau sagen, aber zweihundert Dutzend Schlafperioden waren es bestimmt.«

»Hier im Voruns haben wir etwas fortschrittlichere Methoden der Zeitrechnung, Fermour. Vier Schlafperioden nennen wir einen Tag. Sie hätten also ... sechshundert Tage bei dem Stamm zugebracht. Eine lange Zeit.«

Er blickte Fermour nachdenklich an. In diesem Moment ging die Tür auf, und ein atemloser Wächter erschien auf der Schwelle. »Angriff auf die Barrikaden, Master Scoyt! Bitte kommen Sie sofort, es ist dringend!«

Auf halbem Wege zur Tür drehte sich Scoyt mit grimmigem Gesicht zu Fermour um und bellte: »Sie bleiben, wo Sie sind. Ich bin gleich wieder zurück.«

Einen Raum weiter wandte sich Complain langsam der neben ihm sitzenden Vyann zu. Ihr Betäuber steckte mittlerweile wieder im Halfter.

»Das Ganze war also nur ein Trick?«

»Richtig«, sagte sie ungerührt. »Aber schauen Sie, was Fermour jetzt machen wird.«

Für ein paar Sekunden konnte Complain seinen Blick nicht von ihren Augen lösen. Er war ganz dicht neben ihr in einer kleinen Zelle, die sie als Beobachtungsraum bezeichnet hatte und die an das Zimmer grenzte, in dem die Verhöre geführt wurden. Dann riß er sich zusammen und spähte wieder durch den schmalen Sehschlitz in der Wand.

Fermour war unterdessen auf einen Stuhl geklettert und versuchte vergeblich, mit seinen Händen an den Rost des

Belüftungsschachtes zu gelangen. Sosehr er sich auch mühte, es fehlten ein paar Zentimeter. Verzweifelt sprang er wieder auf den Boden und blickte wild um sich wie ein gehetztes Tier. Jetzt erst bemerkte er die zweite Tür. Er versetzte dem Stuhl, der ihm im Wege war, einen Tritt und stürzte auf sie zu.

»Genau wie ich«, murmelte Complain und suchte wieder die grauen Augen.

»Unsere Leute werden dafür sorgen, daß er nicht weit kommt«, sagte Vyann leichthin. »Ich zweifle kaum noch daran, daß es sich bei Fermour um einen Außenseiter handelt, aber in in paar Minuten werden wir Gewißheit haben.«

»Bob Fermour? Unmöglich!«

»Lassen Sie uns später darüber diskutieren, ja? Jetzt möchte ich Ihnen etwas anderes sagen: Roy Complain, Sie sind ein freier Mann – soweit irgendeiner von uns frei sein kann. Sie verfügen über beträchtliches Wissen und viel Erfahrung, und wir hoffen, daß Sie uns bei der Bewältigung unserer Probleme helfen werden.«

Sie war so unendlich viel schöner und aufregender als Gwenny. Zärtlich sage er: »Ich stehe Ihnen ganz zur Verfügung.«

»Master Scoyt wird sich freuen, das zu hören.« Sie hatte sich abgewandt, und in ihrer Stimme lag plötzlich eine gewisse Schärfe. Das brachte ihn wieder in die Realität zurück. Ernüchtert erkundigt er sich danach, was die Außenseiter eigentlich so bedrohlich machte. Auch die Greene-Leute hätten sie gefürchtet, aber eigentlich nur wegen ihrer merkwürdigen Sitten und Gebräuche, die denen der Menschen so wenig ähnelten.

»Reicht das denn nicht?« Doch dann erzählte ihm Vyann von den unheimlichen Kräften, über die die Außenseiter verfügten. Einige wenige hatte man mit Hilfe von Master Scoyts ausgeklügelten Verhörmethoden entlarven können – doch sie waren alle bis auf einen wieder entwischt. Man hatte sie betäubt und an Händen und Füßen gefesselt ins Gefängnis geworfen – und sie waren dennoch spurlos daraus verschwunden. Man postierte zusätzlich Wächter in den Zellen, doch auch das half nichts. Die Wachen wurden bewußtlos, aber ohne irgendein Anzeichen von Gewaltanwendung auf dem Zellenboden aufgefunden.

»Was geschah mit dem einen Außenseiter, der nicht entkommen konnte?«

»Er starb unter der Folter. Doch es kam kein Wort über seine Lippen. Wir wissen lediglich, daß er aus den Ponik-Dschungeln stammte.«

Zusammen verließen sie den Raum. Complain hatte sein Bündel geschultert und ging etwas müde neben Vyann her, wobei er gelegentlich einen Blick auf ihr Profil warf. Es war jetzt von Entschlossenheit und unbändiger Willenskraft durchglüht und wirkte keineswegs mehr so freundlich wie noch wenige Minuten zuvor. Sie ist launisch, dachte Complain, ich muß aufpassen. Er versuchte, sich der Verhaltensmaßregeln gegenüber Frauen zu entsinnen, die in den Quartieren gegolten hatten – doch die Quartiere erschienen ihm mittlerweile so fern und fremd wie eine andere Welt.

Vor einer Tür auf Deck 21 blieb Vyann stehen. »Dies hier ist Ihr Zimmer. Mein eigenes ist drei Türen weiter, und Master Scoyt wohnt mir gegenüber. Einer von uns wird Sie bald zum Essen abholen.«

Complain warf einen kurzen Blick in den Raum und gestand beeindruckt: »So eine Wohnung habe ich mein Lebtag noch nicht gesehen.«

»Ihnen bleibt aber auch nichts erspart, Sie Ärmster«, spottete Vyann und entfernte sich. Complain blickte ihrer schlanken Gestalt nach, bis sie verschwunden war, dann zog er seine vor Schmutz starrenden Schuhe aus und betrat sein neues Zuhause.

Das Zimmer war sehr schlicht eingerichtet, aber es enthielt immerhin ein Becken mit einem Hahn, aus dem tatsächlich ein dünnes Wasserrinnsal floß, als Complain ihn aufdrehte. Und es gab ein Bett, das nicht aus Blättern gemacht war, wie in den Quartieren, sondern aus einem groben, tuchartigen Gewebe. Am meisten beeindruckte Complain aber das Bild an der Wand. Es bestand aus hellen, leuchtenden Farbtupfern, die nichts Bestimmtes darstellten und doch von starker Aussagekraft waren. Ein völlig anders Bild begegnete Complain, als er in den Spiegel sah: ein rauher dreckverkrusteter Bursche mit zottigem, verfilztem Haar, der in einem zerschlissenen Überwurf steckte.

Sofort machte er sich daran, dies zu beheben und fragte sich nebenbei, was Vyann wohl von einem solchen Barbaren gehalten haben mochte. Er schrubbte sich ausgiebig, legte frische Kleider an und warf sich dann erschöpft aufs Bett. Er fand jedoch keinen Schlaf, denn sobald er lag, begannen seine Gedanken ruhelos zu wandern.

Gwenny war tot, ebenso Marapper und jetzt auch noch Fermour: er war völlig auf sich allein gestellt. Ein neuer Anfang schien bevorzustehen, verlockend und aufregend zugleich. Doch dann erschienen Marappers salbungsvolle und leutselige Züge vor seinem inneren Auge und erfüllten ihn mit tiefer Trauer.

Endlich erlöste ihn Master Scoyts Stimme aus seiner Grübelei: »Essenszeit!«

Auf dem Weg zur Kantine achtete Complain sorgfältig auf das Verhalten seines Begleiters. Aber Scoyt schien allzusehr mit seinen eigenen Sorgen beschäftigt, um ihn überhaupt wahrzunehmen. Endlich sah er auf und begegnete Complains fragendem Blick. »Oh, Ihr Freund Fermour hat sich tatsächlich als Außenseiter entpuppt. Als er auf der Flucht an eurem Priester vorbeikam, hielt er nicht mal eine Sekunde an. Unsere Wachen lagen im Hinterhalt und nahmen ihn fest.«

»Er war kein normaler Mensch, und er wuchs nicht in einer von Menschen besiedelten Region des Schiffs auf«, erläuterte Scoyt ungeduldig, als er Complains verwirrten Gesichtsausdruck bemerkte. »Sonst wäre er automatisch stehengeblieben, um die entsprechenden Riten vor dem Körper des toten Freundes auszuführen. Jeder Mensch bekommt diesen Verhaltenskodex von Geburt an eingehämmert; auch Sie selbst haben ja danach gehandelt, als Sie den Priester erblickten, und das war es, was uns letztendlich von Ihrer Zugehörigkeit zur menschlichen Rasse überzeugt hat.«

Er verfiel wieder in Schweigen, bis sie die große Kantine erreichten. Vyann saß ganz allein an einem Tisch. Scoyts bekümmerte Miene hellte sich bei ihrem Anblick auf, und er legte ihr zur Begrüßung eine Hand auf die Schulter.

»Meine liebe Laura, wie schön, daß du auf uns gewartet hast. Ich werde Bier bestellen, denn wir haben die Gefangennahme eines Außenseiters zu feiern. Und diesmal wird er uns nicht entwischen.«

»Ich hoffe, du ißt auch eine Kleinigkeit, Roger«, sagte das Mädchen lächelnd.

»Ach, du weißt doch, mein Magen.« Scoyt winkte eine Bedienung heran und berichtete seiner Mitarbeiterin dann in allen Einzelheiten von Fermours Festnahme. Complain saß dabei und fühlte sich unbehaglich. Der lockere Umgangston zwischen Scoyt und Vyann machte ihn eifersüchtig, obwohl der Offizier sicher doppelt so alt war wie die junge Frau. Das Bier wurde gebracht und ein Gericht aus weißem Fleisch, das wundervoll schmeckte. Es war auch wundervoll, einmal zu essen, ohne von den ewigen Fliegen umschwärmt zu werden, die sich in seiner Heimat auf jeden Bissen setzten und häufig als unerwünschte Zutat zu den Speisen mit hinuntergeschluckt wurden. Dennoch stochterte Complain mißmutig auf seinem Teller herum.

»Sie sehen bedrückt aus«, sagte Vyann, »dabei hätten Sie doch allen Grund zur Freude. Ist es nicht schöner, hier zu sitzen, als mit Fermour zusammen in einer Zelle eingesperrt zu sein?«

»Fermour war mein Freund.« Complain benutzte die erstbeste Ausrede für seine schlechte Laune, die ihm in den Sinn kam.

»Und ein Außenseiter«, warf Scoyt ernst ein. »Er wies alle ihre Charakteristika auf: Er war langsam, schwerfällig, wortkarg ... Ich traue mir allmählich zu, sie auf den ersten Blick zu erkennen.«

»Du bist ein Genie, Roger«, lachte Vyann. »Darf ich dir noch etwas Fisch geben?« Freundlich streichelte sie seine Hand.

Das brachte für Complain das Faß zum Überlaufen.

Ungehalten warf er seine Gabel auf den Teller. »Schönes Genie! Und was geschah mit Marapper? Den habt ihr auch umgebracht, obwohl er kein Außenseiter war. Glaubt ihr vielleicht, ich hätte das vergessen?«

Die Leute an den Nebentischen hatten sich zu ihnen umgedreht. Scoyt setzte gerade dazu an, etwas zu sagen, als sich eine schwere Hand auf Complains Schulter legte.

»Es ist nicht nur närrisch, um mich zu trauern, sondern auch verfrüht«, ertönte eine wohlbekannte Stimme. »Immer noch der alte Querkopf, was, Roy?«

Verwundert drehte Complain sich um. Hinter ihm stand feixend der Priester und rieb sich wohlgefällig die Hände. Ungläubig berührte Complain seinen Arm.

»Ja, ich bin es wirklich, Roy. Das große Unbewußte hat nichts von mir wissen wollen, was mich offen gestanden ziemlich kalt läßt. Hat Ihr Trick funktioniert, Master Scoyt?«

»Ja, ausgezeichnet. Darf ich Sie zu einem kleinen Imbiß einladen, Priester? Sie können bei der Gelegenheit Ihrem Freund die nötigen Aufklärungen geben, vielleicht schaut er uns dann nicht mehr so böse an.«

»Sie waren tot!« rief Complain.

»Aber es war nur eine kurze Reise.« Der Priester nahm Platz und langte nach dem Bierkrug. »Master Scoyt, unser Hexenmeister hier, hat sich für dich und Fermour einen Test ausgedacht, der mir persönlich einige kleine Ungelegenheiten bereitete. Mein Kopf wurde mit Rattenblut bestrichen, und dann pumpte man mich mit einer seltsamen Droge voll, damit ich auch eine wirklich schöne Leiche abgäbe.«

»Nur eine geringe Überdosis Chlorhydrat«, warf Scoyt ein, der ein leises Lächeln nicht unterdrücken konnte.

»Aber Sie waren eiskalt, als ich Sie anfaßte!« protestierte Complain.

»Und ich bin es noch«, erwiderte der Priester. Darin besteht ja gerade der Effekt der Droge. Wie nennt sich dieses scheußliche Gegengift, das mir Ihre Leute injizierten, Master Scoyt?«

»Strychnin, glaube ich.«

»Äußerst unangenehme Wirkung. Ich bin jedenfall ein Held, Roy. Ein Heiliger war ich ja schon, und nun also noch ein Held dazu. Diese Ränkeschmiede hier waren übrigens so gnädig, mir eine Tasse heißen Kaffees zu servieren, nachdem ich wieder zu mir gekommen war, und ich muß sagen, daß ich noch nie zuvor so etwas Köstliches getrunken habe. Dieses Bier schmeckt allerdings noch besser.«

Seine Augen trafen sich über dem Becherrand mit denen von Complain. Er blinzelte ihm zu und rülpste mit bezaubernder Nonchalance.

»Ich bin kein Gespenst, Roy. Gespenster trinken nicht.«

Bevor die Mahlzeit beendet war, verabschiedete sich Master Scoyt mit einer gemurmelten Entschuldigung. Sein Gesicht hatte wieder den gewohnten sorgenvollen Ausdruck angenommen.

»Er ist überarbeitet«, meinte Vyann. »Aber wir müssen alle hart arbeiten. Ich werde Sie nun über unsere weiteren Pläne ins Bild setzen.«

»Das höre ich gern.« Marapper leerte seinen Becher auf einen Zug. »Mein Interesse an der ganzen Angelegenheit ist selbstverständlich rein theologischer Natur.«

»Zunächst werden wir einen kleinen Exorzismus mit den Außenseitern veranstalten.« Vyann lächelte. »Auf die richtige Art und Weise befragt, wird uns Fermour sicher ihren geheimen Schlupfwinkel verraten. Wir werden sie dort aufspüren und töten. Dann haben wir die Hände frei und können uns ganz auf die Lösung der Rätsel konzentrieren, die dieses Schiff uns aufgibt.«

Über diesen letzten Punkt glitt sie schnell hinweg, als ob sie Fragen dazu vermeiden wolle. Sie drängte nun auch zum Aufbruch. Unterwegs berichtete der Priester Complain von der ergebnislosen Suche nach dem Kontrollraum.

»Es hat sich hier so vieles verändert«, klagte Vyann. Sie befanden sich gerade in einem der stählernen Verbindungsgänge zwischen zwei Decks. Die beiden Türen an den Enden des Gangs standen offen. »Nehmen Sie zum Beispiel nur diese Türen – an manchen Stellen sind sie geschlossen, an anderen offen. Doch sämtliche Zugänge zum Hauptkorridor sind geschlossen, was ein großes Glück ist, weil die verkommenen Subjekte auf diesem Schiff es sonst leicht hätten, in unser Gebiet einzudringen. Der springende Punkt ist aber, daß es nicht in unserer Macht steht, all diese Türen nach Belieben zu öffnen oder zu schließen, wie es die Riesen einst konnten, als sie die Herren des Schiffs waren. Irgendwo muß sich der Mechanismus befinden, mit dem sie sich alle betätigen lassen. Wenn wir nur wüßten, wo. Wir sind so schrecklich hilflos.«

Complain betrachtete ihr angespanntes Gesicht mit dem kriegerisch vorgereckten Kinn und dachte in einer plötzlichen Eingebung: »Sie identifiziert sich mit Scoyt und bekommt allmählich dieselbe Berufskrankheit wie er.« Doch dann schoß das Bild des riesigen Schiffs durch seinen Kopf, das dazu verdammt war, mit seiner Fracht endlos durch die Weiten des Raums zu irren, und er mußte zugeben, daß das Grund genug war, sich Sorgen zu machen. »Sind Sie und Master Scoyt eigentlich als einzige mit der Lösung dieses speziellen Problems betraut?«

»Um Himmels willen, nein! Wir üben sogar nur relativ untergeordnete Funktionen aus. Kürzlich wurde eigens eine Kommission gegründet, die Überlebensgesellschaft, die sich mit nichts anderem beschäftigt. Überdies hat man sämtliche Offiziere mit Ausnahme von denen, die im Grenzschutz Dienst tun, zur Mitarbeit herangezogen. Hinzu kommen noch zwei Mitglieder des Fünferrats: Ratsherr Zac Deight, der große langhaarige Mann, den Sie ja bereits kennengelernt haben, Priester, und Ratsherr Tregonnin, zu dem wir gerade unterwegs sind. Er ist ein Gelehrter und bücherkundiger Mann. Er wird Ihnen die Welt erklären.«

Und so erhielten Roy Complain und der Priester ihre erste Astronomiestunde. Tregonnin war ein lächerlich kleines Männchen. Während er redete, hüpfte er ruhelos in seiner Gelehrtenstube umher, die bis zum Rand mit Büchern und absonderlichen Gegenständen aller Art vollgestopft war. Tregonnin erzählte ihnen, daß bis vor kurzem im Voruns alles Gedruckte, und sei es auch nur eine einzelne Buchseite, vernichtet werden mußte. In den Quartieren war dies noch immer Pflicht. Es geschah teils aus Aberglauben, teils, weil die Herrschenden ihre Untertanen in Unwissenheit halten wollten.

»Dieser seltsame Brauch ist zweifellos daran schuld, daß das Wissen über das Schiff nach und nach verschwunden ist«, dozierte Tregonnin, der wichtig vor seinen Zuhörern auf und ab stolzierte. »Was Sie ringsum sehen, ist die fast vollständige Sammlung der erhalten gebliebenen schriftlichen Zeugnisse aus dem Gebiet von Voruns. Alles andere ist verlorengegangen. Wir kennen daher nicht die ganze Wahrheit, sondern nur Bruchstücke von ihr.«

Complain stieß sich nicht länger an dem komischen Gebaren des kleinen Mannes, als dieser nun mit seiner Unterweisung begann. Alles um ihn herum versank, als er die wundersame, aus tausend Splittern zusammengefügte Erzählung vernahm, und der mächtige Pulsschlag der Geschichte in dem kleinen Raum zu wehen begann.

Das Medium, durch das sich ihr Schiff bewegte, beherbergte Tregonnin zufolge auch noch andere Welten: die Sonnen, welche Licht und Wärme spendeten, und die Planeten, die ihr Leben der Energie dieser Sonnen verdankten. Auf einem dieser Planeten, der sich in der Nähe einer Sonne namens Sol befand, lebten die Menschen. Der Planet hieß Erde, und die Menschen bewohnten seine Oberfläche, da sein Inneres massiv und lichtlos war.

»Daß die Menschen nicht herabstürzten, selbst wenn sie auf der Unterseite der Erde lebten, verdankten sie der Schwerkraft«, erläuterte Tregonnin. »Es ist dieselbe Kraft, durch die wir ein kreisförmiges Deck umrunden können, ohne dabei an irgendeinem Punkt hinabzufallen.«

Die Menschen waren tief in die Geheimnisse der Natur eingedrungen. Schließlich hatten sie sogar eine Methode entwickelt, die es ihnen erlaubte, die Erde zu verlassen und andere Planeten im Umkreis der Sonne zu besuchen. Diese Planeten besaßen jedoch für ihre Zwecke entweder zu viel oder zu wenig Licht und Wärme. Sie waren unbewohnt und unbewohnbar.

Da verfielen die Menschen auf die Idee, die Planeten anderer Sonnen aufzusuchen, zumal die Erde mittlerweile unter Überbevölkerung zu leiden begann. An diesem

Punkt widersprachen sich die spärlichen Zeugnisse, über die Tregonnin verfügte. Einige behaupteten, der Raum sei fast völlig leer, andere sagten, daß er aber Tausende von Sonnen enthielt.

Wie es schien, kamen für die geplante Expedition nur ganz bestimmte Sonnen in Frage, denn erst nach langwierigen astronomischen Untersuchungen wählten die Menschen den hellen Stern Procyon aus. Procyon besaß ein eigenes Planetensystem und war elf Lichtjahre von der Erde enfernt. Eine so große Strecke zu überbrücken, stellte selbst für die erfinderischen Menschen ein gewaltiges Problem dar, da es im Raum weder Wärme noch Licht gab; außerdem würde die Reise sehr lange dauern, mehrere Generationen würden kommen und gehen, bevor das ferne Ziel erreicht wäre.

Schließlich erbauten die Menschen das Schiff. Sie verwandten unzerstörbares Metall für die Konstruktion seiner vierundachtzig Decks, rüsteten es mit einem Ionen-Antrieb aus und füllten es mit allem, was sie für die lange Reise brauchen würden.

Tregonnin wies in eine Ecke. »Seht! Dies ist ein Modell des Planeten, den unsere Vorfahren vor langer Zeit verlassen haben – die Erde!«

Ein Globus stand da, der durch unsachgemäße Behandlung stark beschädigt worden war, auf dessen Oberfläche man aber immer noch deutlich Meere und Kontinente erkennen konnte.

Complain war tief bewegt. Er blickte zu Marapper hinüber und sah Tränen über die Wangen des alten Priester strömen.

»Was für eine wunderschöne Geschichte«, schluchzte Marapper ergriffen. »Und welch ein weiser Mann Sie sind, Ratsherr, ich glaube Ihnen jedes Wort. Wie mächtig diese Menschen doch waren, wie mächtig! Ich bin ja nur ein einfacher Provinzpriester, der nichts weiß, aber …«

»Hören Sie mit diesen Sentimentalitäten auf«, wies ihn Tregonnin mit unerwarteter Schärfe zurecht. »Lösen Sie sich von Ihrem Ego und hören Sie mir weiter zu. Gefühle sind unwichtig, nur Fakten zählen.«

»Ich muß mich erst an die Erhabenheit Ihrer Geschichte gewöhnen.« Marapper schluchzte immer noch hemmungslos. »Zu denken, daß all dieser Glanz ...«

Tregonnin sagte gereizt zu Vyann: »Inspektor, wenn dieser unangenehme Bursche nicht sofort mit seinem Geschnüffel aufhört, wird er mein Zimmer auf der Stelle verlassen. Sie wissen, daß ich so etwas nicht ausstehen kann.«

»Wann kommen wir eigentlich auf diesem Planeten von Procyon an?« fragte Complain wißbegierig. Er konnte es kaum erwarten, das Ende der Gesichte zu hören.

»Eine gute Frage, junger Mann.« Tregonnin nahm seine Anwesenheit zum ersten Mal zur Kenntnis. »Ich will versuchen, Ihnen darauf auch eine gute Antwort zu geben. Wie es scheint, verfolgten die Menschen mit ihrem Flug zu Procyon zwei Ziele. Zum einen transportierte das Schiff eine große Anzahl sogenannter Kolonisten – deswegen wurde es auch so groß gebaut; diese Kolonisten sollten auf dem neuen Planeten leben und sich dort vermehren. Zu diesem Zweck hatten sie viele nützliche Maschinen mitgenommen – wir fanden eine Liste, auf der unter anderem Traktoren, Zementmischer und Gabelstapler aufgeführt waren.

Zum anderen sollte der Planet erforscht und die Ergebnisse dieser Untersuchung zur Erde zurückgebracht werden.«

Der Ratsherr hastete zu einem Schrank und kramte hektisch darin herum. Schließlich zog einen einen Metallbehälter hervor, der ein Dutzend kleiner Blechbüchsen enthielt, die bequem in eine Hand paßten. Er öffnete eine davon. Ein seltsames, halb durchsichtiges Material lag darin.

»Mikrofilme!« erklärte Tregonnin. »Sie wurden in einer ganz entlegenen Ecke von Voruns gefunden. Die Feuchtigkeit hat sie zerstört, doch selbst wenn sie noch unversehrt wären, könnten wir nichts mit ihnen anfangen: Man benötigt eine spezielle Apparatur, um sie lesbar zu machen.«

»Aber wo liegt denn dann ...«

Der Ratsherr fiel Complain ins Wort. »Sie sind dennoch von Nutzen für uns, Sie werden gleich sehen, warum. Ich lese einmal die einzelnen Aufschriften vor. Hier heißt es:

›FILM: Überblick Neuerde: Atmosphäre, Stratosphäre, Umlaufbahn, Sommersonnenwende, N-Hemisphäre.‹ Und hier: ›FILM: Flora und Fauna Kontinent A, Neuerde.‹ Uns so weiter.«

Tregonnin machte eine effektvolle Pause, bevor er fortfuhr: »Und hiermit hätten wir also die Antwort auf Ihre Frage, junger Mann: Die Aufschriften beweisen, daß das Schiff die Procyonplaneten tatsächlich erreichte. Wir befinden uns bereits auf dem Rückflug zur Erde.«

Nach dieser Eröffnung herrschte tiefes Schweigen in dem Raum. Jeder von ihnen versuchte, allein mit dem Unvorstellbaren fertig zu werden. Endlich erhob sich Vyann, schüttelte sich, wie um einen Zauberbann zu brechen, und erklärte, sie müßten nun gehen.

»Einen Moment noch«, bat Complain. »So viele Fragen sind noch offen. Wenn wir tatsächlich zur Erde zurückfliegen – wann kommen wir dann an?«

Tregonnin seufzte schwer. »Mein lieber Freund, wir wissen so wenig. So viele Antworten sind verlorengegangen, ja manchmal selbst die richtigen Fragen ... Wir kennen die Entfernung von Neuerde, wie die Kolonisten ihren Planeten tauften, zur Erde: sie beträgt elf Lichtjahre, ich erwähnte es bereits. Doch wir besitzen leider nicht die geringste Vorstellung von der Geschwindigkeit, mit der das Schiff sich fortbewegt. Beantwortet das Ihre Frage?«

»Eines wissen wir aber doch, Ratsherr«, ließ sich Vyann vernehmen. »Erzählen Sie Complain von der Voruns-Rolle.«

»Ich war gerade dabei«, sagte Tregonnin mit einem Anflug von Schärfe. »Bevor der Fünferrat die Macht übernahm, wurde Voruns von einzelnen Männern regiert, die sich als Gouverneure bezeichneten und die unser Gebiet zu dem mächtigen Gemeinwesen gemacht haben, das es heute ist. Diese Männer reichten einander eine Schriftrolle weiter, die mir vom letzten Gouverneur kurz vor seinem Tod ausgehändigt wurde. Sie enthält eigentlich nicht viel mehr als die Namen der jeweiligen Gouverneure. Doch hinter dem Namen des ersten Gouverneurs befindet sich ein Zusatz« – er schloß die Augen und zitierte aus dem

Gedächtnis ... »›Ich bin nun der vierte Kapitän seit Antritt der Rückreise, doch da dieser Titel nur noch ein Hohn ist, ziehe ich es vor, mich Gouverneur zu nennen, und selbst diese Bezeichnung scheint mir noch zu hoch gegriffen.‹«

Der Ratsherr öffnete wieder die Augen. »Wir können also aus der Schriftrolle ersehen, wie viele Generationen an Bord dieses Schiffs gelebt haben, seitdem es sich auf dem Rückflug zur Erde befindet. Es sind genau dreiundzwanzig.«

Marapper hatte lange geschwiegen. Jetzt sagte er: »Das ist ein langer Zeitraum. Wann kommen wir auf der Erde an?«

»Dieselbe Frage stellte soeben Ihr junger Freund. Ich kann Ihnen nur mitteilen, seit wie vielen Generationen wir bereits auf der Reise sind. Niemand kennt den Endpunkt unserer Fahrt. Irgendwann bevor der erste Gouverneur sein Amt antrat, muß sich eine Katastrophe ereignet haben, über die uns nichts bekannt ist. Seitdem fliegt das Schiff ohne Kapitän und ohne Kontrolle durch den Raum. Man möchte beinahe hinzufügen: auch ohne Hoffnung.«

Während der nächsten Schlafperiode kam Complain nicht zur Ruhe. Sein Gehirn befand sich in Aufruhr, und er mußte immer wieder über Tregonnins Erzählung nachdenken.

Die war an sich schon beängstigend genug gewesen. Doch da war noch etwas anderes, was ihm zu schaffen machte. Es handelte sich um eine winzige Kleinigkeit, eine Beobachtung, die er während ihres Besuchs in der Bibliothek gemacht und den anderen gegenüber mit keinem Wort erwähnt hatte, weil er ihr zunächst nicht die geringste Bedeutung beimaß. Doch nun gewann sie von Minute zu Minute mehr an Gewicht und legte sich wie ein Alpdruck auf seine Brust.

Als der Ratsherr seinen Vortrag hielt, hatte Complain nämlich zufällig einen Blick auf die Decke der Gelehrtenstube geworfen. Und dort, hinter dem Rost des Entlüftungsschachts, war ein winziger Rattenkopf gewesen, der aufmerksam zu lauschen schien, als könne er jedes Wort verstehen.

3

»Möge dein Ego zusammenschrumpfen, Roy!« Marapper war sehr aufgebracht. »Von mir aus kannst du ruhig gemeinsame Sache mit den Voruns-Leuten machen! Dahinter steckt natürlich das Mädchen. Sie hat dir dermaßen den Kopf verdreht, daß du an nichts anderes mehr denken kannst als an das, was sich unter ihren Röcken verbergen mag. Aber glaube mir, Roy: das Mädchen macht dir etwas vor. Du siehst vor lauter Poniks den Dschungel nicht mehr. Hast du denn ganz unsere eigenen Pläne vergessen? Für mich sind sie jedenfalls immer noch gültig.«

Complain schüttelte den Kopf. Es war zu Beginn der nächsten Wachperiode, und er aß zusammen mit dem Priester in der Kantine. Die ganze Zeit über lag ihm dieser in den Ohren, sie hätten sich doch zusammengetan, um das Schiff in ihre Gewalt zu bringen.

»Das gilt mittlerweile nicht mehr, Marapper, und Inspektor Vyann hat damit schon gar nichts zu tun. Die Leute von Voruns verfolgen ein Ziel, das höher ist als bloßes Machtstreben. Außerdem: Was würde es denn nutzen, wenn wir sie alle töteten? Wäre damit vielleicht dem Schiff geholfen?«

»Zur Hölle mit diesem Schiff! Roy, hab' doch Vertrauen zu deinem alten Priester, der dich noch nie im Stich gelassen hat! Diese Leute mißbrauchen dich für ihre eigennützigen Zwecke. Es ist nur recht und billig, wenn wir es ihnen gleichtun. Und vergiß nicht: die Lehre sagt, daß man immer zuerst an sich selbst denken soll, um innere Konflikte zu vermeiden.«

»Jetzt haben Sie aber etwas vergessen. Die Litanei endet mit den Worten: ›Und das Schiff wird glücklich zu Hause ankommen.‹ Dies ist überhaupt der zentrale Satz der ganzen Lehre. Sie sind mir ja ein schöner Priester, Marapper.«

Die beiden wurden durch die Ankunft von Vyann unterbrochen, die frisch und attraktiv aussah. Sie hatte bereits gefrühstückt. Marapper zog sich alsbald mit einer fadenscheinigen Entschuldigung zurück. Vyann schien nichts dagegen zu haben, und auch Complain war es lieber so.

»Wurde Fermour schon verhört?« wollte er wissen.

»Nein. Zac Deight aus dem Fünferrat war bei ihm, das ist alles. Roger, ich meine Master Scoyt, wird ihn noch heute befragen, aber momentan ist er mit einer anderen wichtigen Angelegenheit beschäftigt.«

Er fragte nicht, mit welcher. Sie so nah vor sich zu sehen war überwältigend und lähmte seine Zunge. Er hätte ihr gern gesagt, wie wunderbar ihr schwarzes Haar aussah; statt dessen zwang er sich zu der Frage, was er als nächstes tun solle.

»Entspannen«, antwortete sie strahlend. »Ich werde Sie ein wenig im Voruns-Land herumführen.«

Es wurde ein höchst eindrucksvoller Rundgang. Viele Räume in Voruns standen leer und waren ungenutzt, genau wie in den Quartieren. Vyann erklärte, die Fracht, die sie einst enthalten hätten, sei auf Neuerde entladen worden. In anderen Räumen hatte man Farmen angelegt, die diejenigen in den Quartieren an Ausdehnung weit übertrafen. Complain lernte viele neue Tierarten kennen, zum Beispiel Fische, die in großen Tanks schwammen, und deren weißes Fleisch ihm so gut geschmeckt hatte. Daneben gab es eine verblüffende Vielfalt an Getreidesorten, die teilweise unter einem speziellen Licht gezüchtet wurden. Sogar Poniks und Wildsträucher mit grellbunten Blüten hatte man angepflanzt. In einem länglichen Raum wuchsen verschiedenartige Früchte; hier probierte Complain seine erste Grapefruit. Die Temperatur in dem Gewächshaus war sehr hoch, und die Gärtner waren nackt bis zur Taille. Schweiß rann Complain in Strömen vom Gesicht, und er bemerkte, daß Vyanns Bluse an ihren Brüsten klebte. Diese erschienen ihm als die süßesten Früchte, die es auf dem ganzen Schiff gab.

Zahlreiche Männer und Frauen gingen auf diesen landwirtschaftlichen Decks, denen die größte Sorge von Voruns galt, der Arbeit nach. Aber trotz aller Bemühungen gab es immer wieder Fehlschläge, wie Vyann berichtete: unerklärliche Mißernten, Tiere, die ohne ersichtlichen Grund verendeten. Hunger bildete eine ständige Bedrohung für das friedliche Gemeinwesen.

Sie gingen weiter, um das entlegene Deck zu besichtigen, auf dem sich die Antriebssysteme des Schiffs befanden. Zu diesem Räumen hatten nur wenige Offiziere Zutritt, und der Weg dorthin war lang und deprimierend. Das Licht wurde schwächer, man begegnete kaum noch Menschen, und die Wände links und rechts waren mit Spuren der Verwüstung übersät, die die große Katastrophe einst angerichtet hatte.

»Manchmal male ich mir aus, wie es wohl früher hier ausgesehen hat«, flüsterte Vyann. »Sicher war alles voller Leben, denn hier schlug das Herz des Schiffs, hier wurde die Kraft erzeugt, die es antrieb.«

Sie betraten einen Raum von gewaltigen Ausmaßen, der mehrere Stockwerke hoch sein mußte. Der Lichtkegel von Vyanns Taschenlampe strich über riesige Apparaturen, die mit schweren Kettenrädern, Schaufelarmen und Stahlgreifern ausgerüstet waren.

»Einst pulsierte hier das Leben: nun ist alles tot.« Vyanns Flüstern erzeugte kein Echo. Die großen Maschinen schluckten jeden Laut.

Auf dem Rückweg zeigte Vyann ihrem Begleiter einen anderen Raum, der zwar kleiner als der erste, nach normalen Maßstäben aber immer noch riesig war. Obwohl überall eine dichte Staubschicht lag, vernahm man einen konstanten tiefen Summton.

»Sehen Sie, die Kraft des Schiffs ist noch nicht ganz erloschen!« sagte das Mädchen. »Etwas lebt noch hinter diesen Stahlwänden. Kommen Sie.«

Sie führte ihn in einen Nebenraum, der fast vollständig von einer ungeheuerlichen Maschine ausgefüllt wurde. Sie bestand aus drei gigantischen Schwungrädern, die an den Naben durch eine Röhre miteinander verbunden waren. Allein der Durchmesser der Röhre betrug viele Meter; sie wandt sich nach oben und verschwand dann in der Decke. Auf Vyanns Drängen berührte Complain das Rohr. Es vibrierte leicht.

An einem der Räder befand sich ein Inspektionsfenster. Vyann machte es auf, und mit einemmal schwoll der Summton an. Das Mädchen ließ den Strahl ihrer Taschenlampe in die Öffnung fallen, und Complain warf fasziniert einen Blick in das Innere der Maschinerie. In der Dunkelheit drehte sich etwas unglaublich schnell und blitzte im Lichtschein auf.

»Ist das der Weltraum?« flüsterte er mit angehaltenem Atem.

»Nein. Es ist einer von drei Ventilatoren, die die Belüftung des Schiffs regeln. Sie dürfen niemals stillstehen, sonst bricht unsere Atmosphäre zusammen.«

»Woher wissen Sie das alles?«

»Roger hat es mir erklärt.«

Auf der Stelle versank die ganze Umgebung für Complain. Bevor er sie zurückhalten konnte, drängte sich eine Frage auf seine Lippen. »Was bedeutet Ihnen Roger, Vyann?«

»Ich liebe ihn sehr«, sagte sie mit Nachdruck. »Ich bin eine Waise. Roger Scoyt und seine Frau, die keine Kinder bekommen konnte, haben mich adoptiert. Seitdem seine Frau bei einem Überfall auf Voruns vor Jahren ihr Leben verlor, ersetzt er mir Vater und Mutter.«

Im Überschwang der Erleichterung ergriff er ihre Hand. Sofort knipste sie ihre Taschenlampe aus; ihr munteres Gelächter ertönte im Dunkel.

»Zum Flirten habe ich Sie aber nicht hierhergebracht, mein Herr. Stehen Sie erst einmal ihren Mann, bevor wir mit solchen Spielereien anfangen.«

Er versuchte, sie zu fassen, und stieß sich dabei in der Finsternis den Kopf. Sogleich schaltete sie wieder ihre Taschenlampe ein. Ärgerlich wandte er sich ab und rieb sich seinen schmerzenden Schädel.

»Wozu haben Sie mich denn sonst hierhergeführt? Warum geben Sie sich überhaupt mit mir ab?«

»Sie nehmen die Lehre allzu wörtlich«, erwiderte sie verstimmt. »Aber was kann man schon von einem Provinzler anderes erwarten.« Etwas versöhnlicher fügte sie hinzu: »Jetzt sehen Sie mich doch nicht so böse an. Nur weil jemand freundlich zu Ihnen ist, heißt das noch lange nicht, daß er etwas im Schilde führt. Auf eine solche Idee könnte höchstens Ihr Freund, der Priester, kommen.«

Doch Complain ließ sich nicht so leicht besänftigen, zumal er gleich an Marappers Warnung denken mußte, als dessen Name fiel. Er versank in mürrisches Schweigen, und Vyann war zu stolz, es zu brechen. So wurde der Rückmarsch ziemlich trübsinnig. Ein paarmal wandte sich Complain mit bittender Miene zu seiner Begleiterin, als wolle er sie anflehen, endlich etwas zu sagen. Schließlich tat sie es, widerstrebend und ohne ihn dabei anzusehen.

»Ich wollte Sie noch etwas fragen. Wir müssen das Lager der Außenseiter aufspüren und haben es außerdem noch mit einer Bande unverschämter Räuber zu tun. Wie Sie sahen, sind unsere Leute hauptsächlich friedliche Bauern und keine Jäger. Selbst unsere Berufssoldaten wagen sich nicht weit in den Dschungel hinein. Die riesigen Strecken zurückzulegen, die Sie hinter sich gebracht haben, wäre ihnen völlig unmöglich. Roy, wir brauchen Sie als Anführer gegen unsere Feinde. Wir hoffen, daß Sie mittlerweile genug erfahren haben, um zu erkennen, daß es auch Ihre Feinde sind.«

Jetzt beobachtete sie ihn von der Seite. Sie hatte ein liebreizendes und gewinnendes Lächeln aufgesetzt.

»Also wenn Sie mich so ansehen, dann könnte ich auf der Stelle aussteigen und zu Fuß zur Erde zurückmarschieren!« platzte er heraus.

»Das verlangen wir gar nicht von Ihnen.« Sie lächelte noch immer und ließ nun ihre reservierte Haltung vollends fahren. »Kommen Sie, wir wollen nachschauen, was der gute Roger für Fortschritte macht. Er arbeitet immer, als ob die Verantwortung für das ganze Schiff auf seinen Schultern lastete. Ich habe Sie über die Außenseiter informiert; nun wird er Ihnen etwas über Greggs Bande erzählen.«

Master Scoyt war wieder einmal rastlos tätig gewesen, und diesmal hatte er sogar einen Erfolg aufzuweisen. Er wirkte entspannt und begrüßte Complain wie einen alten Freund.

Das Verhör von Fermour hatte man verschoben, weil in den Todesstraßen Unruhen ausgebrochen waren. Ein durch verdächtige Geräusche alarmierter Spähtrupp hatte sich bis zu Deck 29 vorgewagt, wo vor kurzem Complain und Marapper gefangengenommen worden waren. Dieses nur zwei Decks von Voruns entfernte Gebiet war stark zerstört, und noch nie war eine Patrouille weiter als bis hierher vorgestoßen. Die Späher hatten deutliche Anzeichen schwerer Kämpfe wahrgenommen, die auf Deck 30 toben mußten. Unter anderem hatten sie verzweifelt Schreie von Männern und Frauen vernommen.

Damit hätte man die Sache normalerweise auf sich beruhen lassen. Doch kurz nach diesem Vorkommnis war einer von Greggs Banditen an der Barrikade aufgetaucht, hatte einen Waffenstillstand vorgeschlagen und darum gebeten, zu einem der Befehlshaber gebracht zu werden.

»Er ist im Nebenraum untergebracht«, informierte Scoyt seine Zuhörer. »Ein merkwürdiger Bursche namens Hawl. Aber abgesehen davon, daß er von seinem Anführer als dem ›Kapitän‹ spricht, scheint er geistig völlig normal zu sein.«

»Was will er? Ist er desertiert?«

»Noch viel besser. Der Kampf, von dem unser Spähtrupp berichtete, fand offenbar zwischen Greggs Männern und einer rivalisierenden Bande statt. Hawl schweigt sich darüber aus, aber irgendwie scheint seine Gruppe dabei den kürzeren gezogen zu haben, und nun bitten die Leute von Gregg nicht nur um Frieden sondern wollen sogar ins Voruns-Gebiet aufgenommen werden.«

»Das ist doch nur eine plumpe List!« rief Vyann.

»Das glaube ich nicht. Hawl meint es offenbar ernst. Der einzige Haken bei der Sache ist der: Gregg, der genau weiß, in welchem Ruf er bei uns steht, verlangt, daß wir als Zeichen unseres guten Willens einen Unterhändler zu ihm senden, mit dem er die Einzelheiten des Waffenstillstands aushandeln kann. Einer von unseren Leuten muß also Hawl zu ihm begleiten.«

»Die Sache stinkt«, sagte Vyann wiederum.

»Nun, wir wollen uns jetzt diesen Hawl einmal näher ansehen. Aber ich warne dich: Er ist kein besonders schöner Vertreter der menschlichen Rasse.«

Zwei Soldaten hielten Wache bei Hawl. Sie hatten ihn offenbar mit dem Ende eines Stricks windelweich geschlagen, denn der Gefangene lag mit dem Gesicht nach unten stöhnend auf dem Boden. Scoyt entließ die Wächter mit einem scharfen Verweis, dann wandte er sich Hawl zu, den die Androhung weiterer Prügel wieder auf die Beine brachte. Der Mann sah in der Tat abstoßend aus, fast wie ein Mutant. Kein Haar sproß auf seinem Schädel, sogar die Augenbrauen fehlten. Er hatte einen Wolfsrachen, in dem aber kein einziger Zahn zu sehen war. Der Kopf war überdies seltsam deformiert, so daß die überdimensionale Stirnpartie die kleinen Augen fast gänzlich überlappte. Am schlimmsten war aber, daß dieser monströse Schädel, der auf einem normalen Körper saß, höchstens die Größe von zwei Männerfäusten hatte.

Soweit man es beurteilen konnte, war er in mittleren Jahren. Als er Vyanns und Complains entsetzte Blicke bemerkte, begann er, einen Spruch aus der Schrift herzusagen. »Möge euch der Anblick meiner Leiden nicht ...«

»Schon gut, Lockenkopf«, unterbrach ihn Master Scoyt aufgeräumt. »Welche Garantien gibt mir dein Chef, daß unser Parlamentär – falls wir überhaupt einen schicken – sicher zurückkehrt?«

»Wenn ich ungeschoren zum Kapitän zurückkomme, wird auch Ihrem Mann nichts geschehen«, murmelte Hawl.

»Wie weit ist es bis zu diesem Räuber, den du Kapitän nennst?«

»Dies wird nur der Mann erfahren, den Sie mir als Begleitung mitgeben.«

»Ach so ist das. Und wenn wir nun versuchen, dich zum Sprechen zu bringen?«

»Das würde Ihnen nicht gelingen.« Es lag etwas Respektheischendes im Tonfall dieser seltsamen Kreatur. Scoyt schien dies zu spüren, denn er forderte den Mann nun auf, sich erst einmal zu säubern und etwas zu trinken. Während Hawl dankbar einen Becher Wasser leerte, fragte ihn Scoyt, wie viele Mitglieder Greggs Bande zählte.

Der Mann stellte den Becher ab und stemmte die Hände herausfordernd in die Hüften. »Auch dies wird einzig und allein Ihr Unterhändler erfahren. Ich habe alles gesagt, was zu sagen war, und es liegt nun bei Ihnen, auf unseren Vorschlag einzugehen oder nicht. Doch eines sollen Sie noch wissen: Wenn wir hierherkommen, werden Sie keinen Ärger mit uns haben. Wir sind sogar bereit, für Sie zu kämpfen. Das schwöre ich Ihnen.«

Scoyt und Vyann warfen sich einen Blick zu. »Es wäre den Versuch wert, nur müssen wir jemanden finden, der verrückt genug ist, mitzugehen«, meinte Scoyt.

Complain hatte bisher geschwiegen. Jetzt wandte er sich an Hawl. »Hat dieser sogenannte Kapitän noch einen zweiten Namen außer Gregg?«

»Auch das kann ich nur Ihrem Unterhändler sagen.«

»Sieh mich einmal genau an, Bursche. Ähnele ich eurem Kapitän irgendwie? Antworte!«

»Der Kapitän hat einen Bart«, entgegnete Hawl ausweichend.

»Den sollte er dir geben, damit du deinen Schädel damit bedecken kannst«, versetzte Complain grob. »Nun höre mir gut zu. Ich habe einen Bruder, der vor langer Zeit in den Todesstraßen Amok lief. Er hieß Gregg – Gregg Complain. Ist das der Name eures Kapitäns?«

»Heiliger Gordian!« stieß Hawl leise hervor. »Hätte nie gedacht, daß der Käpt'n einen Bruder hat, der bei diesen Waschlappen hier rumlungert.«

Aufgeregt wandte sich Complain an Master Scoyt, der dem Gespräch mit wachsendem Erstaunen gefolgt war. »Ich melde mich freiwillig. Ich möchte diesen Mann zu Gregg begleiten.«

Dieser Vorschlag kam Scoyt überaus gelegen, und er setzte alles daran, Complain so rasch wie möglich den Weg zu ebnen. Kurzfristig wurde der Fünferrat einberufen. Tregonnin ließ sich nur höchst widerstrebend aus seiner Gelehrtenklause holen, Zac Deight mußte eine hochinteressante theologische Diskussion mit Marapper unterbrechen, und Billyoe, Dupont und Ruskin, die übrigen drei Ratsherren, wurden bei diversen privaten Beschäftigungen aufgestört. Nach einer internen Debatte, in der Scoyt beredt Complains Vorzüge pries, willigten sie ein, ihn als Unterhändler loszuschicken. Daraufhin wurde der Jäger den hohen Herren vorgeführt, empfing genaueste Informationen von ihnen und wurde mit den besten Wünschen für sein Ego entlassen.

Obwohl es nicht ohne Risiken war, Greggs Bande in Voruns aufzunehmen, bewertete der Rat die Vorzüge eines solchen Arrangements höher als seine Nachteile. Die Überfälle an der Grenze würden aufhören, und man hätte einen starken Verbündeten im Kampf gegen die Außenseiter gewonnen.

Complain hatte seinen Betäuber und seine Taschenlampe zurückerhalten und wollte sich eben auf den Weg machen, als die Tür aufging und Vyann hereinschlüpfte. Sie sah trotzig aus.

»Ich komme mit«, stieß sie ohne Einleitung hervor.

Complain protestierte. Sie kannte die Gefahren des Dschungels nicht, Gregg konnte ein Verräter sein, und schließlich – sie war eine Frau. Doch sie schnitt seine Einwände ab.

»Diskutieren ist überflüssig – es handelte sich um einen Befehl des Fünferrates.«

»Sie haben ihn dazu gebracht!« rief Complain. Plötzlich durchströmte ihn ein heißes Glücksgefühl, und er ergriff ihre Hand. »Warum wollen Sie so unbedingt mitkommen?«

Vyanns Antwort fiel weniger schmeichelhaft aus als erwartet. Sie behauptete, sie habe schon immer einmal einen Jagdausflug in die Ponik-Dschungel unternehmen wollen – es war die erstbeste Ausrede, die ihr in den Sinn kam. Complain fühlte sich unangenehm an Gwennys Jagdleidenschaft erinnert.

Vor ihrem Abmarsch erschien Marapper, der mit Complain noch ein Wort unter vier Augen wechseln wollte. Er hatte endlich seine Lebensaufgabe gefunden: Die Leute von Voruns bedurften dringend der Unterweisung in der Lehre, deren Einfluß seit Beginn der laxen Herrschaft des Fünferrats mehr und mehr zurückgedrängt worden war. Besonders Zac Deight hatte sich als Freigeist erwiesen.

»Ich kann diesen Kerl einfach nicht leiden«, grummelte der Priester. »Er glaubt, er wüßte alles besser.«

»Machen Sie nur jetzt keinen Ärger«, bat Complain, »wo

uns diese Leute gerade zu akzeptieren beginnen. Um Himmels willen, entspannen Sie sich, Marapper!«

Der Priester schüttelte traurig den Kopf. »Auch du bist also unter die Ungläubigen gefallen, Roy. Ich muß meinen Ärger abreagieren, das weißt du doch. Der Aufruhr im Inneren muß nach draußen geleitet werden! Das allein ist der Weg des Heils, und wenn sich die Leute hier um mich scharen, habe ich nichts dagegen einzuwenden. Ach, mein Freund, haben wir diesen langen Weg gemeinsam zurückgelegt, nur damit du mich um eines Mädchens willen verläßt?«

»Lassen Sie Vyann aus dem Spiel, Priester. Das habe ich Ihnen schon einmal gesagt.«

Complains Stimme klang herausfordernd, doch der Priester antwortete aalglatt: »Ich habe gar nichts gegen das Mädchen, Roy. Was ich als Priester verurteile, kann ich als Mann nur allzugut verstehen.«

Er sah etwas verloren aus, als Complain und Vyann in Begleitung von Hawl auf die Barrikaden zuschritten. Sein altes Ungestüm hatte in Voruns, wo er praktisch nur von Fremden umgeben war, einen starken Dämpfer erhalten. Marapper zog es zweifellos vor, ein großer Fisch in einem kleinen Teich zu sein als ein kleiner in einem großen. Hier, wo Complain langsam zu sich selbst fand, begann für den Priester eine Welt zusammenzubrechen.

Es war Hawl deutlich anzumerken, wie glücklich er war, wieder in die vertrauten Ponik-Wälder zurückzukehren. Der Empfang in Voruns war ja auch nicht besonders herzlich gewesen. Nachdem die Barrikaden außer Sichtweite waren, übernahm er die Führungs des kleinen Trupps; Vyann ging in der Mitte, während Complain die Nachhut bildete. Hier in den Wäldern war Hawl kein Krüppel mehr sondern ein hervorragender Jäger, der sich mit einem Geschick und einer Sicherheit bewegte, die Complain Bewunderung abnötigten. Er fragte sich, welche Bedrohung einen Mann wie diesen wohl so weit gebracht haben mochte, daß er willens war, sein natürliches Element gegen die ungewohnte Disziplin des Voruns-Landes einzutauschen.

Da ihr Marsch nur zwei Decks weit führte, befanden sie sich nicht allzulange im Dickicht. Vyann war das nur recht, denn die schmutzigbraunen, mit zahllosen schwarzen Käfern bedeckten Poniks hatten bald jeglichen romantischen Reiz für sie verloren. Sie atmete erleichtert auf, als Hawl stehenblieb und zwischen den sich allmählich lichtenden Stengeln hindurch nach vorn spähte.

»Hier war ich doch schon einmal!« rief Complain plötzlich. Er hatte die Stelle wiedererkannt, an der er und Marapper gefangengenommen worden waren.

Vor ihnen lag ein geschwärzter, stark verwüsteter Korridorabschnitt – derselbe, in dem die Abenteurer aus den Quartieren zum ersten Mal Bekanntschaft mit dem unheimlichen Phänomen der Schwerelosigkeit gemacht hatten. Hawl richtete seine Lampe nach oben und ließ einen leisen Pfiff ertönen. Im nächsten Moment fiel ein Seil aus dem Loch in der Decke auf sie herunter.

»Halten Sie sich daran fest, den Rest besorgen unsere Männer«, wies Hawl sie an. »Nur keine Angst, es ist ganz einfach.«

Dennoch stieß Vyann einen Schreckenslaut aus, als sie in das schwerelose Feld geriet. Complain legte einen Arm um sie, und es gelang ihnen, ohne allzu viele Verenkungen das Seil zu ergreifen. Sobald sie es gepackt hatten, wurden sie hochgezogen. Die luftige Fahrt ging durch zwei Decken bis ins übernächste Stockwerk. Die Explosion damals hatte wirklich ganze Arbeit geleistet. Hawl verzichtete auf jegliche Hilfsmittel. Er überwand die Distanz mit einem eleganten Sprung und kam noch vor seinen Begleitern an.

Oben hockten vier zerlumpte Männer, die in ein Brettspiel vertieft waren. Vyann und Complain, immer noch fast schwerelos, sahen sich in dem Raum um. Das Loch, durch das sie gerade gekommen waren, hatte man – wohl als Schutz gegen etwaige Angreifer – mit kunterbunt zusammengewürfelten Möbelstücken zugestellt. Complain hatte erwartet, daß man ihm seine Waffe abnehmen würde, doch statt dessen wurden Vyann und er von Hawl auf einen angrenzenden Korridor geführt, wo wieder normale Schwereverhältnisse herrschten.

Im Gang lagen eine Menge Verwundeter, Männer wie Frauen, auf Haufen abgestorbener Poniks. Vermutlich waren das die Opfer des Kampfes, der vor kurzem stattgefunden hatte. Hawl eilte unter mitfühlendem Schnalzen an ihnen vorbei und betrat ein Zimmer, das voller verletzter und bandagierter Männer war. Unter ihnen befand sich Gregg Complain.

Es war unverkennbar Gregg. Er trug zwar mittlerweile einen mächtigen Vollbart, und eine große Narbe zierte seine Wange, doch der altvertraute Ausdruck der Unzufriedenheit spielte noch immer um seine dünnen Lippen. Er erhob sich, als Vyann und Complain eintraten.

»Dies ist der Kapitän«, stellte Hawl vor. Dann, zu seinem Chef gewandt: »Ich habe Ihnen Ihren Bruder und seine Freundin als Unterhändler mitgebracht.«

Ungerührt musterte Gregg die Besucher. Die alte Sitte aus den Quartieren, niemandem direkt in die Augen zu sehen, hatte er längst abgelegt. Auch die Blutsverwandtschaft schien ihm nichts mehr zu bedeuten.

»Ihr kommt in offizieller Mission aus Voruns?« wandte er sich schließlich an seinen jüngeren Bruder.

»Ja.«

»Es hat ja nicht sehr lange gedauert, bis du dort zu Amt und Würden gekommen bist.«

»Was weißt du davon!« begehrte Complain auf.

»Ich bin ziemlich gut über alles informiert, was im Gebiet der Todesstraßen vorgeht. Schließlich bin ich ja der Kapitän der Todesstraßen. Ich wußte, daß du unterwegs nach Voruns warst, woher ist egal. Aber laß uns zum Geschäft kommen. Warum hast du diese junge Frau mitgebracht? Soll sie dir vielleicht die Nase schneuzen?«

»Du sagtest etwas von Geschäftlichem«, erwiderte Complain scharf.

»Wahrscheinlich haben sie sie dir mitgegeben, um dich zu beaufsichtigen«, murmelte Gregg, »das würde den Voruns-Leuten jedenfalls ähnlich sehen. Doch wir wollen lieber woandershin gehen, hier drin ist zuviel Gestöhne ... Komm, Hawl! Davies, du übernimmst das Kommando während meiner Abwesenheit.«

Complain und Vyann wurden nun in einen Raum geführt, in dem ein unbeschreibliches Chaos herrschte. Der Boden und die Möbel waren mit blutbeschmierten Kleidungsstücken und Verbänden übersät. Einen Rest von Anstand mußte Gregg sich bewahrt haben, denn als er Vyanns angeekelte Miene sah, bemerkte er entschuldigend:

»Meine Frau kam bei dem Kampf gestern nacht ums Leben. Sie wurde in Stücke gerissen, oh ... solche entsetzlichen Schreie habe ich noch nie gehört. Ich war zu weit entfernt und konnte ihr nicht helfen. Sie hätte hier schon für Ordnung gesorgt. Vielleicht wollen Sie's ja für mich machen?«

»Wir werden über Ihre Vorschläge verhandeln und dann so schnell wie möglich zurückkehren«, entgegnete Vyann fest.

»Gregg, was hat dir bei dem letzten Kampf eine solche Angst eingejagt?« wollte Complain wissen.

»Kapitän für dich«, wies ihn sein Bruder zurecht. »Niemand nennt mich Gregg. Und Angst habe ich noch nie in meinem Leben gehabt; merk dir das. Doch ich mache mir Sorgen um meinen Stamm. Wenn wir hierbleiben, werden wir alle getötet, das steht fest. Also müssen wir fliehen, und da ist Voruns schließlich genausogut wie jeder andere Ort. Tja ...« – er ließ sich müde auf ein Bett nieder und bedeutete seinem Bruder, sich ebenfalls zu setzen –, »es ist einfach nicht mehr sicher hier. Gegen Menschen können wir kämpfen, aber gegen Ratten ...«

»Ratten?« echote Vyann.

»Ja, mein schönes Kind, Ratten.« Gregg bleckte die Zähne, um seine Worte zu verdeutlichen. »Große gemeine dreckige Ratten, die denken, planen und organisieren können wie wir Menschen. Du weißt, wovon ich rede, Roy?«

Complain war blaß geworden.

»Ja, ich habe bereits mit ihnen zu tun gehabt. Sie bekleiden sich mit Lumpen, haben eine Zeichensprache entwikkelt und nehmen andere Tiere gefangen.«

»Tatsächlich, du kennst sie. Überraschend ... Du weißt mehr, als ich dir zugetraut hätte. Dieses Rattengesindel stellt eine große Bedrohung dar, die größte Bedrohung für das Schiff überhaupt. Sie haben mittlerweile gelernt, zusammenzuarbeiten und in geschlossener Formation anzugreifen. Diese Erfahrung haben wir jedenfalls gestern gemacht, und darum wollen wir fort. Wenn sie noch einmal kommen, ist es unser Ende.«

»Aber das ist doch höchst selstam!« rief Vyann aus. »In Voruns hatten wir noch nie solche unangenehmen Zusammenstöße mit Ratten!«

»Voruns ist nicht die Welt«, entgegnete Gregg grimmig. Dann erklärte er den beiden, daß sich die Ratten seiner Meinung nach vor allem deshalb in den Todesstraßen aufhielten, weil sich ihnen hier die Gelegenheit bot, einzelne Menschen oder kleine Gruppen zu überfallen, mit denen sie leichtes Spiel hatten. Ihr letzter Angriff bewies jedoch steigende Kampfkraft und zunehmende Aggressivität. Gregg fand auf einmal, daß er nun genug von den Ratten geredet hatte, und wechselte abrupt das Thema.

Seine Vorstellungen von der Übereinkunft, die er mit Voruns treffen wollte, waren denkbar einfach. Seine etwa fünfzig Mann starke Gruppe würde auch weiterhin eine autonome Einheit bilden und sich nicht mit den Vorunsleuten vermischen. Während der Wachperioden würden sie wie bisher durch das Gebiet der Todesstraßen streifen und nur zum Schlafen nach Voruns kommen. Als Gegenleistung wollten sie das Gemeinwesen vor Überfällen durch Außenseiter, Ratten, Riesen und Marodeure schützen.

»Ist das alles?« fragte Complain.

»Nein. Ich verlange, daß ich meine Leute auch in Zukunft selber bestrafen darf und daß mich jedermann mit Kapitän anreden muß.«

»Ist diese letzte Bedingung nicht ein wenig kindisch?«

»So, meinst du? Ich besitze ein altes Tagebuch, aus dem hervorgeht, daß wir beide in direkter Linie von einem Kapitän dieses Schiffs abstammen. Er hieß Gregory Complain und war Herr über das ganze Schiff. Nun stell dir einmal vor ...«

Greggs Gesicht wirkte für einen Augenblick wie verklärt, doch im nächsten Moment hatte er schon wieder die alte mürrische Maske aufgesetzt. Ein paar Sekunden lang war er nicht mehr der ungehobelte Rohling gewesen, der auf einem Haufen schmutziger Lumpen saß, sondern ein Mensch, der versuchte, sich und seine Welt zu begreifen. Als Vyann ihn nach dem Alter des Tagebuchs befragte, zuckte er die Achseln und sagte, er wisse nichts darüber, er habe ohnehin nur die Titelseite gelesen. Complain dachte, daß ihn dies allein gewiß schon Mühe genug gekostet haben mußte.

»Das Tagebuch liegt im Schrank hinter euch. Ich werde es euch eines Tages zeigen – wenn wir zu einer Vereinbarung kommen. Nun, wie steht es damit?«

»Dein Angebot ist wenig verlockend, Bruder«, begann Complain vorsichtig. »Könnte es nicht sein, daß du die Rattengefahr zu deinem eigenen Nutzen ein wenig dramatisierst?«

»Glaubst du das wirklich?« Gregg erhob sich. »Dann komm einmal mit. Hawl, du bleibst hier und paßt auf die junge Dame auf. Was wir jetzt sehen werden, ist kein Anblick für sie.«

Er führte Complain durch ein verwirrendes Labyrinth von Gängen und beklagte sich darüber, daß er einen solch vortrefflichen Schlupfwinkel aufgeben mußte. Die Schäden der Explosion und die geschlossenen Zwischendeckstüren machten aus dem Versteck seiner Bande eine regelrechte Festung. Den einzigen Zugang bildete das Loch in der Decke, durch das Vyann und Complain hereingekommen waren. Während er redete, taute Gregg langsam auf, und es war deutlich zu merken, daß das Wiedersehen mit seinem Bruder ihn doch nicht ganz so kalt ließ, wie er vielleicht glauben machen wollte. Schließlich betraten sie einen Raum, der nicht viel größer als ein Schrank war.

»Darf ich vorstellen: ein alter Freund von dir«, kündigte er mit einer weitausholenden Geste an.

Der Anblick traf Complain völlig unvorbereitet. Auf einem alten schmutzigen Sofa lag Ern Roffery, der Preismacher. Doch er war kaum noch zu erkennen. An einer Hand fehlten drei Finger, er besaß nur noch ein Auge, die Gesichtshaut war zur Hälfte weggerissen und sein Schnurrbart, einst sein ganzer Stolz, abgenagt. Complain brauchte keine Erklärungen, um zu wissen, daß dies das Werk der Ratten war. Auf einem Wangenknochen waren deutlich die Spuren ihrer Zähne zu erkennen. Der Preismacher regte sich nicht.

»Sollte mich nicht wundern, wenn er bereits auf der Reise ist«, sagte Gregg mit gespielter Nachlässigkeit. »Der arme Teufel hat fürchterliche Schmerzen ausgestanden. Sie haben seine halbe Brust weggefressen.«

Er schüttelte Roffery an der Schulter, hob seinen Kopf hoch und ließ ihn wieder auf das Kissen zurückfallen.

»Er ist noch warm – vielleicht ist er nur bewußtlos. Jedenfalls siehst du jetzt, mit welchem Gegner wir es zu tun haben. Wir fanden den Burschen während der letzten Wachperiode mehrere Decks von hier entfernt. Er sagte, die Ratten hätten ihn so zugerichtet. Er erzählte mir auch von dir – der arme Hund hat mich nämlich wiedererkannt. Er war kein schlechter Kerl.«

»Einer der besten sogar«, sagte Complain. Seine Kehle war so zugeschnürt, daß er kaum ein Wort herausbrachte. Seine Einbildung gaukelte ihm schreckliche Bilder vor, während seine Augen auf Rofferys zerstörtem Gesicht ruhten. Neben ihm berichtete sein Bruder, daß die Ratten Roffery im Schwimmbad erwischt hätten, als er immer noch unter der Wirkung des Gasgeschosses stand, das die Riesen auf ihn abgefeuert hatten. Die Ratten hatten den Wehrlosen auf eine Tragbahre gelegt und zu ihrem Bau geschleppt. Dort wurde er verhört und gefoltert.

Der Rattenbau lag zwischen zwei zerstörten Decks und war für Menschen unzugänglich. Es mußte darin vor Ratten wimmeln; aber es gab auch andere Tiere dort, Kriegsgefangene, die unter entsetzlichen Bedingungen lebten. Manche von ihnen waren völlig entstellt, glichen menschlichen Mutanten, andere hatten psychische Veränderungen durchgemacht und waren imstande, mit ihrem Bewußtsein in das anderer Wesen einzudringen. Ein solches Monstrum hatten die Ratten bei ihrem Verhör auf Roffery angesetzt.

Complain schauderte. Er erinnerte sich noch an sein Entsetzen, als das Kaninchen seinen Verstand mit verrückten

Fragen überschwemmt hatte. Für Roffery mußte alles unendlich viel schlimmer gewesen sein. Aber was sie auch aus ihm herausbekommen haben mochten – und das war zweifellos eine Menge nützlicher Informationen über die Menschen –, auch Roffery hatte etwas erfahren: Die Ratten kannten das Schiff weitaus besser als jeder Mensch, zumindest galt dies seit dem Zeitpunkt der Katastrophe. Der Dschungel stellte für sie kein Hindernis dar, denn sie durchquerten das Schiff auf Wegen, die den Menschen verwehrt waren: sie bewegten sich durch die Röhren, Leitungen und Abwässerkanäle, die die Arterien des Schiffs bildeten.

»Jetzt begreifst du wohl, warum ich mich hier nicht mehr wohl fühle«, schloß Gregg. »Ich möchte nicht erleben müssen, wie das Fleisch von meinem Schädel abgefressen wird. Gehen wir zurück zu deiner Frau. Du hast gut gewählt, Bruder. Meine eigene Frau war keine Schönheit. Sie hatte die Gicht in den Beinen und konnte ihre Knie nicht krümmen. Allerdings ... im Bett hat ihr das nichts ausgemacht.«

Vyann trank gerade ein heißes Gebräu, als die Brüder eintraten. Hawl hatte ihr das Getränk besorgt, weil ihr von den vielen blutigen Verbänden schlecht geworden war.

»Es ist noch ein Tropfen übrig, Kapitän«, sagte der Mann mit dem kleinen Kopf. »Der könnte Ihnen auch nicht schaden.«

Nachdem Gregg getrunken hatte, drängte Complain zum Aufbruch. Immer noch hatte er den unglückseligen Roffery vor Augen.

»Wir werden dem Rat deine Vorschläge unterbreiten, Gregg. Angesichts der Bedrohung durch die Ratten bin ich sicher, daß man sie annehmen wird. Ich werde dann wiederkommen und dir vom Ergebnis der Beratungen berichten. Jetzt aber ist es Zeit für uns zu gehen: während der nächsten Wachperiode wird es dunkel sein, und bis dahin gibt es noch viel zu erledigen.«

Complain blickte seinen Bruder an. Unter seiner zur Schau getragenen Gleichgültigkeit schlummerten Unruhe und Sorge; ganz gewiß lag Gregg sehr viel daran, seine

Gruppe so schnell wie möglich in der Geborgenheit von Voruns zu wissen.

»Hier ist ein Geschenk für dich«, sagte er linkisch und warf Complain einen schweren Gegenstand zu. »Eine Art Betäuber, den ich einem Riesen abnahm, den wir vor zwei Wachperioden aufgespießt haben. Er tötet durch Hitzestrahlung. Er ist nicht ganz einfach zu bedienen, und wenn du nicht aufpaßt, verbrennst du dich, aber gerade gegen Ratten ist er eine sehr nützliche Waffe.«

Er zeigte seinem Bruder, wie die Waffe funktionierte. Complain bedankte sich erfreut, und der Abschied gewann so eine unerwartet herzliche Note.

Den Rückweg mußten Vyann und Complain ohne Begleitschutz antreten. Complain war nach seinen letzten Erfahrungen mit den Ratten sehr beunruhigt und hielt ständig nach ihnen Ausschau. Doch sie gelangten wohlbehalten zurück nach Voruns. Dort herrschte mittlerweile helle Aufruhr.

4

Ein Riese war in das Voruns-Gebiet eingedrungen. Er war nicht durch die Barrikaden gekommen, die selbstverständlich rund um die Uhr bewacht wurden, sondern hatte plötzlich vor einer heimkehrenden Arbeiterin auf Deck 14 gestanden, und ehe die junge Frau noch einen Laut ausstoßen konnte, war sie geknebelt und gebunden; danach war er verschwunden. Nach kurzer Zeit gelang es dem Mädchen, den Knebel auszuspucken und laut um Hilfe zu rufen.

Polizei und Grenzwachen begannen sofort mit der Suche nach dem Eindringling. War die Beunruhigung schon groß genug, da man nun über einen handfesten Beweis für die Existenz der Riesen verfügte, so wurde sie durch die offenkundige Sinnlosigkeit des Überfalls noch beträchtlich gesteigert. Allgemein breitete sich lähmende Furcht aus, und viele glaubten, die Riesen seien aus ihrem langen

Schlaf erwacht, um erneut die Herrschaft über das Schiff an sich zu reißen.

All dies hatten Complain und Vyann von einer aufgeregten Wache an den Barrikaden erfahren. Auf dem Weg zu ihren Räumen fiel ihnen auf, daß die Gänge wie ausgestorben dalagen; in der Ferne ertönten Pfiffe. Offenbar beteiligte sich der größte Teil der Bevölkerung an der Suche. Eine Ablenkung vom täglichen Einerlei war stets willkommen.

»Wenigstens verschafft uns das eine kleine Atempause«, seufzte Vyann erleichtert. »Bevor wir dem Rat Bericht erstatten, wollte ich nämlich unbedingt mit Ihnen reden. Ich weiß nicht, wie Sie darüber denken, aber meiner Ansicht nach ist es ausgeschlossen, die Bande Ihres Bruders hier aufzunehmen. Sie würden sich uns niemals unterordnen.«

Complain hatte nichts anderes erwartet. Obwohl er gefühlsmäßig ihrer Ansicht zuneigte, entgegnete er jedoch: »Sollen wir sie den Ratten zum Fraß überlassen?«

»Ich glaube, daß Gregg die Rattengefahr stark übertrieben hat, um Druck auf uns auszuüben. Wenn er wirklich so viel Angst vor ihnen hat, kann er sich ja in einen anderen Teil der Todesstraßen zurückziehen. Nur: hierher kann er nicht kommen – unser Gemeinwesen würde zusammenbrechen.«

Um Vyanns Mund lang wieder der entschlossene Ausdruck, den er mittlerweile gut kannte. Sie wirkte dermaßen selbstsicher, daß unwillkürlich sein Widerspruchsgeist geweckt wurde. Als sie seinem herausfordernden Blick begegnete, lächelte sie und sagte: »Gehen wir in mein Zimmer, Roy. Dort können wir uns weiter unterhalten.«

Ihr Raum ähnelte dem Complains mit Ausnahme eines leuchtendbunten Teppichs. »Ich werde dem Rat jedenfalls empfehlen, Gregg und seine Schar auf keinen Fall aufzunehmen«, eröffnete sie das Gespräch. »Ist Ihnen eigentlich aufgefallen, daß mindestens die Hälfte dieser Leute an irgendwelchen Mißbildungen leidet? Vermutlich blieb Gregg nichts anderes übrig, als seine Männer aus all den Krüppeln zu rekrutieren, die in den Todesstraßen dahinvegetieren, aber in Voruns können wir so etwas nicht gebrauchen.«

»Immerhin kennt er sich in den Todesstraßen besser aus als jeder andere auf diesem Schiff«, gab Complain, von ihrem abschätzigen Tonfall verletzt, zu bedenken. »Für Stoßtruppunternehmen in die Poniks wäre er eine unschätzbare Hilfe.«

Sie legte ihre Hand leicht auf seinen Arm. »Wir wollen nicht streiten, Roy. Der Rat soll entscheiden. Ich habe Sie eigentlich aus einem ganz anderen Grund hierher gebracht ...«

»Einen Moment noch. Gregg hat da etwas gesagt, was mir seitdem nicht mehr aus dem Kopf geht. Er meinte, Sie seien nur mitgekommen, um mich nicht aus den Augen zu lassen.«

Sie blickte Complain offen an. »Mag sein. Vielleicht lasse ich Sie nicht gern aus den Augen?«

Das Blut hämmerte in Complains Schläfen; er wußte, was jetzt geschehen würde und konnte sich nicht dagegen wehren. Er ließ die hinderliche Waffe fallen, die ihm sein Bruder gegeben hatte, riß sie an sich – sie die schwarzhaarige, unnahbare Vyann – und drückte einen leidenschaftlichen Kuß auf ihre Lippen. Er war auf heftige Gegenwehr gefaßt, doch es kam keine. Als sie die Augen zu ihm aufschlug, lag ein erregtes Glitzern darin.

»Zurück kommt der Jäger, zurück von der Hölle ...«, flüsterte sie. Es war der Anfang eines Gedichts, das sie in ihrer Kindheit gelernt hatte. »Du bleibst doch nun für immer in Voruns, nicht wahr, Roy?«

»Mußt du noch fragen?« Er strich ihr zärtlich über das schwarze Haar. Lange saßen sie so nebeneinander und blickten sich wortlos an, bis Vyann endlich das Schweigen brach: »Wir müssen wieder an unsere Pflicht denken, Roy. Sieh mal, ich habe hier etwas ganz Aufregendes für dich – ein altes Dokument. Mit ein wenig Glück werden wir gleich das Geheimnis lüften, das über diesem Schiff liegt.«

Vyann war mit ihren Gedanken schon wieder ganz bei der Sache, doch Complain brauchte etwas länger, um seine fünf Sinne zu sammeln. Sie zog unter ihrem Gewand eine schwarze Kladde hervor und überreichte sie ihm. Das Heft war noch warm von ihrem Körper. Er ließ es fallen und umfaßte sie. »Laura, mein Liebling« – zum ersten Mal sprach er ihren Vornamen aus –, »können wir das nicht später lesen?«

»Nein, die Zeit drängt. Diese Aufzeichnungen stammen von einem deiner Vorfahren. Ich nahm sie aus Greggs Schrank, als dieser schreckliche Hawl das Getränk für mich besorgte. Es handelt sich um das Tagebuch von Kapitän Gregory Complain.«

Es war eine glückliche Eingebung gewesen, das Tagebuch zu stehlen. Obwohl die Eintragungen vergleichsweise spärlich waren, wirkte ihr Inhalt wie eine Offenbarung auf Vyann und Complain. Da das Mädchen schneller las als er, legte Complain seinen Kopf in ihren Schoß und hörte ihr fasziniert zu.

Zuerst hatten sie Schwierigkeiten, dem Bericht zu folgen, weil er sich ständig auf Ereignisse bezog, über die sie nicht Bescheid wußten. Aber nach und nach teilte sich ihnen die verzweifelte Lage mit, in der sich der Schreiber und alle anderen Menschen auf dem Schiff befunden haben mußten. Die längst vergangene Katastrophe rückte auf einmal so nahe, als sei sie erst gestern geschehen; wie aus dem Tagebuch hervorging, war Kapitän Gregory, der erste Kapitän des Schiffs, auf dem Rückflug zur Erde gewesen.

Schon nach wenigen Seiten stießen sie auf eine alarmierende Eintragung.

»28. XI. 2521. Immer noch Ärger auf dem Landwirtschaftsdeck. Watkins, der OI für Florikultur, sprach nach der Morgenwache bei mir vor. Wie er berichtet, ist die Verchlorung vieler Pflanzenarten trotz der intensiven Eisenbehandlung noch nicht zurückgegangen. Kurz darauf kam Leutnant Stover zu mir – er ist OI für künstliche Besamung, weshalb ihm seine Leute den Spitznamen ›Noah‹ gegeben haben – und klagte über Abnormitäten bei den Zuchttieren; die Mäuse brächten nach ungewöhnlich kurzen Tragezeiten halbentwickelte Feten zur Welt, ebenso die Meerschweinchen. Dies ist beunruhigend, wenn auch momentan keineswegs unsere Hauptsorge. Übrigens ist es nur Noahs Sentimentalität zu verdanken, daß wir überhaupt noch Tiere an Bord haben; die meisten sind auf Neuerde ausgeladen worden.«

»30. XI. 2521. Gestern abend fand unser monatlicher Ball statt. Yvonne, meine geliebte Gattin, gab sich große Mühe mit der Organisation und sah in ihrem Abendkleid bezaubernd aus. Natürlich gehen die Jahre nicht spurlos an uns vorbei, trotzdem ist es kaum zu glauben, daß Frank mittlerweile schon achtzehn ist! Leider war der Tanz – unser erster seit dem Abflug von Procyon V – ein ziemlicher Mißerfolg. Die Abwesenheit der Kolonisten macht sich doch sehr bemerkbar, es sind einfach zu wenig Menschen an Bord. Wir sind nun seit zehn Tagen unterwegs. Unsere Reise wird noch Jahre dauern, und die Monotonie legt sich schon jetzt wie ein bleiernes Gewicht auf uns.

Habe mir heute morgen mittschiffs die Florikulturen angesehen. Watkins und Montgomery, unsere Spezialisten für Hydroponiks, blicken nicht mehr ganz so düster in die Zukunft. Obwohl sich der Zustand vieler kleinerer Pflanzen eher verschlechtert hat, ist doch bei den fünf Hauptkulturen, die für die Sauerstoffproduktion an Bord des Schiffs sorgen, eine gewisse Besserung eingetreten. Hier hat die Eisenbehandlung offenbar Erfolg gehabt. Weniger Erfreuliches gibt es von ›Noah‹ Stover zu berichten – die meisten seiner Tiere sind erkrankt.«

»2. XII. 2521. Wir haben unsere Maximalgeschwindigkeit erreicht, und eigentlich kann man erst jetzt davon sprechen, daß unsere lange Heimreise begonnen hat. Die Stimmung auf dem Schiff ist gedrückt ... Yvonne und Frank halten sich sehr tapfer. Sie gewöhnen sich langsam an den Gedanken, daß sie unsere liebe kleine Tochter Joy, die auf Procyon V zurückgeblieben ist, niemals wiedersehen werden. Wie ich durch interne Kanäle erfuhr, wurde irgendwo auf dem Mannschaftsdeck eine ›Antizeugungsliga‹ gegründet. Ich bin zuversichtlich, daß die natürlichen menschlichen Triebe dieser Herausforderung erfolgreich begegnen werden. Schwieriger erscheint mir der Fall Bassitt ... Es handelt sich bei ihm um einen jungen Ornithologen, der nun, wo nur noch ein paar Sperlinge an Bord zurückgeblieben sind, nicht mehr weiß, was er mit seiner Zeit anfangen soll. Er hat sich aus alten Psychologiewälzern und anderen Folianten eine obskure Privatreligion zusammengebraut und zieht nun wie ein Wanderprediger über die Korridore. Das Merkwürdigste daran ist aber, daß die Leute nicht abgeneigt scheinen, ihm zuzuhören. Ein Zeichen der Zeit, nehme ich an.

Doch sind dies letztlich alles kleinere Probleme. Ich wollte gerade über unsere Hauptsorge – die Tiere nämlich – berichten, als ich weggerufen wurde. Später mehr dazu.«

»5. XII. 2521. Wenig Zeit für das Tagebuch. Ein Fluch scheint auf uns zu lasten! Viele Tiere sind verendet, und die anderen liegen mit glasigen Augen in völliger Reglosigkeit da. Gelegentliche krampfartige Zuckungen sind die einzigen Lebenszeichen, die sie noch von sich geben. Distaff, der Leiter der Abteilung für Faunakultur, ist ebenfalls erkrankt, aber Noah und seine Leute leisten ganze Arbeit. Leider haben sie noch immer kein Medikament gefunden, mit dem sich das Leiden der armen Kreaturen kurieren ließe. Doch unsere Agrotechniker arbeiten Tag und Nacht mit den Leuten vom Laboratoriumsdeck zusammen, um die Seuche in den Griff zu kriegen. Ich wiederhole: Es ist, als läge ein Fluch auf uns ... All das ist natürlich Wasser auf Bassitts Mühlen.«

»10. XII. 2521. Unter dem Stoß von Routineberichten, der sich jeden Morgen auf meinem Schreibtisch türmt, findet sich neuerdings eine Krankenliste. Am 8. hatten wir neun Kranke, gestern bereits neunzehn, heute sind es einundvierzig. Ich war gerade auf der Krankenstation. Die Infizierten – es sind viele Kinder unter ihnen – bieten einen jammervollen Anblick. Sie liegen völlig starr und apathisch da, nicht anders als die befallenen Tiere, und werden nur ab und zu von Krämpfen geschüttelt. Sie haben hohes Fieber, und ihre Stimmbänder sind teilweise gelähmt. Oberstabsarzt Toynbee gab sich wie gewöhnlich sehr gelehrt, doch er scheint nichts Genaues zu wissen. Seiner Meinung nach handelt es sich um eine Lebensmittelvergiftung; derselbe Stoff, der die Tiere verseucht hat, ist anscheinend auch in unsere Nahrung gelangt. Ich habe das Krankendeck unter Quarantäne stellen lassen.«

»14. XII. 2521. Sämtliche Kinder und Heranwachsenden sind mittlerweile erkrankt. Gesamtzahl der Befallenen: 109, also fast ein Viertel der Schiffsbesatzung. Gott sei Dank scheinen die älteren Leute resistenter zu sein. Distaff starb gestern, aber er hatte ein anderes Leiden. Todesfälle gab es durch die unheimliche Seuche bisher noch nicht. Wo man hinkommt, ängstliche Gesichter. All das ist nur schwer erträglich.«

»17. XII. 2521. Herr im Himmel, steh uns bei! Vor neun Tagen wurden die ersten neun Krankheitsfälle gemeldet. Heute starben acht von ihnen, obwohl wir geglaubt hatten – Toynbee hatte es mir sogar ausdrücklich versichert –, daß sie sich auf dem Wege der Besserung befänden. Die Lähmungserscheinungen waren nach einer Woche abgeklungen, wenn auch die Temperatur weiterhin erhöht blieb. Drei Patienten konnten wieder sprechen und erklärten, sich wohler zu fühlen. Der Tod kam ganz plötzlich, ohne Vorankündigung. Sheila Simpson, ein dreizehnjähriges Mädchen, ist die einzige Überlebende dieser schrecklichen Todeswelle. Ihr Fieber ist gefallen, vielleicht wird sie durchkommen.

Wenn sich der Neun-Tage-Zyklus bestätigt, werden morgen zehn weitere Patienten ihrem Leiden erliegen. Wie soll das nur enden?

Hundertachtundvierzig Leute sind mittlerweile von der Seuche befallen; viele liegen in ihren Quartieren, da die Krankenstation hoffnungslos überfüllt ist. Heute kam nach dem Mittagessen eine Abordnung von zwanzig Offizieren zu mir. Ihr Anführer Watkins bat mich in höflichem Ton, nach Neuerde umzukehren, bevor es zu spät sei. Natürlich mußte ich ablehnen. Der arme Cruikshank von der Schiffspresse war auch dabei – sein Sohn befand sich unter den acht, die am Morgen gestorben sind.«

»18. XII. 2521. Schlaflose Nacht. Heute morgen hat es Frank erwischt, meinen lieben Jungen. Er liegt da wie ein Leichnam und starrt ins Leere. Er ist aber nur einer von zwanzig neuen Fällen – auch die älteren Leute werden inzwischen nicht mehr von der Krankheit verschont. Es ist kaum noch jemand übrig, um den Schiffsdienst zu versehen. Glücklicherweise werden die meisten Vorgänge im Schiff vollautomatisch gesteuert.

Sieben der zehn Patienten, deren Neun-Tage-Zyklus heute ablief, sind gestorben. Der Zustand der übrigen drei ist bedenklich. Bei der kleinen Sheila hat sich nichts geändert. Man spricht an Bord nur noch von der ›Neuntageseuche‹. Ich mußte Bassitt unter der Anklage festnehmen lassen, die fatalistische Stimmung unter der Besatzung zu schüren.

Kam eben erschöpft von einer ausgedehnten Inspektion des Landwirtschaftsdecks zurück. Watkins war sehr förmlich – kein Wunder nach dem Fehlschlag seiner Mission. Noah berichtete, daß fünfundneunzig Prozent unserer Tiere von der Seuche befallen wurden, wovon sich jedoch etwa die Hälfte wieder erholt hat. Wenn es doch nur bei uns Menschen ähnlich wäre! Leider sind ausgerechnet die großen Tiere am schwersten betroffen; sämtliche Pferde und, was schlimmer ist, sämtliche Kühe sind verendet. Auch der Schafbestand ist stark geschrumpft, etwas besser sieht es bei den Katzen und Hunden aus. Bei den Mäusen und Ratten gab es hingegen keinen einzigen Todesfall, und auch die Fortpflanzungsfähigkeit dieser Arten scheint nicht beeinträchtigt zu sein.

Bei den Pflanzen sind die Prozentzahlen entsprechend. Das dezimierte Personal hat damit begonnen, die Beete und Äcker von den verseuchten Exemplaren zu säubern. Bald soll neu ausgesät werden.

Im Treibhaus zeigte mir Montgomery stolz seine Hydroponiks. Diese haben die Verchlorung nicht nur völlig unbeschadet überstanden, sondern gedeihen sogar prächtiger denn je.

Rief soeben im Laboratorium an. Die Leute versprachen, es werde höchstens noch einen Tag dauern, bis sie eine wirkungsvolle Waffe gegen die Seuche gefunden hätten. Doch dasselbe haben sie bereits gestern gesagt. Leider sind die meisten Wissenschaftler inzwischen selber erkrankt. Die Leitung auf dem Laboratoriumsdeck hat eine Frau übernommen, June Payne.«

»21. XII. 2521. Ich habe den Kontrollraum verlassen – vielleicht für immer. Die Sichtblenden vor seinen großen Fensterscheiben sind heruntergelassen und verbergen so den Blick auf die gespenstischen Sterne. Das Verhängnis lastet schwer auf dem Schiff. Über die Hälfte der Besatzung ist von der Neuntagesseuche befallen. Von sechsundsechzig Personen, die den Zyklus durchlaufen haben, sind sechsundvierzig gestorben. Die Todesrate sinkt zwar täglich, doch die Überlebenden befinden sich in einem komaartigen Zustand.

Es wird immer schwieriger, ein geregeltes Bordleben aufrechtzuerhalten. Die Verbindung zu den entfernteren Teilen des Schiffs ist so gut wie zusammengebrochen, seitdem die gesamte Funkermannschaft von der Seuche befallen wurde. Überall lungern kleine Gruppen von Männern und Frauen herum und scheinen auf etwas zu warten. Zügellosigkeit und Apathie halten sich noch die Waage. Ich befürchte das Schlimmste: Wird dieses Schiff unser aller Sarg werden und Tausende von Jahren führerlos durch den Raum rasen, bis es von einer fernen Sonne eingefangen wird?

Dieser Pessimismus ist ein Zeichen von Schwäche, und nicht einmal Yvonne vermag mich aufzumuntern.

Die Wissenschaftler haben die Ursache für die Seuche herausgefunden; doch irgendwie erscheint das jetzt ganz unwichtig. Dieses Wissen kommt zu spät. Dennoch will ich das Ergebnis ihrer Nachforschungen aufschreiben. Bevor wir den Planeten Procyon V verließen, nahmen wir Wasser auf. Wir entleerten unsere Tanks vollständig in den Weltraum und tankten frisches Wasser von Neuerde. Zwar arbeiteten die automatischen Prozessoren des Schiffs, die der Luft die Feuchtigkeit entziehen, um sie an die Tanks zurückzugeben, nach wie vor fehlerlos; doch eine Flüssigkeit, die unzählige solcher Verwertungsdurchläufe hinter sich hat, schmeckt gelinde gesagt etwas schal.

Das frische Wasser aus den Flüssen von Procyon V schmeckte hingegen ausgezeichnet. Selbstverständlich war es mikroskopisch untersucht und gefiltert worden, doch möglicherweise wurden die Tests nicht gründlich genug durchgeführt. Doch auch die Frage nach dem Schuldigen hat alle Bedeutung verloren. Fest steht, daß das Wasser schädliche Proteine enthielt, die nicht herausgefiltert werden konnten.

June Payne, eine sehr intelligente, aber auch sehr eingebildete junge Frau, die wegen ihrer extremen Platzangst nicht bei ihrem Mann auf Procyon V bleiben konnte, hat mir den ganzen Hergang erklärt. Bei den Proteinen handelt es sich um komplizierte Verbindungen aus Aminosäuren; die Aminosäuren sind sozusagen der Grundstoff, aus dem sich die Proteine aubauen. Obwohl nur fünfundzwanzig Aminosäuren bekannt sind, können sie sich zu unendlich vielen unterschiedlichen Proteinketten zusammenschließen. Unglücklicherweise weist das Wasser von Procyon V eine sechsundzwanzigste Aminosäure auf.

In den Tanks zerfallen die Proteine normalerweise schnell wieder in ihre Grundbausteine. Das Schiff mit all seinen Menschen, Tieren und Pflanzen hat einen täglichen Wasserverbrauch von vielen Hektolitern. Gerät das Wasser aus den Tanks in einen tierischen oder pflanzlichen Organismus, so bilden die Aminosäuren erneut Proteinketten, die den Körperzellen als Brennstoff für die Stoffwechselprozesse dienen. Dies ist jedenfalls der normale Ablauf.

Die sechsundzwanzigste Aminosäure hat jedoch diesen Kreislauf zerstört. Die Struktur des Proteinmoleküls, das sich aus ihr aufbaut, ist zu komplex, um für den Organismus irgendeines Lebewesens verträglich zu sein. Sie bewirkte zum Beispiel die Gliederlähmung. Wie June Payne abschließend bemerkte, könnte die Entstehung dieser sechsundzwanzigsten Aminosäure mit dem im Vergleich zur Erde wesentlich dichteren Schwerefeld von Procyon V zusammenhängen.

Mittlerweile müssen in unserer Kolonie auf Neuerde ähnliche Zustände herrschen wie auf dem Schiff. Aber die Leute dort können wenigstens an der frischen Luft sterben.«

»22. XII. 2521. Ein erschöpfter Toynbee meldet mir heute morgen vierzehn weitere Todesfälle. Die Seuche ist uneingeschränkter Herrscher über der Schiff, ihr letztes Opfer ist meine liebe Frau Yvonne. Ich brachte sie ins Bett, aber ich kann ihren Anblick nicht ertragen, er ist zu schrecklich. Ich habe aufgehört zu beten.

Ich muß noch etwas nachtragen, was die junge Payne mir berichtete. Sie ist einigermaßen zuversichtlich, daß ein gewisser Prozentsatz der Schiffsbevölkerung die Seuche überleben wird. Manche Organismen seien flexibel genug, um das fremde Protein zu tolerieren, nachdem sie sich über eine Erkrankung ihm angepaßt haben. Schießlich seien die Zellen bereits randvoll mit Proteinen, so daß sie eines mehr nicht gleich umbringen müsse. Die neue Aminosäure – sie hat sie *Paynin* getauft, ist inzwischen von unseren Wissenschaftlern isoliert worden. Sie mutmaßen, daß sie einen Effekt auf das Wachstum haben könnte, doch ich bezweifle stark, daß wir das noch erleben werden!

Die Kurzzeiteffekte kennen wir jedenfalls zur Genüge. Die Pflanzen haben sich mittlerweile an das Paynin angepaßt und gedeihen wie eh und je. Das gleiche gilt für die Tiere; auffällig ist eine explosionsartige Zunahme der Schweinekolonie. Alle, die überleben, müssen June Payne zufolge als Mutationen betrachtet werden – ›Minimalmutationen‹, wie sie es ausdrückt. Da die Hitze auf dem Landwirtschaftsdeck einen günstigen Einfluß auf den Genesungsprozeß zu haben scheint, gab ich Order, die Temperatur im ganzen Schiff um zehn Grad zu erhöhen. Das ist buchstäblich das einzige, was wir bisher gegen die Seuche unternommen haben ...

Es scheint, daß höherentwickelte Organismen wesentlich

größere Schwierigkeiten haben, sich an das neue Protein anzupassen, als primitive. Pech für die Menschen, genauer gesagt: für uns.«

»24. XII. 2521. Nun hat es Toynbee und Montgomery erwischt, zwei von fünf Neuerkrankungen heute morgen. Beim Studium der Krankenliste fiel mir auf, daß ältere Menschen zwar in geringerem Maß von der Seuche befallen werden als jüngere, daß aber ihre Überlebenschance signifikant niedriger ist. June Payne, die zufällig vorbeikam (sie hat sich selbst zum OI der Forschungsabteilung ernannt, ich kann ihren Arbeitseifer nur belächeln), meinte jedoch, im allgemeinen seien die Jungen widerstandsfähiger als die Alten.

Die kleine Sheila Simpson ist genesen! Ich habe sie besucht. Sie scheint wieder völlig in Ordnung zu sein, wenn auch noch etwas nervös und fahrig in ihren Bewegungen. Ihre Temperatur ist allerdings nach wie vor erhöht. Immerhin, Hoffnung ...

Ich fühle erstmals seit langem wieder so etwas wie Zuversicht. Wenn auch nur hundert Männer und Frauen, die Nachkommen zeugen, durchkommen, wird dies ausreichen, um das Schiff nach Hause zu bringen.

Heute Versuch einer Meuterei. Leutnant Tugsten von der Schiffspolizei und ›Peng‹ Murphy, unser letzter noch lebender Waffenmeister, waren die Rädelsführer dieses läppischen Unternehmens. Die Meuterer waren mit kleinen Atom-Strahlern ausgerüstet; sie töteten sechs Leute und richteten mittschiffs schwere Schäden an. Seltsamerweise hatten sie es gar nicht auf mich abgesehen! Es gelang uns, sie zu überwältigen und gefangenzusetzen. Nun hat Bassitt wenigstens jemanden, dem er predigen kann. Ich habe angeordnet, sämtliche Waffen außer den Neuroleptern oder Betäubern – so werden sie volkstümlich genannt, weil sie nur auf das menschliche Nervensystem reagieren – einzusammeln und zu zerstören.«

»25. XII. 2521. Abermals Versuch einer Meuterei. Ich war gerade auf dem Landwirtschaftsdeck, als es losging. Noah

Stover kam, umringt von einer Schar besorgt dreinblickender Frauen, mit vorgehaltenem Betäuber auf mich zu und gab einen leichten Schuß auf mich ab.

Ich erwachte im Kontrollraum. Sie hatten mich dort hingeschafft und verlangten, ich solle auf der Stelle das Schiff wenden und nach Neuerde zurückfliegen, andernfalls würden sie mich töten. Es dauerte eine Weile, bis ich ihnen klargemacht hatte, daß ein Wendemanöver von 180° bei der augenblicklichen Schiffsgeschwindigkeit von 1328,5 EB (Erdbeschleunigung) ungefähr fünf Jahre in Anspruch nehmen würde. Sie waren dermaßen enttäuscht über diese Eröffnung, daß sie mich nun erst recht umbringen wollten.

Wem habe ich meine Rettung zu verdanken? Nicht etwa einem meiner Offiziere – zu ihrer Schande sei es gesagt –, nein, einzig und allein June Payne, meiner kleinen Heldin aus der Forschungsabteilung! Sie redete so lange und so wütend auf die Meuterer ein, bis sich diese einer nach dem anderen davonschlichen, Noah voran. Jetzt kann ich sie bis hierher in einem der unteren Decks rumoren hören. Sie scheinen an die Alkoholvorräte geraten zu sein.«

»26. XII. 2521. Wir haben nun schon insgesamt sechs Heilungen zu verzeichnen, die kleine Sheila mitgezählt. Sie haben alle noch Temperatur und wirken fahrig und nervös, aber sie behaupten übereinstimmend, sich wohl zu fühlen. Unterdessen holt sich die Seuche weiterhin ihre Opfer. In letzter Zeit sind keine Berichte mehr vom Krankendeck hereingekommen, aber nach meiner Schätzung können sich höchstens noch fünfzig gesunde Personen auf dem Schiff befinden. Fünfzig! Und auch deren – und meine – Zeit läuft schnell ab. Keiner kann der Infektion mit der unheilbringenden Aminosäure auf Dauer entgehen, doch bei manchen bricht die schreckliche Krankheit früher aus, bei manchen später.

Das behauptet jedenfalls June Payne. Sie war wieder bei mir, und natürlich bedankte ich mich für ihre Hilfe. Dabei blieb es aber nicht. Wir lagen uns plötzlich in den Armen und küßten uns leidenschaftlich. Sie ist fünfzehn Jahre jünger als ich und sehr attraktiv. Ich wußte, daß es verrückt war, was wir taten. Sie führte dann die altbekannten Argumente an – muß ich sie noch einmal aufzählen? –: sie fühle sich einsam, habe Angst, und uns bliebe sowieso nur noch wenig Zeit, kurz, warum sollten wir nicht miteinander schlafen? In einer plötzlichen Aufwallung von Ärger schickte ich sie fort. Jetzt tut es mir schon wieder leid – aber schließlich liegt Yvonne einen Raum weiter im Koma.

Morgen werde ich mich bewaffnen und eine Inspektion des Schiffs vornehmen.«

»27. XII. 2521. Zwei junge Offiziere, John Hall und Margaret Prestellan, begleiten mich auf meinem Rundgang. Die Leute halten sich sehr tapfer. Noah kümmert sich um diejenigen, die die Neuntagesseuche überleben. Wie wird sich diese Katastrophe wohl auf lange Sicht auswirken?

Irgend jemand hat Bassitt befreit. Er ist ein gefährlicher Irrer – aber einer, der eine fast dämonische Überzeugungskraft besitzt. Fast könnte ich selbst an das Zeug glauben, das er predigt. In diesem riesigen Leichenhaus ist einem die Psychoanalyse eben näher als Gott.

Das Landwirtschaftsdeck ist ein einziges Chaos. Die Tiere laufen frei herum und verwüsten die Felder. Und erst die Hydroponiks! Unter der Wirkung des Paynins sind sie wie wild gewachsen und haben die Treibhäuser in einen wahren Dschungel verwandelt. Sie ranken sogar schon in den Hauptkorridor und schieben mit ihren Wurzeln das Erdreich vor sich her, als ob sie eine eigene Intelligenz entwickelt hätten. Mir kam die absurde Vorstellung, daß sie in Kürze das ganze Schiff überwuchert und unter sich erstickt haben werden. Ich ging zum Kontrollraum und legte den Schalter um, mit dem sich sämtliche Zwischendeckstüren des Hauptkorridors schließen lassen. Das dürfte dem Expansionsdrang der Pflanzen Einhalt gebieten.

Franks Lähmung ist heute zurückgegangen. Er hat mich noch nicht erkannt. Morgen werde ich wieder nach ihm sehen.

Jetzt ist also auch June an der Reihe, meine kluge, quicklebendige June! Irgendwie empfand ich bei ihrem Anblick einen größeren Schmerz als bei Yvonne, wenn ich mich dessen auch schäme. Ich wünschte mir ... aber wen kümmert es noch, was ich wünsche? ALS NÄCHSTER BIN ICH DRAN!«

»28. XII. 2521. Prestellan machte mich darauf aufmerksam, daß ich das Weihnachtsfest verpaßt hätte. An diese Posse hatte ich tatsächlich überhaupt nicht mehr gedacht. War es das Christfest, das die Meuterer mit ihrem Saufgelage feierten? Arme Teufel!

Frank hat mich heute wiedererkannt; ich las es in seinen Augen, denn reden kann er noch nicht. Sollte er jemals Kapitän werden, dann auf einem ganz anderen Schiff ...

Zwanzig Heilungen heute. Ein Fortschritt ... neue Hoffnung.

Ich grübelte lange über unser Mißgeschick nach. Früher wäre es mir nie in den Sinn gekommen, das Konzept der interstellaren Reisen in Frage zu stellen. Doch nun, wo unser Weg ins Dunkel führt, drängen sich mir unwillkürlich solche Gedanken auf. Wie viele unglückselige Männer und Frauen, die auf ihrem Weg zu Procyon zwischen den ehernen Wänden dieses Schiffs eingekerkert waren, mögen sich dieselbe Frage gestellt haben! Ihr Leben einer grandiosen Idee wegen geopfert! Und wie viele Generationen werden sich noch opfern müssen, bis unsere Nachfahren einst wieder ihren Fuß auf die Erde setzen werden? Nur im technologischen Überschwang des vierundzwanzigsten Jahrhunderts konnte ein solches Wunderwerk wie dieses Schiff gebaut werden. Doch das Wunder ist steril und grausam. Denn es erscheint mir ungeheuerlich, zukünftige, noch ungeborene Generationen um eines ehrgeizigen Zieles willen zu dem trostlosen Leben zwischen den Stahlwänden eines Raumschiffs zu verdammen. Als ob der Mensch nicht mehr wäre als Protoplasmakügelchen ohne Gefühle, Wünsche und Ambitionen!

Am Anfang des technologischen Zeitalters stand die Katastrophe von Ausschwitz. Welch düsteres Omen! Ich kann nur hoffen, daß das elende Schicksal unseres Schiffs das Ende dieser Ära einleitet – ein Ende für alle Zeiten; sowohl auf der Erde als auch auf der neuen Erde Procyon V.«

An dieser Stelle brach das Tagebuch ab.

Während des Vorlesens hatte Vyann immer wieder längere Pausen einlegen müssen, um nicht von Rührung überwältigt zu werden. Ihre militärisch-straffe Haltung war ihr ganz abhanden gekommen. Neben Complain saß nur noch ein junges Mädchen, das mit den Tränen kämpfte. Nach einer Weile schien sie sich gefaßt zu haben, blätterte in dem Tagebuch zurück und las einen Satz auf der ersten Seite vor, der Complains Aufmerksamkeit bisher entgangen war: »Wir fliegen in dem Wissen zur Erde zurück, daß erst die sechste Generation nach uns die Heimat erblicken wird.« Vyann brach in einen Tränenstrom aus.

»Weißt du, was das bedeutet?« schluchzte sie verzweifelt. »Roy, die Reise sollte nur sieben Generationen dauern. Und wir sind bereits die dreiundzwanzigste! Wir sind längst an der Erde vorbeigeflogen. Es ist alle aus! Wir sind verloren!«

Niedergeschmettert versuchte Complain, sie zu trösten. Aber nicht einmal ihre Liebe vermochte die Grausamkeit der Situation erträglicher zu machen.

»Wir müssen trotzdem dankbar für dieses Tagebuch sein, Laura. Immerhin wissen wir nun, wie es zu der Katastrophe kam, und sie kann nicht länger den Stoff für furchterregende Legenden abgeben. Zwar werden wir nie erfahren, ob Kapitän Gregory die Seuche überlebt hat, aber sein Sohn muß es jedenfalls getan haben, sonst trüge ich nicht seinen Namen. Das gleiche gilt für June Payne – irgendwie erinnert sie mich ein bißchen an dich ... Offenbar sind genügend Leute davongekommen, um sich nach und nach zu Horden und kleinen Stämmen zusammenzuschließen ... Und die Poniks haben tatsächlich das ganze Schiff überwuchert.«

»Unvorstellbar, daß die Ponik-Wälder eigentlich gar nicht vorgesehen waren. Sie erschienen mir immer zur natürlichen Ordnung der Dinge zu gehören ...«

»Moment mal, Laura!« unterbrach er sie und setzte sich mit einem Ruck kerzengerade auf. »Im Tagebuch stand doch, alle Waffen bis auf die Betäuber seien vernichtet worden. Aber was ist mit dem Strahler, den mir mein Bruder geschenkt hat? Ist das etwa keine Waffe?«

»Vielleicht sind ein paar übersehen worden«, sagte sie müde.

»Vielleicht. Jedenfalls muß dieser Strahler einen speziellen Verwendungszweck gehabt haben, von dem wir nichts wissen. Das muß ich herausfinden. Ich will ihn einmal ausprobieren ...«

»Paß auf, Roy, das Ding ist gefährlich!«

Er richtete die Mündung der klobigen Waffe gegen die Wand und drückte vorsichtig auf den Bedienungknopf. Ein dünner, fast unsichtbarer Hitzestrahl schoß aus dem Lauf und hinterließ eine feine Spur auf dem Stahl. Complain drückte den Knopf weiter nach unten. Der Hitzestrahl wurde stärker, das Metall glühte rot auf und begann zischend zu schmelzen. Nach kurzer Zeit klaffte eine häßliche Öffnung in der Wand, durch die man auf den Korridor sehen konnte.

Wie vom Donner gerührt blickten Vyann und Complain einander an.

»Wir müssen den Rat verständigen«, sagte Complain ehrfürchtig.

»Einen Moment noch, Roy. Bevor irgend jemand von dem Ding erfährt, möchte ich erst etwas damit ausprobieren. Komm mit.«

Als sie durch den Korridor eilten, merkten sie zu ihrer Verblüffung, daß die Jagd auf den Riesen immer noch im Gange war. Das Schiff lag völlig ausgestorben da – so ähnlich mußte es damals ausgesehen haben, als die Neuntageseuche wütete. Eine lichtlose Wach-Schlafperiode stand unmittelbar bevor. Als die Dunkelheit über sie hereinbrach, schaltete Vyann die Taschenlampe an.

Complain hatte das unangenehme Gefühl, daß hinter jeder Biegung Ratten, Riesen oder Außenseiter lauerten. Er hielt in der einen Hand den Hitzestrahler, in der anderen den Betäuber schußbereit. Doch sie erreichten unangefochten Deck 1 und kletterten die schmale Wendeltreppe hoch.

»Wenn der Plan deines Freundes Marapper stimmt, muß der Kontrollraum über diesem Aufgang liegen«, sagte

Vyann. »Dort fanden wir aber nur eine kleine runde Kammer, die völlig leer war. Der Kontrollraum ist der Karte zufolge aber viel größer. Vielleicht handelt es sich bei der Kammer nur um eine Art Schutzraum, der ungebetene Besucher vom eigentlichen Kontrollzentrum fernhalten soll?«

»Glaubst du, daß ihn Kapitän Gregory angelegt hat?«

»Nicht unbedingt. Wahrscheinlich ist er erst später eingerichtet worden. Laß uns jetzt deine Waffe an seiner Wand ausprobieren.«

Mit einem prickelnden Gefühl von Erregung standen sie in dem runden Raum. »Versuch es mal da!« flüsterte Vyann, deutete auf eine beliebige Stelle und drückte aufgeregt Complains Arm. Als er den Hitzestrahler betätigte, schaltete sie die Taschenlampe aus. Eine rötliche Spur, die immer heller wurde, fraß sich langsam durch die stählernen Platten, und ein beißender Geruch erfüllte den Raum. Das Metall bog sich zurück, die Öffnung wuchs und war schließlich groß genug, um hindurchzuschlüpfen. Ungeduldig warteten die beiden, bis das weißglühende Metall erkaltet war. Endlich konnten sie durch das schwarze, gezackte Loch klettern, durch das sie undeutlich Dinge wahrnahmen, für die sie keinen Namen hatten.

Im angrenzenden Raum herrschte ein ungewisses Halbdunkel. Die großen Sichtblenden verdeckten den herrlichen, 270° umfassenden Ausblick der Panoramascheibe, als habe Kapitän Gregory Complain sie eben erst heruntergelassen. Auch der Schraubenschlüssel, den vor langer Zeit ein nachlässiger Monteur auf dem Fensterbrett vergessen hatte und der verhinderte, daß sich die unterste Lamelle richtig schloß, lag noch unverändert an seinem Platz. Von dieser Lücke in der Jalousie wurden Vyann und Complain magisch angezogen, wie die Poniks vom Licht.

Durch den engen Spalt erblickten sie einen kleinen Ausschnitt des gewaltigen Kosmos. Wieviel Zeit war vergangen, seit die Bewohner des Schiffs zum letzten Mal in diese majestätische Leere hinausgeblickt hatten? Die Köpfe dicht nebeneinander, starrten Complain und das Mädchen durch die unzerstörbare Wolframscheibe und versuchten zu begreifen, was sie da sahen. Gewiß erblickten sie nur ein winziges Eckchen des Universums mit seinen Sternen – nicht genug, um sie schwindelig zu machen, aber ausreichend, um sie mit neuem Mut und neuer Hoffnung zu erfüllen.

»Was macht es schon, daß wir an der Erde vorbeigeflogen sind!« Vyanns Atem ging schnell. »Wir haben endlich die Steuereinrichtungen des Schiffs gefunden! Wenn wir heraufinden, wie sie funktionieren, können wir auf dem nächsten Planeten, der an unserem Weg liegt, landen. Tregonnin erzählte doch, daß die meisten Sonnen Planeten hätten. Oh, wir werden es schaffen, ich *weiß* es! Nun ist alles gut.«

Sie umschlang Complain, als wolle sie ihn vor etwas beschützen. Dieser rang mühsam um Fassung, worauf bei der Erziehung in den Quartieren so großer Wert gelegt worden war. Erst nach einer Weile fand er die Sprache wieder.

»Vyann, zum ersten Mal habe ich begriffen ... ich meine wirklich, tief drinnen in meinem Herz begriffen, daß wir auf einem Schiff sind!« Seine Beine drohten unter ihm nachzugeben.

Sie schien seine Worte als eine persönliche Herausforderung aufzufassen. »Dein Vorfahre ist mit diesem Schiff von Neuerde aufgebrochen. Nun wirst du es auf einer Neueren Erde landen!«

Dann ließ sie ihre Taschenlampe aufblitzen, und der Lichtkegel wanderte langsam über die mächtigen Instrumententafeln des Schiffs, die bisher im Dunkeln gelegen hatten. Die Sichtschirme, Zeiger und Meßgeräte, die langen Reihen von Hebeln, Schaltern und Knöpfen hatten diesen Raum einst zum Nervenzentrum des Schiffs gemacht. Sie bildeten das äußere Anzeichen für die Kraft, die immer noch in ihm pulsierte. Nun waren sie zu einer lavaartigen Masse zusammengeschmolzen. Wohin das Auge auch blickte – sämtliche Apparaturen und Kontrolleinrichtungen hatten sich in eine karamelartige bräunliche Substanz verwandelt. Mit wachsender Unruhe wanderte der Lichtstrahl über die Wände, doch nicht einmal ein einziger Schalter hatte die Verwüstung heil überstanden. Der Kontrollraum war restlos zerstört.

Teil 4: Das große Etwas

1

Die gewundenen Gänge wurden nur hier und da von einem trüben Licht erhellt. Am einen Ende des Schiffs hatten die Poniks mit dem Sterben begonnen, das sie unerbittlich in jeder vierten Wachperiode ereilte; am anderen Ende befehligte Scoyt den Suchtrupp, der im Schein der Taschenlampen die Gegend immer noch nach dem Riesen durchkämmte. Die Männer arbeiteten sich langsam auf den unteren Ebenen der Antriebsdecks vor und entblößten nach und nach die ganzen Zwanziger-Decks von Menschen.

Marapper wurde von der Dunkelheit überrascht, als er gerade von Ratsherr Tregonnins Zimmer zu seinem eigenen zurückeilte. Da er wußte, daß sich der Rat der Fünf einst zu einem Sechsergremium erweitern würde, hatte der Priester sich geschickt in die Gunst des alten Gelehrten einzuschmeicheln verstanden; er sah sich bereits als sechsten Ratsherrn. Nun tapste er furchtsam durch die Finsternis, bei jedem Schritt darauf gefaßt, im nächsten Augenblick mit einem Riesen zusammenzustoßen.

Und genau das geschah dann auch – oder doch beinahe.

Eine Tür ging plötzlich auf, und ein heller Lichtschein fiel in den Gang. Das Licht zuckte und flackerte gespenstisch und verwandelte die Schatten in Fledermäuse, während der Besitzer der Lampe in dem Zimmer irgendwelchen nächtlichen Geschäften nachging. Im nächsten Moment tauchten zwei große Gestalten auf, die eine dritte, kleinere, mit sich schleppten. Es handelte sich zweifellos um Riesen: Sie waren über zwei Meter groß.

Der eine von ihnen hatte die Lampe, die ein ungewöhnlich helles Licht spendete, an seiner Stirn befestigt. In ihrem unruhigen Schein beobachtete Marapper, daß sich die Riesen den Gang hinunterwandten aber schon nach ein paar Schritten stehenblieben und mitten im Flur niederknieten. Jetzt fiel das Licht dem kleineren Mann direkt ins Gesicht: es war Fermour!

Er sagte etwas zu den Riesen, beugte sich vor und legte seine Hand mit einer merkwürdigen Bewegung flach auf den Boden. Gleich darauf öffnete sich ein Bereich des Decks, klappte hoch und enthüllte ein etwa mannsgroßes Loch. Die Riesen halfen Fermour hineinzuklettern, verschwanden dann selber in der Öffnung und klappten die Falltür wieder hinter sich zu. Neuerlich war der Korridor in Dunkelheit getaucht, die von einem trüben Lämpchen an der Wand nur notdürftig erhellt wurde.

Dann fand Marapper die Sprache wieder.

»Zu Hilfe!« brüllte er. »Zu Hilfe! Sie sind hinter mir her!«

Er stürzte zur nächsten Tür, trommelte dagegen und riß sie auf, als niemand antwortete. Dahinter befanden sich Unterkünfte von Arbeitern, die im Augenblick leer waren, weil sich ihre Bewohner Scoyts Suchmannschaft angeschlossen hatten. In einem Zimmer hockte eine Frau mit ihrem Säugling; beim Anblick des Priesters stimmten beide vor Entsetzen ein fürchterliches Gebrüll an.

Dieser Krawall blieb nicht unbemerkt; Fußtritte näherten sich von allen Seiten, und im Nu war Marapper von einer dichten Menschenmenge umgeben. Als die Männer, die sich fast alle an der Hatz auf den Riesen beteiligt hatten und davon noch stark erregt waren, von dem Priester vernahmen, daß der Riese mitten unter ihnen gewesen war, stießen sie vor Wut wilde Schreie aus. Die Menge schwoll an, der Lärm war ohrenbetäubend. Marapper, der gegen die Wand gedrückt wurde, erzählte seine Geschichte wiederholt einer Reihe von Offizieren. Da stand plötzlich ein eisiger Mann namens Pagwam, Oberst der Überlebensgesellschaft, vor ihm.

Bald hatte Pagwam für freien Raum um den Priester gesorgt. »Zeigen Sie mir das Loch, in dem die Riesen verschwunden sind«, verlangte er barsch.

»Der Anblick hätte auch einem Tapfereren als mir die Haare zu Berge stehen lassen«, bemerkte Marapper, dessen Stimme immer noch schwankte. Dann wies er auf einen schmalen Spalt, der in einem Viereck über den Boden verlief; dahinter verbarg sich der Schlupfwinkel der Riesen. Abgesehen von einer unauffälligen Einkerbung an einer Seite war das Viereck so perfekt in den Decksboden eingelassen, daß man es kaum erkannte.

Auf Pagwams Befehl versuchten zwei Männer, die Falltür zu öffnen, doch die Ritze war so eng, daß allenfalls ein Fingernagel hineinpaßte.

»Wir kriegen sie nicht auf, Sir«, sagte einer der Männer.

»Dem Himmel sei Dank!« rief Marapper, in dessen Phantasie eine ununterbrochene Prozession von Riesen aus dem Loch strömte, erleichtert.

Inzwischen hatte jemand Scoyt herbeigeholt. Mit steinerner Miene hörte er sich den Bericht von Marapper und Pagwam an. Er sah müde aus, doch wie sich zeigen sollte, hatte er den wachsten Verstand von allen.

»Begreift ihr, was das bedeutet?« wandte er sich an die Umstehenden. »Diese Falltüren oder Luken sind in Abständen von etwa hundert Metern über das ganze Schiff hinweg in die Decksböden eingelassen. Wir wußten bisher nicht, was sie bedeuteten, weil wir sie nicht öffnen konnten. Aber die Riesen haben offenbar keine Schwierigkeiten damit. Es kann wohl kein Zweifel mehr darüber bestehen, daß die Riesen tatsächlich existieren. Aus Gründen, die nur ihnen bekannt sind, haben sie sich lange Zeit verborgen gehalten, doch nun sind sie zurückgekommen – und welchen anderen Grund könnte es wohl dafür geben, als daß sie wieder die Kontrolle über das Schiff übernehmen wollen?«

»Aber die Falltür ...«, begann Marapper.

»Die Falltür ist der Schlüssel zu allem«, fiel ihm Scoyt ins Wort. »Können Sie sich erinnern, was Ihr Freund Complain von seiner Gefangennahme durch die Riesen erzählt hat? Er sagte, daß er wie durch Geisterhand in einem Loch verschwand und in einem kleinen, geschlossenen Gehäuse durch das Schiff gefahren wurde. Es ist offensichtlich, daß man ihn durch eine solche Luke befördert hat; die dahinterliegenden Schächte müssen alle miteinander in Verbindung stehen. Wenn die Riesen *eine* Falltür öffnen können, dann können sie alle öffnen!«

In der Menge entstand Unruhe. Die Leute drängten sich dichter zusammen, als ob sie beieinander Trost suchten; im trüben Schein der Lampen glitzerten ihre Augen erregt. Marapper räusperte sich kräftig und bohrte mit dem kleinen Finger angelegentlich in seinem Ohr.

»Das bedeutet ja ... Himmel, das bedeutet, daß unsere Welt vollständig von einer zweiten Welt umgeben ist, in der sich nur die Riesen bewegen können, nicht aber wir?«

Scoyt nickte knapp. »Kein hübscher Gedanken, Priester, was?«

Nun erschienen die drei Ratsmitglieder Billyoe, Dupont und Ruskin, die zugleich verärgert und unangenehm berührt wirkten. »Schweigen Sie bitte, Master Scoyt«, ergriff Billyoe das Wort. »Wir haben zum größten Teil noch gehört, was Sie eben gesagt haben, und sind der Ansicht, daß dies kein Thema für die Öffentlichkeit ist. Bringen Sie diesen äh ... Priester mit in den Konferenzraum, wo wir uns in aller Ruhe mit der Sache befassen können.«

Scoyts Antwort kam ohne Zögern. »Ich bin nicht ihrer Meinung, Ratsherr Billyoe. Diese Angelegenheit geht jeden von uns an, und darum sollte auch der letzte Mann an Bord so schnell wie möglich darüber informiert werden. Ich fürchte, daß wir auf eine Krise zutreiben.«

In seinem Gesicht lag ein solcher Ausdruck von Qual, daß Billyoe ihm keinen Verweis erteilte, obwohl er dem Rat widersprochen hatte. Statt dessen fragte er: »Was meinen Sie mit Krise?«

Scoyt spreizte die Hände. »Ein Riese taucht völlig unerwartet auf Deck 14 auf und fesselt die erstbeste Person, die ihm über den Weg läuft, allerdings so nachlässig, daß sie sich leicht von ihren Fesseln befreien kann. Warum hat er das getan? Damit sie Alarm schlagen konnte. Später erscheint er auf dem Antriebsdeck – womit er, nebenbei gesagt, keinerlei Risiko einging, weil er ja jederzeit durch eine der Falltüren verschwinden konnte. Im Gegensatz zu allen anderen Begegnungen mit Riesen, von denen wir wissen, ist diese hier ganz offenbar mit Absicht herbeigeführt worden. Der Riese *wollte* gesehen werden. Es gibt keine andere zufriedenstellende Erklärung dafür.«

»Aber warum sollte er das wollen?« fragte Ruskin kläglich.

»Ich weiß!« rief Marapper. »Der Riese lockte uns auf eine falsche Fährte, während seine Kameraden Fermour befreiten.«

»Genau«, pflichtete ihm Scoyt traurig bei. »Das Ganze passierte, als wir gerade damit begonnen hatten, Fermour zu verhören. Die Riesen inszenierten das Ablenkungsmanöver, um ihm bei der Flucht zu helfen. – Nachdem nun die Riesen wissen, daß *wir* über ihre Existenz Bescheid wissen, sind sie genötigt, etwas Drastisches zu unternehmen – falls wir nicht vorher die Initiative ergreifen! Priester Marapper, wären sie wohl so freundlich, sich auf alle viere niederzulassen und uns genau zu demonstrieren, was Fermour machte, als er die Falltür öffnete?«

Marapper tat wie geheißen. Er kroch schnaufend zu einem Ende der Tür und blickte sich unsicher um.

»Es muß ungefähr hier gewesen sein. Dann hat er sich vorgebeugt, etwa so ... und seine Hand auf den Boden gelegt, so ungefähr. Und dann ... oh, jetzt weiß ich, wie er es gemacht hat! Schauen Sie, Scoyt!«

Marapper preßte seine Hand an einer bestimmten Stelle gegen das Deck. Ein leises Klicken ertönte, und der Weg zu den Riesen lag offen vor ihnen.

Laura Vyann und Roy Complain kehrten nur langsam zu dem bewohnten Teil von Voruns zurück. Der Schock, die Steuereinrichtungen des Schiffs zerstört zu finden, war fast zuviel für sie gewesen. Wieder stieg der Wunsch zu sterben in Complain auf, mächtiger und drängender als je zuvor. Das Bewußtsein der Leere und Nichtigkeit seines Lebens vergiftete sein Denken. Die kurze Atempause in Voruns, das Glück, das Vyann ihm geschenkt hatte, zählten nicht angesichts der unermeßlichen Kette eintöniger und freudloser Tage, aus denen sein Dasein bisher bestanden hatte.

Die alte Lehre der Quartiere, die er längst überwunden zu haben glaubte, rettete ihn davor, in einem Abrund selbstzerstörerischer Traurigkeit zu versinken.

In seinem Kopf hallte die Stimme des Priesters wider:

»Wir sind die Söhne von Feiglingen, und unsere Tage vergehen in Furcht ... Die Lange Reise hat immer schon begonnen: laßt uns unsere Wut und unsere Triebe ausleben, auf daß wir von inneren Konflikten befreit sein mögen ...« Instinktiv vollführte Complain die rituelle Geste des Zorns. Heftiger Ärger stieg in ihm hoch, spülte die Trauer hinweg und wärmte ihn in seiner Einsamkeit. Vyann hatte den Kopf an seine Schulter gelegt und zu weinen angefangen; daß sie unglücklich war, verstärkte noch seine Wut. Er rief sich alles Unrecht in Erinnerung, daß er je hatte erdulden müssen. Sein Gesicht verzerrte sich, und sein Herz klopfte laut.

Als es vorbei war, fühlte er sich besser und war sogar imstande, Vyann zu trösten. Er schlang den Arm um sie und führte sie zu ihren Leuten zurück.

Schon aus der Ferne vernahmen sie ein sonderbar unheilvolles Klirren, das sie dazu bewog, ihre Schritte zu beschleunigen.

Der erste Mann, der ihnen begegnete, ein Mitglied der Bauernkaste, trat rasch auf sie zu. »Inspektor Vyann«, sagte er, »Master Scoyt sucht Sie überall.«

»Man könnte glauben, daß er das ganze Schiff auseinandernimmt, um mich zu finden«, äußerte Vyann mit einem schiefen Lächeln. »Wir waren ohnehin auf dem Weg zu ihm, danke.«

Sie trafen Scoyt auf Deck 20, dort, wo Fermour befreit worden war. Oberst Pagwam schritt mit einem Trupp seiner Männer den Korridor ab und ließ sämtliche Falltüren öffnen. Das laute Krachen der schweren Lukendeckel war das Geräusch gewesen, das Vyann und Complain schon von weitem gehört hatten. An jeder Öffnung wurde ein Mann postiert, während die anderen zur nächsten Falltür eilten.

Scoyt, der die Arbeiten leitete, lächelte nicht wie gewöhnlich, als er Vyann erblickte. »Kommt hier rein«, sagte er und öffnete die erstbeste Tür. Es war eine Wohnung, ihr Besitzer war zufällig nicht anwesend. Scoyt wirkte sehr zornig.

»Ich habe die größte Lust, euch beide ins Gefängnis werfen zu lassen«, begann er. »Warum habt ihr nach eurer Rückkehr von Greggs Lager nicht unverzüglich dem Rat oder mir Bericht erstattet, wie eure Anweisungen lauteten? Ich möchte wissen, was ihr zwei getrieben habt.«

»Aber Roger«, protestierte Vyann. »So lange sind wir noch gar nicht hier! Außerdem befandet ihr euch alle auf der Jagd nach dem Riesen. Wir wußten nicht, daß die Angelegenheit so dringend war, sonst ...«

»Einen Augenblick, Laura«, unterbrach Scoyt. »Spar dir deine Entschuldigungen. Es gibt momentan wirklich Wichtigeres. Erzähle mir lieber, was Gregg wollte.«

Complain, der sah, wie verletzt und aufgebracht Vyann war, sprang für sie ein und gab eine kurze Zusammenfassung ihrer Unterhaltungen mit seinem Bruder. Als er geendet hatte, nickte Scoyt, sichtlich erleichtert.

»Noch besser, als ich gehofft hatte. Wir werden so schnell wie möglich eine Patrouille losschicken, die Gregg und seine Leute hierherbringt. Die Sache eilt.«

»Nein, Roger«, sagte Vyann schnell, »das geht nicht! Bei allem Respekt vor Roy – sein Bruder ist nichts weiter als ein gemeiner Räuber. Seine Bande ist aber noch schlimmer, der reinste Abschaum, allesamt Krüppel oder Mutanten. Sie würden für ständigen Ärger sorgen, wenn sie in Voruns lebten. Sie taugen nur zu einem: zum Kämpfen.«

»Und genau dafür brauchen wir sie auch«, entgegnete Scoyt grimmig. »Ich glaube, du bist nicht ganz auf dem laufenden, Laura.« Er setzte sie knapp von Marappers Entdekkung und den jüngsten Entwicklungen in Kenntnis.

»Ist Fermour schon gefoltert worden?« frage Complain.

»Nicht richtig – wir haben ihn nur ein bißchen verprügelt, zum Aufwärmen.«

»Trotz allem verstehe ich nicht, warum es so dringlich sein sollte, Greggs Leute hier zu haben«, wandte Vyann ein.

Master Scoyt seufzte schwer. »Weil wir zum ersten Mal den unwiderleglichen Beweis dafür haben, daß Riesen und Außenseiter verbündet sind – und zwar gegen uns!«

Er blickte sie scharf an, während sie diese Erkenntnis zu verdauen suchten. »Eine hübsche Lage, in der wir uns da befinden, nicht?« sagte er zynisch. »Darum lasse ich jede Falltür auf diesem Schiff öffnen und von einem Mann bewachen.

Ich werde nicht ruhen, bis wir die Riesen ausgeräuchert haben, das schwöre ich.«

»Dann brauchen Sie in der Tat jeden Mann, den Sie kriegen können, und Greggs Raufbolde wären eine willkommene Verstärkung«, meinte Complain. »Aber wie hat Marapper es nur geschafft, die Falltür aufzubekommen?«

»Ihr fetter Priester ist eben eine sehr ungewöhnlicher Mensch«, sagte Scoyt lächelnd. »Ich nehme an, er war so eine Art diebische Elster in Ihrem Dorf?«

»Stimmt. Er hob alles auf, was er fand«, pflichtete Complain bei, der sich noch gut an all den Trödel in Marappers Zimmer erinnern konnte.

»Nun, einer der Gegenstände, den er aufhob, war ein Ring mit einem achteckigen Stein. Das heißt, es ist gar kein richtiger Ring sondern irgendein technisches Gerät, und es paßt genau in eine Einkerbung in der Falltür. Wenn man den Ring in die Höhlung preßt, öffnet sich die Tür augenblicklich. Vor der Katastrophe besaß vermutlich jedes Besatzungsmitglied, das durch die Luken steigen mußte, einen von diesen Schlüsselringen. Tregonnin behauptet übrigens, daß die dahinterliegenden Schächte Inspektionstunnel genannt werden, und genau das werden wir jetzt tun: sie inspizieren! Wir werden sie Zentimeter für Zentimeter durchkämmen. Meine Männer sind gerade dabei, mit Hilfe von Marappers Ring sämtliche Falltüren auf dem Schiff zu öffnen.«

»Fermour hatte auch so einen Ring!« rief Complain. »Ich habe ihn oft an seinem Finger gesehen.«

»Wir vermuten, daß alle Außenseiter einen besitzen. Das würde erklären, wieso sie uns immer so mühelos entkamen. Es erklärt allerdings nicht, wie sie spurlos aus einer Zelle verschwinden konnten, die von außen bewacht war. Ich habe ein paar Männer von der Überlebensgesellschaft losgeschickt, die die ganze Bevölkerung durchsuchen sollen. Wer mit so einem Ring erwischt wird, geht auf die Lange Reise. Nun muß ich aber weiter. Platz!«

Sobald er den Korridor betrat, wurde er von einer Traube von Leuten umringt, die ihn um Anweisungen baten. Vyann und Complain hörten noch, wie er einen jungen Leutnant zu Gregg abkommandierte, dann war er um die nächste Korridorbiegung verschwunden.

»Ein Bündnis mit Gregg«, sagte Vyann schaudernd. »Und was fangen *wir* nun an. Roy? Wie es scheint, will Roger mir keine Arbeit mehr geben.«

»Du gehst jetzt schlafen«, entschied Complain. »Du siehst erschöpft aus.«

»Glaubst du vielleicht, ich könnte bei dem Lärm ein Auge zudrücken?«

»Du kannst es versuchen.«

Complain wunderte sich sehr über ihre Nachgiebigkeit mit der sie sich willig von ihm wegführen ließ; doch beim Anblick von Marapper, der in einem Seitengang herumlungerte, versteifte sie sich plötzlich.

»Wie man hört, sind Sie der Held der Stunde, Priester.«

Marapper blickte ausgesprochen düster drein; eine Aura von angetanem Unrecht hing schwer um ihn.

»Inspektor«, entgegnete er bitter, »Sie verhöhnen mich. Mein halbes Leben lang bin ich mit einem unbezahlbaren Schatz am Finger herumgelaufen, ohne etwas davon zu wissen. Und als ich es endlich weiß, schenke ich in einem Anfall von Panik – der, nebenbei gesagt, völlig untypisch für mich ist – das Geheimnis einfach so her, für nichts!«

2

»Wir müssen irgendwie hier raus«, murmelte Vyann mit geschlossenen Augen; ihr schwarzer Haarschopf ruhte auf dem Kissen. Complain schlich aus dem Zimmer und zog die Tür leise hinter sich zu; er war sicher, daß sie trotz des Krachs auf der Stelle einschlafen würde. Im Flur blieb er unentschlossen stehen. Dies war wohl kaum der rechte Moment, dem Rat von dem zerströten Kontrollraum zu berichten. Unwillkürlich wandten sich seine Gedanken persönlicheren Problemen zu.

Zum ersten Mal in seinem Leben fragte sich Complain, welche Rolle er eigentlich in der Welt spielte. Er schien immer nur im Strom der Ereignisse mitzutreiben, und das lag wohl daran, daß er sich nicht im klaren war, was er eigentlich vom Leben erwartete. Alle anderen wußten dies hingegen offenbar ganz genau. Marappers Ziel war Macht, Scoyt schien ganz in den endlosen kleinen Problemen des Bordalltags aufzugehen, und Laura wollte aus dem Gefängnis des Schiffs befreit werden. Und er? Er wollte Laura, doch das war nicht alles. Da war noch etwas, wonach er schon als Kind vergebens gesucht hatte, ein Etwas, das er nicht in Worte fassen konnte, und das die Grenzen seiner Einbildungskraft überstieg …

»Wer da?« rief er, von dem Geräusch nahender Schritte aufgeschreckt.

Ein großer weißgekleideter Mann trat ins Licht und sagte mit ruhiger, respektgebietender Stimme:

»Ich habe Sie hoffentlich nicht erschreckt. Ich bin Ratsherr Zac Deight. Und Sie sind vermutlich Roy Complain, der Jäger aus den Todesstraßen?«

Complain mochte den Mann mit dem melancholischen Gesicht und dem weißen Haar instinktiv. Doch der Instinkt ist nicht immer ein guter Ratgeber. »Ganz recht, Sir.«

»Ihr Priester, Henry Marapper, hat sich sehr lobend über Sie geäußert.«

»Tatsächlich?« Marapper wirkte oft Gutes im Verborgenen, aber stets nur zu seinem eigenen Besten.

»Doch, das hat er.« Dann, in verändertem Tonfall: »Ich nehme an, daß Sie mir etwas über das Loch in der Wand dort sagen können?« Er deutete auf die Stelle, wo Complain seinen Hitzestrahler ausprobiert hatte.

»Ja, Sir. Das habe ich mit dieser Waffe hier gemacht«, und Complain händigte dem Ratsherrn den Strahler aus.

»Haben Sie irgend jemand davon erzählt?« fragte Zac Deight und wendete die Waffe interessiert hin und her.

»Nein. Nur Laura, ich meine Inspektor Vyann, weiß Bescheid; sie schläft gerade.«

»Sie hätten diese Waffe sofort dem Rat übergeben müssen«, tadelte der Ratsherr milde. »Sie kann von größtem

Nutzen für uns sein. Wollen Sie mit auf mein Zimmer kommen und mir mehr darüber berichten?«

»Es gibt eigentlich nichts weiter zu sagen ...«, begann Complain.

»Es ist Ihnen doch wohl klar, welche Gefahr diese Waffe für uns darstellt, wenn sie in falsche Hände gerät. Also ...« In seiner Stimme lag etwas, das keinen Widerspruch duldete, und Complain folgte ohne weitere Einwände.

Sie begaben sich auf die untere Ebene und marschierten über fünf Decks, bis sie die Wohnung des Ratsherrn erreichten. Der Abschnitt des Korridors, in dem sie lag, war still und völlig verlassen. Zac Deight öffnete die Tür mit einem einfachen Magnetschlüssel und ließ seinem Begleiter den Vortritt. Sobald Complain drin war, warf der die Tür hinter ihm zu. Der Jäger saß in der Falle!

Blindwütig wie ein wildes Tier rannte Complain gegen die Tür an, doch vergebens. Und Zac Deight hatte seinen Hitzestrahler, mit dem er sich einen Weg in die Freiheit brennen könnte! Rasend vor Zorn ließ Complain den Strahl seiner Lampe durch das Zimmer wandern. Es war ein unpersönliches Schlafzimmer, wie es Hunderte auf dem Schiff gab; eine dicke Staubschicht lag auf der spartanischen Einrichtung.

Complain ergriff einen Stuhl und zertrümmerte ihn an der Tür. Danach fühlte er sich besser und konnte ruhiger überlegen. Plötzlich stieg ein Bild in ihm auf: er sah, wie der im Verhörraum eingesperrte Fermour auf einem Stuhl kletterte und das Gitter in der Decke zu erreichen versuchte. Offenbar hatte Fermour erwartet, auf diesem Wege fliehen zu können. Einmal angenommen ...

Er zerrte das Bett in die Mitte des Zimmers, stellte eine Schublade darauf und erklomm diesen Aufbau, um sich das Gitter in der Decke genauer anzusehen. Es unterschied sich in nichts von allen übrigen Gittern auf dem Schiff: Es maß einen Meter im Quadrat und war so engmaschig, daß man kaum einen Finger hindurchstecken konnte. In den Zwischenräumen des Rostes hing der Staub in dicken Flocken. Complain drückte versuchsweise gegen das Gitter, aber es gab nicht nach.

Es mußte aber nachgeben! Fermour hatte sich schließlich nicht auf den Stuhl gestellt, um Freiübungen zu machen. Wenn es ihm gelänge, das Gitter herauszunehmen, wäre auch eine Erklärung für das geheimnisvolle Verschwinden der Außenseiter aus den bewachten Zellen von Voruns gefunden. Complain schob einen Finger durch den Rost und tastete an seinem inneren Rand entlang.

Nach kurzer Zeit stieß sein Finger gegen ein einfaches Häkchen, das sich leicht beiseite schieben ließ. Ähnliche Haken befanden sich an den drei übrigen Seiten des Rostes, und nachdem Complain sie alle aufgemacht hatte, konnte er das Gitter mühelos herausnehmen.

Complain legte es auf das Bett und zog sich dann mit heftig klopfendem Herzen hoch.

Die Öffnung war so eng, daß er sich kaum darin rühren konnte. Er hatte erwartet, in einem Inspektionstunnel zu geraten, statt dessen befand er sich im Entlüftungssystem des Schiffs; ein sanfter Luftzug blies ihm kontinuierlich ins Gesicht. Complain schaltete seine Lampe aus und spähte in den engen Schacht.

Er gewahrte einen Lichtschein, der aus dem nächsten Entlüftungsgitter kam. Mit der Vorstellung, daß er aussehen mußte wie ein Korken in der Flasche, schob sich Complain mühsam bis zu dem Licht vor.

Direkt unter ihm stand Zac Deight. Der Ratsherr befand sich allein im Zimmer und sprach in einen merkwürdigen Apparat. Ein großer Schrank war vorgerückt und gab den Blick auf eine Nische frei, in der der Apparat normalerweise verborgen sein mußte. Fasziniert lauschte Complain den Worten des Ratsherrn.

»... hat uns dieser Bursche eine Menge Ärger gemacht. Erinnern Sie sich, daß Andrews vor ein paar Wochen seinen Schweißbrenner verloren hat? Nun, irgendwie ist er diesem Complain in die Hände geraten. Ich fand es zufällig heraus, weil mir ein Loch in einer der Wände auf Deck 22 auffiel; es war das Zimmer von Inspektor Vyann ... Ja, Curtis, können Sie mich hören? ... Die Verbindung ist mal wieder katastrophal, wie üblich ...«

Der Ratsherr schwieg einen Moment; vermutlich sprach

jetzt der Mann am anderen Ende. Curtis! So hatte doch der Anführer der Riesen geheißen, die ihn gefangengenommen hatten! Plötzlich bemerkte Complain, daß ein achteckiger Ring an der Hand des Ratsherrn steckte. Beunruhigt fragte er sich, in welch ein abscheuliches Netz aus Intrigen er da wohl hineingeraten sein mochte …

Jetzt sprach Deight wieder. »Während eures Ablenkungsmanövers unten im Antriebsdeck schlüpfte ich rasch in Vyanns Zimmer. Und dort fand ich etwas, von dessen Existenz wir keine Ahnung hatten: ein Tagebuch des ersten Schiffskapitäns auf dem Rückflug von Procyon V! Es stehen eine Menge Sachen darin, über die die Wirrköpfe auf keinen Fall etwas erfahren dürfen. Wir haben wahnsinniges Glück gehabt, daß ich Tagebuch und Schweißbrenner an mich bringen konnte und noch mehr Glück, daß bis jetzt außer diesem Complain und Vyann keiner etwas davon weiß. Natürlich kenne ich die Ideen vom Kleinen Hund über die Unantastbarkeit der Wirrköpfe, aber schließlich bin *ich* es, der mit der Situation hier oben fertig werden muß, und wenn sie wollen, daß ihr kostbares Geheimnis auch weiterhin eines bleibt … Kurz und gut, Curtis: ich verlange Ihre Erlaubnis, Complain und Vyann töten zu dürfen … Ja, es gefällt mir auch nicht, aber es ist unsere einzige Möglichkeit, den Status quo aufrechtzuerhalten … Bald könnte es zu spät sein …«

Während Zac Deight dem anderen zuhörte, machte sich ein Ausdruck von Ungeduld auf seinem Gesicht breit.

»Wir haben keine Zeit, den Kleinen Hund anzufunken«, fiel er seinem Gesprächspartner schließlich ins Wort. »Die dort unten würden viel zu lange zaudern. Sie haben hier das Kommando, Curtis, und alles was ich brauche, ist ihre Zustimmung … Doch, ich halte es für zwingend geboten … Sie glauben doch nicht, daß mir das Spaß macht? Ich werde Giftgas durch die Ventilation in ihre Zimmer leiten. So haben wir es ja schon früher in ähnlich unglücklichen Fällen gehalten. Wenigstens wissen wir, daß es schmerzlos ist.«

Er legte auf und schob den Schrank an seinen Platz zurück. Dann stand er eine Weile reglos da und biß sich auf die Knöchel. Schließlich nahm er mit angewidertem Gesicht eine längliche Patrone aus dem Schrank. Er blickte prüfend zu dem Entlüftungsgitter hoch. Dann richtete er den Strahl von Complains Betäuber voll auf sein Gesicht.

Alle Farbe wich daraus, und der Ratsherr sank bewußtlos zu Boden.

Verwundert versuchte Complain zu begreifen, was geschehen war. Etwas Gräßliches brachte ihn in die Wirklichkeit zurück: Ein fremder Gedanke hatte sich unter seine eigenen gemischt; es war, als ob jemand mit einer dicken pelzigen Zunge an seinen Gehirnwindungen leckte. Rasch knipste er seine Lampe an und erblickte eine riesige Motte, die direkt vor seinen Augen schwebte. Ihre Flügelbreite betrug mindestens zehn Zentimeter.

Angeekelt schlug er nach dem Tier, aber er verfehlte es, und die Motte flog davon. Complain sagte sich, daß die Motten offenbar über dieselbe Fähigkeiten wie die Ratten verfügten, wenn auch in geringerem Maß ... Vermutlich konnten sie sich untereinander verständigen, die Motten waren so etwas sie die Luftaufklärung für die Rattenhorden!

Diese Vorstellung entsetzte ihn viel mehr, als sein eigenes Todesurteil, das er aus Deights Mund vernommen hatte. Von Angstschweiß bedeckt, entfernte er das Gitter zu Deights Zimmer, kleterte hindurch und brachte es wieder so an, daß nichts zu merken war. Erst dann fühlte er sich ein wenig sicherer.

Der Ratsherr war nicht tot: der Betäuber war nur auf halbe Stärke eingestellt gewesen. Trotzdem würde er längere Zeit bewußtlos bleiben; wie er da zusammengekrümmt am Boden lag, sah er ganz harmlos aus. Ohne die geringsten Gewissensbisse nahm ihm Complain seinen Schlüselbund ab und trat in den ruhigen Gang hinaus.

Auf der Schwelle wandte er sich noch einmal um und ließ seinen Lichtstrahl zum Entlüftungsgitter hochwandern: winzige rosa Pfoten hatten sich in den Rost gekrallt, spitze kleine Gesichter starrten ihn haßerfüllt an. Mit einem Schuß aus seinem Betäuber machte Complain ihnen den Garaus.

Während er den Gang hinunterschritt, versuchte er verzweifelt, Klarheit in seine Gedanken zu bringen. Er beschloß, niemandem von dem Gespräch zu erzählen, das er eben belauscht hatte. Auch wollte er die Rolle verschweigen, die der Ratsherr in der ganzen Angelegenheit spielte, bevor er nicht mit Vyann darüber gesprochen hätte. Er wußte einfach nicht mehr, wer Freund, wer Feind war.

Und wenn nun sogar Vyann ... Doch er verbot sich diesen Gedanken sogleich wieder; es gab einen Punkt, an dem Mißtrauen in Wahnsinn umschlug.

Da war noch etwas, worauf er sich zu besinnen versuchte. Es hatte mit Fermours Befreiung zu tun ... aber es fiel ihm einfach nicht ein. Er nahm sich vor, später darüber nachzudenken. Jetzt wollte er seinen Hitzestrahler zuerst einem Mann bringen, der gewiß Verwendung dafür hatte: Master Scoyt.

Die hektische Aktivität rings um Scoyt hatte noch zugenommen. Er aber stand wie im Zentrum eines Orkans. Schweißüberströmte Männer waren damit beschäftigt, die Barrikande zwischen Voruns und den Todesstraßen niederzureißen; sie genossen ihre Tätigkeit sichtlich.

»Reißt sie ab!« schrie Scoyt. »Da wir nun wissen, daß unsere Feinde überall sind, sind sie nutzlos geworden.«

Durch die Lücken in den Barrikaden strömte Greggs Schar. Zerlumpt und schmutzig. Männer, Weiber oder Hermaphroden, gesund oder verwundet, barfuß oder mit grobem Schuhwerk bekleidet, mischten sie sich unter die erregt glotzenden Leute von Voruns. Sie schleppten Bündel, Bettzeug, Kisten und Pfannen mit sich; eine Frau hatte ihre Habseligkeiten einem ausgemergelten Schaf aufgebunden. Und sie wurden von den schwarzen Fliegenschwärmen der Todesstraßen begleitet. So groß war die Erregung, die sich über Voruns legte, daß dieser abgerissene Haufen mit freundlichem Lächeln und hier und da sogar mit einem Hochruf willkommen geheißen wurde. Die zerlumpte Legion grüßte huldvoll zurück. Roffery hatten sie nicht mitgebracht; er war dem Tod so nahe, daß es ihrer Meinung nach die Mühe nicht mehr lohnte.

Eines wurde jedenfalls deutlich: Die Ausgestoßenen –

wiewohl von Rattenbissen übersät – waren bereit zu kämpfen: jeder von ihnen war bis an die Zähne mit Betäubern, Messern und improvisierten Speeren bewaffnet.

Gregg und sein absonderlicher Gefolgsmann Hawl befanden sich gerade im Gespräch mit Scoyt, Pagwam und Ruskin, als Complain auf der Szene erschien. Von einem ganz neuen Selbstvertrauen erfüllt, platzte er ohne anzuklopfen in das Zimmer, in dem die anderen berieten.

»Ich habe zwei wichtige Neuigkeiten für Sie«, sagte er zu Scoyt, den er als den natürlichen Führer der Gruppe ansah. »Erstens habe ich herausgefunden, daß die Riesen und die Außenseiter außer den Falltüren noch über einen anderen bequemen Fluchtweg verfügen.«

Er sprang auf den Tisch und demonstrierte ihnen, wie man das Gitter herausnehmen konnte. Dann stieg er wortlos wieder herunter und weidete sich an ihren verblüfften Mienen. Plötzlich wurde ihm klar, was ihn an Fermours Flucht so irritiert hatte, und damit paßte ein weiteres Mosaiksteinchen des Puzzels.

»Irgendwo auf diesem Schiff haben sich die Riesen ein Hauptquartier eingerichtet«, begann er. »Mich haben sie auch dorthin geschleppt. Es muß sich in einem Abschnitt des Decks befinden, der vom restlichen Schiff mehr oder weniger abgeschnitten ist. Nach einem solchen Ort müssen wir suchen.«

»Das wissen wir auch«, entgegnete Gregg ungeduldig. »Das Problem ist nur, daß es auf dem Schiff vermutlich unzählige solcher Plätze gibt. Hinter jeder von diesen Luken könnte sich eine ganze Armee verbergen.«

»Ich weiß von einem solchen Ort ganz in der Nähe: *Über Fermours Zelle,* auf Deck 21!«

»Was bringt Sie auf diesen Gedanken, Complain?« fragte Scoyt ungläubig.

»Logische Schlußfolgerungen. Die Riesen haben sich gewaltige Mühen gegeben, um uns von den Gängen zu locken, während sie Fermour durch eine der Falltüren in Sicherheit brachten. Aber es wäre doch viel problemloser für sie gewesen, ihn einfach durch das Gitter in seiner Zellendecke herauszuholen. Daß sie es nicht taten, beweist, daß der dahinterliegende Raum aus irgendeinem Grund blockiert und unzugänglich ist. Ich finde, den sollten wir uns einmal näher ansehen.«

»Das klingt einleuchtend«, meinte Ratsherr Ruskin.

»Falls Sie recht haben, Complain – wie kommen wir durch das Gitter, wenn es blockiert ist?«

»So!« Complain zielte mit seinem Hitzestrahler auf die nächstgelegene Wand, die sogleich zu schmelzen begann. Nachdem er ein Loch in das Metall gebrannt hatte, drehte er sich um und blickte die anderen herausfordernd an.

»Hergott noch mal!« krächzte Gregg. »Ist das nicht das Ding, das ich dir geschenkt habe?«

»Ja. Und so wird es eigentlich verwendet. Es ist gar keine Waffe, sondern ein Flammenwerfer.«

Scoyt erhob sich. »Laßt und auf Deck 21 gehen. Pagwam, Sie sorgen dafür, daß die Falltüren weiterhin so schnell wie möglich geöffnet werden. Complain, das haben Sie gut gemacht. Wir wollen Ihr kleines Spielzeug gleich einmal ausprobieren.« Dankbar drückte er Complains Arm, während sie gemeinsam den Raum verließen. Auf dem Weg nach unten sagte er plötzlich: »Mit dieser Waffe können wir das ganze verdammte Schiff auseinandernehmen« – eine Bemerkung, deren Bedeutung Complain erst später aufgehen sollte.

Im dem Bereich von Deck 21, wo Fermours Zelle lag, herrschte ein Choas. Sämtliche Falltüren waren geöffnet worden, und die Klappen lagen in unordentlichen Haufen herum. Die wenigen Leute, die hier lebten, waren dabei, ihre Wohnungen zu evakuieren, bevor es noch mehr Ärger gab; sie standen im Weg und rannten ständig in die Posten, die an den Öffnungen Wache hielten. Scoyt schob sich mühsam durch das Gedränge.

Als sie Fermours Zelle aufstießen, spürte Complain eine Hand auf seiner Schulter. Er drehte sich um. Es war Vyann, die ihn frisch und strahlend anlächelte.

»Ich dachte, du schläfst!« rief er entzückt.

»Ich hörte, daß große Dinge bevorstehen. Da mußte ich einfach kommen, um aufzupassen, daß du nicht in Schwierigkeiten gerätst.«

Liebevoll drückte er ihre Hand. »In die bin ich schon hineingeraten, während die schliefst – und auch wieder heraus«, sagte er heiter.

Gregg stand bereits auf einem Stuhl und spähte durch den Rost. Er verkündete: »Roy hat recht. Der Schaft ist durch irgend etwas versperrt. Ich kann zusammengedrücktes Metall erkennen. Reicht mir mal den Hitzestrahler.«

»Paß auf, daß du nicht in einen Metallregen kommst«, warnte ihn Complain.

Gregg nickte nur und zielte mit der Waffe durch das Gitter. Es glühte rot auf, verformte sich, und gleich darauf begann flüssiges Metall herabzutropfen. Der kleine Raum war von beißendem Rauch und dem Zischen des Schneidbrenners erfüllt. Plötzlich vernahmen sie eine Explosion, die Lichter flackerten kurz auf und gingen dann ganz aus.

»Das sollte genügen«, sagte Gregg mit Genugtuung und stieg vom Stuhl. Seine Bartspitzen zuckten vor Erregung.

Ratsherr Ruskin blickte sich in der verwüsteten Zelle um und äußerte dann kläglich: »Ich bin immer noch der Meinung, daß wir erst den Rat einberufen sollten, bevor Sie etwas so Drastisches unternehmen, Master Scoyt!«

»Jahrelang haben wir nur beraten«, fertigte ihn Scoyt kurz ab, »jetzt wird gehandelt.« Er brüllte ein paar Kommandos in den Gang, und im Nu stand ein Dutzend Männer mit einer Leiter parat.

Complain holte einen Eimer Wasser und goß ihn über das erhitzte Metall. Eine gewaltige Wolke aus Wasserdampf zischte auf; ungeduldig legte Scoyt die Leiter an und kletterte mit gezücktem Betäuber nach oben. Die anderen folgten ihm, und bald stand die ganze Schar in dem kleinen Raum über der Zelle.

Es war so heiß darin, daß man kaum atmen konnte. Das Licht ihrer Taschenlampen enthüllte ihnen, wieso der Zugang zum Entlüftungsgitter versperrt gewesen war: Eine längst vergangene Explosion hatte den Raum total zerstört. Die metallenen Wände waren zerfetzt und verbogen, der Boden mit Glassplittern und Trümmern aller Art übersät, die Wände wiesen Einschüsse wie von Schrapnellkugeln auf. Doch von einem Riesen keine Spur.

»Mir nach!« befahl Scoyt und stampfte durch den knöcheltiefen Schutt auf eine Tür zu. Sie war durch die Gewalt der Explosion so fest in den Rahmen gepreßt worden, daß sie herausgeschweißt werden mußte. Auf der anderen Seite gähnte eine bedrohliche Finsternis. Es war so still, daß die Männer das Blut in ihren Ohren hörten.

»Kein Anzeichen von Leben ...«, bemerkte Scoyt. Seine Stimme klang leicht beunruhigt.

Der Seitengang, in dem sie sich befanden, war vollständig vom Rest des Schiffs abgeschnitten; sie fühlten sich wie begraben. Ihre Lampen warfen unruhig zuckende Schatten. Die Luft glühte vor Hitze.

An einem Ende war der kurze Korridor von einer schweren Doppeltür versperrt, die in großen roten Lettern eine Inschrift trug:

NUR FÜR DIENSTPERSONAL
FRACHTDECK – LUFTSCHLEUSE
Vorsicht! Gefahr!

Auf der Tür befand sich ein großes Rad, neben dem folgende Warnung stand: NICHT ÖFFNEN BEVOR DAS SIGNAL ERTÖNT. Verwundert starrten sie darauf.

»Wollt ihr jetzt etwa warten – bis ein Signal gegeben wird?« fuhr Hawl sie an. »Los, Kapitän, schmelzen Sie die Tür ein!«

»Einen Augenblick!« sagte Scoyt. »Wir müssen vorsichtig sein. Wir kennen zwar Magnetschlösser und achteckige Ringe, aber wir wissen nicht, was eine Luftschleuse ist.«

»Ist doch egal«, erwiderte Hawl und wackelte mit seinem grotesken Kopf. »Das verdammte Schiff gehört uns, Kapitän. Machen wir's uns gemütlich darauf!«

Gregg betätigte den Hitzestrahler. Das Metall nahm eine dunkelrote Färbung an, schmolz jedoch nicht. Auch die stärksten Flüche halfen nicht, und schließlich setzte Gregg den Strahler verblüfft wieder ab.

»Scheint ein besonderes Metall zu sein.«

Auf einmal trat einer von Scoyts Männern vor und begann an dem Rad zu drehen; die schwere Tür glitt mühelos auf. Die allgemeine Anspannung ließ merklich nach. Ein scharfes Lachen ertönte, und Gregg wirkte leicht verlegen. Die Frachtschleuse lag offen vor ihnen.

Doch statt hineinzugehen, standen die Männer wie angewurzelt da, vom strahlenden Licht geblendet, das in die kleine Kammer fiel. Die Luftschleuse besaß nämlich eine Vorrichtung, die keiner von ihnen je zuvor gesehen hatte: ein Fenster – ein Fenster, das auf den Weltraum hinausging.

Diesmal war es nicht nur ein winziger Streifen des Kosmos, wie Vyann und Complain ihn im Kontrollraum erblickt hatten, sondern ein stattlicher viereckiger Ausschnitt. Ihre vorherige Erfahrung hatte die beiden ein wenig auf diesen unerhörten Glanz und diese Herrlichkeit vorbereitet, und so betraten sie denn auch als erste den mit einer dicken Staubschicht bedeckten Boden der Luftschleuse, während die anderen wie in Trance reglos verharrten.

Jenseits des Fensters, von glitzernden Sternen wunderbar übersät wie das juwelengeschmückte Gewand eines Kaisers, lagen die unendlichen Weiten des Raums. Dieser Anblick überstieg ihr Verständnis. Am unbegreiflichsten war für sie der Widerspruch, daß es eine Fläche gleichzeitig mit unzähligen Lichtflecken war, die in allen Farben schillerten, und dennoch den Eindruck tiefster Schwärze erweckte.

Niemand sagte ein Wort, alle waren wie betäubt.

Obwohl die Majestät des Weltraums schon gereicht hätte, um sie zu Tränen zu rühren, nahm sie ein anderer Anblick vollends gefangen: Mitten im All schwamm der anmutig geschwungene Halbmond eines Planeten, leuchtend blau wie das Auge eines jungen Kätzchens und nicht größer als eine Sichel. In der Mitte ging das Blau in ein blendend helles Weiß über, als werde hier eine neue Sonne geboren. Und tatsächlich kam die Sonne langsam hinter dem Planeten hervor und überstrahlte alles mit ihrer Pracht.

Noch immer schwiegen sie. Die Sichel wanderte weiter und gab schließlich das volle Rund der Sonne frei. Von

Licht überflutet standen sie da, geblendet, stumm, überwältigt von dem Wunder.

Vyann fand als erste die Sprache wieder. »O Roy, Liebster«, flüsterte sie. »Wir sind also trotz allem irgendwo angekommen! Es gibt noch Hoffnung für uns.«

Complain wandte sich zu ihr um, doch er brachte kein Wort heraus. Seine Kehle war wie zugeschnürt, denn plötzlich wußte er, wonach er sein ganzes Leben gesucht hatte.

Es war gar nichts besonders Großartiges, eigentlich sogar etwas ganz Unbedeutendes: Es war war der Anblick von Lauras Gesicht – im Licht der Sonne.

3

Nach kurzer Zeit hatte sich die sensationelle Neuigkeit in ganz Voruns verbreitet. Alle, ob Mann, Frau oder Kind, kannten nur noch dieses eine Gesprächsthema – das heißt: alle bis auf Master Scoyt. Für ihn war der Vorfall von untergeordneter Bedeutung, ja, er erschien ihm fast hinderlich bei der vordringlichen Aufgabe, Riesen und Außenseiter zu jagen. Bisher waren noch keine Riesen entdeckt worden, aber Master Scoyt hatte einen neuen Plan entwickelt und ging nun unverzüglich daran, diesen in die Tat umzusetzen.

Der Plan war denkbar einfach; daß seine Durchführung schwerste Schäden für das ganze Schiff mit sich bringen würde, störte Scoyt nicht im mindesten: er erteilte den Befehl, Deck 25 vollständig zu zerstören.

Deck 25 grenzte direkt an das Gebiet von Voruns. Riß man es ab, so entstand ein perfektes Niemandsland, eine Zone, die keiner ungesehen durchqueren konnte. Solch ein gigantischer, gut bewachter Graben würden den Riesen jede Fluchtmöglichkeit nehmen, und Scoyt könnte sie endlich in den Inspektionstunneln, in denen sie sich verborgen hielten, aufstöbern.

Die Abbrucharbeiten begannen auf der Stelle. Freiwillige

umdrängten Scoyt, bereit, jede Aufgabe zu übernehmen. Lange Menschenketten hatten sich gebildet, die in fieberhafter Eile weiterreichten, was sich an beweglichen Gegenständen auf dem todgeweihten Deck fand. An der Spitze dieser Ketten rodeten schweißüberströmte Soldaten den Ponik-Dschungel, gefolgt von einem Trupp, der die entwurzelten Pflanzen verbrannte.

Sobald ein Raum leer war, kam Master Scoyt und brachte mit seinem Hitzestrahler die Wände zum Einsturz; die Trümmer wurden sofort nach Erkalten abtransportiert. Der Hitzestrahler vermochte zwar nicht, die schweren Zwischendecksböden zu zerstören, deren Metall offensichtlich aus einer besonders widerstandsfähigen Legierung bestand, doch alles übrige schmolz in seiner Glut.

Gleich zu Beginn der Arbeiten wurde in einem Raum, auf dem »Wäscherei« stand, ein Schlupfwinkel der Ratten entdeckt. Der Bau war in einem großen Kessel verborgen gewesen und bestand aus einem labyrinthartigen Gewirr von Gängen und Nestern, in denen die Studierstuben und Kindergärten, Waffenkammern und Schlachthäuser der Ratten untergebracht waren. In winzigen Käfigen wurden elende Kreaturen gefangengehalten, halb verhungerte Kaninchen, Hamster und Mäuse, sogar ein Vogel war dabei; aufgestörte Mottenschwärme flatterten aus den Ecken und Winkeln der verschachtelten Anlage. Scoyt richtete seinen Hitzestrahler auf die Miniaturstadt, worauf die Nager in hellen Scharen hervorströmten und zum Angriff übergingen.

Scoyt rettete sich mit dem Strahler, doch zwei seiner Leute lagen mit durchgebissenen Kehlen am Boden, bevor Verstärkung eintraf und die kleinen Bestien vernichtet werden konnten.

Unterdessen waren sämtliche Luken auf den Gängen von Deck 24 bis 13 geöffnet worden. Bei jeder Luke stand ein Wachtposten.

»Das Schiff wird bald unbewohnbar sein«, protestierte Ratsherr Tregonnin. »Das ist Zerstörung um der Zerstörung willen.«

Er hatte den Vorsitz bei einer Versammlung, zu der die

Ratsherren Billyoe, Dupont, Ruskin, Pagwam und hohe Offiziere der Überlebensgesellschaft, Gregg und Hawl sowie Complain und Vyann gerufen worden waren. Auch Marapper hatte sich irgendwie eingeschmuggelt, nur Scoyt und Zac Deight fehlten.

Scoyt hatte ausrichten lassen, er sei im Moment »zu beschäftigt«, und Zac Deight war von Marapper, der ihn holen sollte, nicht in seinem Zimmer angetroffen worden – dies behauptete der Priester jedenfalls vor der Versammlung. Complain und Vyann hatten daraufhin überraschte Blicke ausgetauscht, jedoch nichts gesagt. Es wäre befreiend gewesen, mit der Nachricht herauszuplatzen, daß Deigth ein Verräter war – doch woher sollten sie wissen, ob sich nicht noch andere Verräter unter den Anwesenden befanden, die auf diese Weise gewarnt würden?

»Das Schiff muß auseinandergenommen werden, bevor die Riesen uns auseinandernehmen«, rief Hawl. »Darüber gibt es kein Wort zu verlieren.«

»Falsch!« protestierte Ratsherr Dupont. »Wird das Schiff zerstört, so müssen wir alle sterben.«

»Dann wären wir wenigstens auch die Ratten los«, entgegnete Hawl mit meckerndem Lachen.

Von Anfang an gab es Hakeleien zwischen Gregg und ihm auf der einen und den Rataherren auf der anderen Seite. Beide Parteien mochten sich nicht sonderlich. Das war noch ein weiterer Grund, warum die Beratungen nicht so recht in Schwung kamen: man konnte sich nicht einig werden, ob vorrangig über die Entdeckung des Planeten oder über Scoyts zerstörerische Maßnahmen debattiert werden sollte.

Tregonnin versuchte zu vermitteln. »Scoyts Vorgehen kann letzten Endes zum Erfolg beitragen. Um gänzlich erfolgreich zu sein, müssen wir der Riesen aber nicht nur habhaft werden, sondern auch von ihnen in Erfahrung bringen, wie wir mit unserem Schiff auf diesem Planeten landen können.«

Von allen Seiten ertönte zustimmendes Gemurmel.

»Auch ich bin überzeugt davon, daß die Riesen über dieses Wissen verfügen«, schloß sich Billyoe an, »denn sie sind schließlich die Erbauer des Schiffs.«

»Na gut, dann machen wir uns auf den Weg und unterstützen Scoyt«, sagte Gregg sich erhebend.

»Eins möchte ich noch bemerken«, meldete sich Tregonnin wieder zu Wort. »Bisher wurde nur nach Gesichtspunkten der Zweckmäßigkeit argumentiert, doch gibt es, glaube ich, durchaus auch eine moralische Rechtfertigung für unser Vorgehen. Das Schiff ist ein heiliges Objekt; wir dürfen es nur zerstören, wenn die lange Reise zu Ende ist. Gerade diese Bedingung scheint sich aber erfüllt zu haben. Ich bin zuversichtlich, daß es sich bei dem Planeten, den einige von euch erblickt haben, um die Erde handelt.«

Sein pietätvoller Ton brachte ihm Spott von seiten Greggs und einiger Männer der Überlebensgesellschaft, Applaus und Zustimmung von den anderen ein. Marapper rief sogar begeistert, an Tregonnin sei ein Priester verlorengegangen.

Complains Stimme übertönte den Lärm. »Dieser Planet ist nicht die Erde! Es tut mir leid, aber ich habe sichere Beweise dafür. Dieses Schiff sollte die Erde nach sieben Generationen erreichen, wir sind jedoch bereits die dreiundzwanzigste!«

Ein allgemeiner Aufruhr erhob sich, der Raum hallte wider von Fragen und zornigen Ausrufen.

Complain hatte beschlossen, daß sämtliche Anwesenden über die Situation unterrichtet werden sollten; sie mußten alles erfahren – über den zerstörten Kontrollraum, Kapitän Gregory Complains Tagebuch und Zac Deights Verrat. Diese Informationen waren zu gewichtig, als das er sie noch länger für sich behalten durfte. Doch bevor er ein Wort äußern konnte, flog die Tür auf, und zwei schreckensbleiche Wächter erschienen auf der Schwelle.

»Die Riesen greifen an!«

Stinkende Rauchschwaden, die den Leuten Tränen in die Augen trieben, krochen über die Decks von Voruns. Irgend jemand hatte den riesigen Berg von Gerümpel, der durch den Abbruch von Deck 25 entstanden war, in Brand gesetzt. Doch niemand kümmerte sich darum, als hätten sich auf einmal alle in Pyromanen verwandelt. Die Brandbekämpfung an Bord war normalerweise so einfach wie effektiv: Die Türen des Raums, in dem ein Feuer entstanden war, schlossen sich automatisch, während gleichzeitig die Luft abgesaugt wurde. Doch diesmal hatten die Sicherheitsvorrichtungen versagt, und zudem war auch in den Korridoren Feuer ausgebrochen.

In Rauchwolken gehüllt arbeiteten Scoyt und seine Männer unverdrossen weiter. Einem unvoreingenommenen Beobachter wäre sofort aufgefallen, daß dem Tun dieser Männer etwas Besessenes anhaftete; ihr lebenslanger Haß gegen das Schiff, in dem sie gefangen saßen, hatte endlich einen Ausweg gefunden.

Die Riesen schlugen völlig überraschend zu.

Scoyt hatte gerade die Wand eines kleinen Waschraums mit seinem Hitzestrahler bearbeitet und sich zu einer kurzen Atempause hingesetzt, während seine Helfer damit beschäftigt waren, den Schutt wegzuräumen. Als der Rost an der Decke über ihnen entfernt wurde, gab ein Riese einen Schuß auf ihn ab.

Das Gasgeschoß traf ihn mitten ins Gesicht, und er brach lautlos zusammen.

Eine Strickleiter fiel herab, und einer der Riesen kletterte nach unten, wo er dem leblosen Scoyt den Hitzestrahler abnahm. In diesem Moment stürzte ein halbverkohlter Wandrest zusammen und begrub den Eindringling unter sich. Erst jetzt wurden Scoyts Mitarbeiter auf den Überfall aufmerksam, doch schon waren drei weitere Riesen die Leiter hinuntergeeilt und hatten das Feuer auf sie eröffnet. Dann nahmen sie den Hitzestrahler an sich und versuchten, sich mit ihrem verletzten Gefährten wieder in die Sicherheit des Belüftungsschachts zu flüchten.

Trotz des Qualms war der Angriff der Riesen noch von einigen anderen bemerkt worden. Ein Mann namens Black, einer von Greggs besten Jägern, eilte hinzu und erwischte den letzten Riesen gerade noch, bevor dieser durch die Öffnung in der Decke verschwinden konnte. Mit einem Messer im Rücken schlug er krachend auf dem Boden auf, und der Hitzestrahler entfiel seiner Hand. Black zog sein Messer heraus und jagte dann, lauthals nach Verstärkung rufend, seinerseits die Leiter hoch. Auch er erhielt eine volle Gasladung ins Gesicht, die ihn außer Gefecht setzte. Aber anderen gelang es, in den Luftschacht einzudringen, wo sie die Verfolgung der Riesen aufnahmen.

Die Riesen wurden auf dem Rückzug durch ihren schwerverletzten Kameraden behindert. Sie krochen so schnell wie möglich durch den Luftschacht zum Inspektionstunnel zurück, wo mittlerweile auch für sie Verstärkung eingetroffen war. Doch die Vorunsleute waren ihnen dicht auf den Fersen. Immer mehr von ihnen drangen in das Tunnelsystem ein und verschanzten sich hinter Röhren und Stützpfeilern.

In den engen Schächten dieser finsteren, vom Schein der Taschenlampe durchzuckten Unterwelt, die sich in endlosen Windungen durch die Zwischendecks des Schiffs schlängelte, entbrannte nun ein erbarmungsloser Kampf, obwohl sich Freund und Feind kaum voneinander unterscheiden ließen.

Bei diesem Stand der Dinge erschien Gregg auf dem Plan. Er riß sofort die Führung an sich, wogegen, da Scoyt immer noch bewußtlos war, niemand Einspruch erhob.

»Ich brauche den Hitzestrahler!« brüllte er. »Jeder verfügbare Mann folgt mir nach Deck 20! Wir dringen dort durch die Luken und fallen den Riesen in den Rücken.«

Der Plan war gut ersonnen. Der einzige Haken bei der Sache war, daß sich die Inspektionstunnel nicht nur rund um die Decks sondern auch der Länge nach durch das Schiff zogen. Das erklärte, wieso die Riesen trotz Öffnung und Bewachung sämtlicher Falltüren nach wie vor ungesehen von Deck zu Deck gelangten. Das Schiff war komplizierter angelegt, als Gregg es sich vorgestellt hatte. So kam es, daß die Vorunsleute zwar mordlustig in die Inspektionstunnel strömten, aber doch nicht auf den Gegner trafen.

Gregg folgte dem ersten Impuls, den sein ungebärdiges Naturell ihm eingab. Er feuerte mit dem Strahler auf jeden Gegenstand, hinter dem Riesen verborgen sein konnten.

Nie zuvor waren die Schiffsbewohner in das unterirdische Tunnelsystem eingedrungen, und es hatte auch noch niemals jemand inmitten all der empfindlichen Röhren, Kabel und Leitungen wie wild mit einem Hitzestrahler um sich geschossen.

Nach dreiminütigem Dauerfeuer hatte Gregg einen Abflußkanal und eine Hauptwasserleitung demoliert. Ein dicker Wasserstrahl schoß hervor, knickte einen Mann wie ein Streichholz um und überschwemmte den Boden des Tunnels.

»Stell das Ding ab, du verdammter Idiot!« brüllte ein Vorunsmann, der die Gefahr erkannte.

Als Antwort feuerte Gregg auf ihn.

Danach traf er ein Starkstromkabel. Elektroleitungen schnellten wie Kobras über die Schienen, auf denen die Inspektionwägelchen rollten; zwei Männer waren auf der Stelle tot.

Als nächstes brach das Schwerefeld zusammen. Die Illusion, sich plötzlich im freien Fall zu befinden, löste eine Panik unter den Leuten aus. Besonders schlimm war es in den verstopften und überschwemmten Inspektionstunnels. Selbst Gregg, für den die Schwerelosigkeit nichts Neues war, wurde von der allgemeinen Hysterie angesteckt und ließ seine Waffe fallen. Der Hitzestrahler taumelte durch die Luft, drehte sich langsam um sich selbst und versengte Greggs Brust. Dieser brüllte vor Schmerz auf und stieß das feuerspeiende Gerät versehentlich noch weiter von sich …

Während in den Tunnels die Hölle los war, standen Gregg und Vyann am Bett von Master Scoyt, der soeben auf einer Tragbahre in sein Zimmer gebracht wurde. Complain, der die Wirkung des Gases am eigenen Leib erfahren hatte, empfand Mitleid mit dem bewußtlosen Scoyt.

Im Zimmer roch es schwach nach Gas, aber Complain nahm noch einen anderen Geruch wahr. Unwillkürlich blickte er nach oben. Feine Rauchwölkchen kräuselten sich zwischen den Stäben des Entlüftungsrostes.

»Das kommt von dem Feuer, das diese Idioten zwei Decks weiter gelegt haben!« rief er Vyann zu. »Das Ventilationssystem verbreitet den Rauch im ganzen Schiff. Der Brand muß unbedingt gelöscht werden!«

»Wenn wir nur die Zwischendecktüren schließen könnten ... Sollten wir Roger nicht besser woandershin schaffen?«

Während sie sprach, stöhnte Scoyt vor Schmerzen laut auf. Sie rieben ihm Gesicht und Arme mit kaltem Wasser ab und bemerkten darüber nicht die lauten Rufe draußen im Korridor. Überhaupt war in letzter Zeit so viel geschrien und gebrüllt worden, daß sich niemand mehr darüber wunderte. Plötzlich wurde die Tür aufgerissen, und Ratsherr Tregonnin platzte herein.

»Meuterei!« schrie er. »Meuterei! Ich hatte es befürchtet! O Himmel, was soll nur aus uns werden? Ich war von Anfang an dagegen, diese Todesstraßenbande bei uns aufzunehmen. Was ist mit Scoyt los? Er ist der einzige, der uns jetzt noch helfen kann – ich bin kein Mann der Tat.«

Der kleine Gelehrte tanzte förmlich vor Aufregung. Complain musterte ihn kalt. »Was ist passiert?« fragte der den Ratsherrn.

Als Tregonnin den verächtlichen Blick von Complain auf sich ruhen fühlte, riß er sich sichtlich zusammen. »Das Schiff wird demontiert«, antwortete er etwas ruhiger. »Dieser verrückte Hawl, der Mann mit dem kleinen Kopf – er hat jetzt den Hitzestrahler. Ihr Bruder ist verletzt. Nun schlagen die Männer seiner Bande – und viele der unseren sind auch dabei – buchstäblich alles kurz und klein. Ich befahl ihnen, aufzuhören und mir den Strahler auszuhändigen, doch sie lachten mich nur aus.«

»Scoyt werden sie gehorchen«, sagte Complain grimmig. Er rüttelte den reglos Daliegenden an der Schulter.

»Ich kann mir nicht helfen, Roy, aber ich habe das Gefühl, daß wir auf eine schreckliche Katastrophe zutreiben.«

Complain nahm die tiefe Besorgnis in Vyanns Zügen wahr. Er strich ihr begütigend übers Haar, dann sagte er zu Tregonnin: »Ratsherr, kümmern Sie sich um Scoyt. Er wird bald wieder zu sich kommen und Ihnen bei der Lösung

Ihrer Probleme helfen. Wir sind so schnell wie möglich zurück.«

Er drängte die überraschte Vyann aus dem Zimmer. Ein dünnes Wasserrinnsal lief über den Korridor und tropfte in eine der Luken.

»Was hast du vor?« fragte sie.

»Wir zerstören das gesamte Schiff, nur um die Riesen aufzustöbern. Dabei gibt es einen viel einfacheren Weg, um an sie heranzukommen. Ich bin ein Narr, daß mir das nicht eher eingefallen ist. Erinnerst du dich an das Gerät, das Zac Deight benutzte, um mit den Riesen zu sprechen?«

»Aber Marapper sagte doch, Zac Deight sei nicht mehr in seinem Zimmer.«

»Vielleicht können wir selber herausfinden, wie der Apparat funktioniert. Hier sind wir im Moment jedenfalls überflüssig. Komm!«

Als sie vor dem Zimmer des Ratsherrn angekommen waren, knipste Complain seine Taschenlampe an, dann stieß er mit einem Ruck die Tür auf.

Zac Deight war da, er saß auf einem Metallstuhl. Vor ihm, ebenfalls auf einem Stuhl, hockte der fette Priester und hielt einen Betäuber in der Hand.

»Platz, Kinder!« rief er den Eintretenden fröhlich zu. »Nur hereinspaziert, Roy. Entzückt, Sie zu sehen, gnädiges Fräulein.«

4

»Marapper, Sie alter Schurke, was, zum Teufel, treiben Sie hier?« fragte Complain verwundert.

Marapper überhörte geflissentlich die respektlose Anrede, die sich Complain in den alten Zeiten niemals herausgenommen hätte, und gab ihm mit gewohnter Bereitwilligkeit Auskunft. Er sei hier, um die letzten Geheimnisse des Schiffs aus Zac Deight herauszuquetschen; die Befragung habe allerdings noch kaum begonnen, denn es sei ihm eben erst gelungen, den Ratsherrn aus seiner Bewußtlosigkeit aufzuwecken.

»Aber vor dem Rat haben Sie doch behauptet, er sei nicht hier«, sagte Vyann.

»Ich wollte mich ein wenig allein mit Deight befassen, bevor er als Außenseiter in Stücke gerissen wird.«

»Wie lange wissen Sie schon, daß er ein Außenseiter ist?« forschte Complain mißtrauisch.

»Seit ich sein Zimmer betrat und ihn bewußtlos am Boden fand – mit einem achteckigen Ring am Finger«, erwiderte Marapper selbstgefällig. »Eines habe ich bisher mit Hilfe eines Messers, das ich ihm ein wenig unter die Fingernägel schieben mußte, herausgefunden: die Riesen und Außenseiter kommen von dem Planeten, den wir gesehen haben. Sie können jedoch nur auf ihn zurück, wenn sie von einem Schiff abgeholt werden. Unser Schiff kann nicht dort landen.«

»Natürlich nicht, der Kontrollraum ist ja zerstört«, sagte Vyann. »Priester, Sie verschwenden Ihre Zeit. Außerdem kann ich nicht zulassen, daß Sie einen Ratsherrn foltern, den ich seit meiner Kindheit kenne.«

»Vergiß nicht, er wollte uns umbringen«, erinnerte sie Complain. Sie antwortete nicht, trotzte jedoch seinem Blick, denn als Frau wußte sie, daß ihr Argument seinen Vernunftgründen überlegen war.

»Ich mußte versuchen, euch beide zu beseitigen, es gab keine andere Wahl«, ließ sich Zac Deight mit belegter Stimme vernehmen. »Wenn ihr mich vor diesem Monster rettet, will ich alles für euch tun, was in meinen Kräften steht.«

Nur wenige Situationen sind unerquicklicher, als in einen Streit zwischen einem Priester und einer jungen Frau hineingezogen zu werden. Complain fühlte sich entsprechend unbehaglich. Eigentlich hätte er gar nichts dagegen einzuwenden gehabt, daß Marapper dem Ratsherrn, wenn nötig mit Gewalt, einige wichtige Informationen entlockte. Aber da Vyann dabei war, ging es nun einmal nicht. Also fing er an, sich mit Marapper herumzuzanken, als sie von einem seltsamen Geräusch unterbrochen wurden, das um so beunruhigender wirkte, als man es nicht genau identifizieren konnte. Plötzlich war es genau über ihnen.

Ratten! Hunderte von rosa Füßchen trappelten über den Rost des Entlüftungsschachts hinweg, aus dem feiner Staub auf sie niederrieselte.

»Ähnliches ereignet sich jetzt vermutlich auf dem ganzen Schiff«, sagte Complain ernst zu Zac Deight, nachdem die Horde vorbeigestürmt war. »Das Feuer treibt die Ratten aus ihren Löchern. Scoyt und seine Leute werden nicht eher ruhen, bis sie euer geheimes Versteck gefunden haben, auch wenn sie dazu das ganze Schiff zerstören müssen und uns alle ins Verderben reißen. Wenn Sie wissen, was gut für Sie ist, Deight, gehen Sie jetzt an diesen Apparat und sagen Curtis, daß er mit erhobenen Händen herauskommen soll.«

»Das tut er nie, auch wenn ich es ihm befehle.«

»Lassen Sie das meine Sorge sein. Wo ist dieser ›Kleine Hund‹? Etwa unten auf dem Planeten?«

Zac Deight nickte müde. Seine feinen Hände zitterten, und er räusperte sich nervös – ein Zeichen der Anspannung, unter der er stand.

»Erheben Sie sich endlich und befehlen Sie Curtis, er soll vom ›Kleinen Hund‹ ein Schiff zu uns heraufschicken lassen.« Complain richtete seinen Betäuber auf Deight.

»Moment mal! Deight ist *mein* Gefangener!« meldete sich Marapper gereizt und trat mit erhobener Waffe auf Complain zu. Dieser schlug ihm den Betäuber aus der Hand.

»Zwei feindliche Parteien sind genug, Priester. Verhalten Sie sich ruhig oder gehen Sie hinaus. Was ist nun, Deight, haben Sie sich entschieden?«

Zac Deight erhob sich langsam. Er wirkte noch immer unentschlossen.

»Wenn ich es nur wüßte. Sie können meine Lage nicht begreifen, Complain. Sie scheinen mir ein vernünftiger Mann zu sein, und ich würde Ihnen gerne helfen, aber ...«

»Ich bin nicht vernünftig!« brüllte Complain! Alles andere als das! Los, alter Fuchs, Bewegung! Holen Sie ein Schiff herauf.«

»Inspektor Vyann«, sagte Deight zögernd, »können Sie nicht ...«

»Ja, Roy, bitte ...« Ein Flehen lag in Vyanns Stimme.

»Nein!« donnerte Complain. Zum Teufel, jeder schien hier seinen eigenen Willen durchsetzen zu wollen, selbst die Frauen. »Diesen Leuten haben wir unser ganzes Elend zu verdanken. Nun sollen sie uns auch heraushelfen.«

Wütend zerrte er den Schrank von der Wand weg. In der Nische dahinter stand schweigend und neutral das Telefon, um jede Botschaft, die man ihm anvertraute, weiterzugeben.

»Diesmal ist mein Betäuber auf ›tödlich‹ gestellt, Deight«, sagte Complain grimmig. »Ich zähle bis drei. Eins ... zwei ...«

Tränen rannen über Zac Deights Wangen, als er zum Hörer griff.

»Gebt mir Curtis, bitte«, sagte er, nachdem sich am anderen Ende eine Stimme gemeldet hatte. Ein Schauer der Erregung durchlief Complain, als ihm bewußt wurde, daß dieser Apparat nun mit dem geheimen Machtzentrum im Schiff verbunden war.

Als Curtis sich meldete, konnten alle vier seine Stimme klar und deutlich vernehmen. Sie wirkte gehetzt und hysterisch; er sprach so schnell, daß man nichts mehr von der langsamen Sprechweise der Riesen merkte. Bevor der alte Ratsherr etwas sagen konnte, sprudelte er schon los:

»Deight? Wir sitzen in der Falle, und das haben wir Ihnen zu verdanken. Ich habe ja immer gesagt, daß Sie zu alt sind für Ihren Job. Diese verdammten Wirrköpfe laufen mit dem Schweißbrenner Amok. Ich dachte, *Sie* hätten den? Ein paar von den Jungs versuchten, ihn zurückzuholen, doch das ging schief. Ganz in der Nähe sind Brände ausgebrochen ... Deight, Sie werden sich für all das verantworten müssen!«

Während dieser hastig hervorgestoßenen Anschuldigungen hatte Deight etwas von seiner alten Haltung zurückgewonnen. Der Telefonhörer in seiner Hand zitterte nicht mehr.

»Curtis!« Der Befehlston in seiner Stimme unterbrach

den Redefluß des anderen. »Reißen Sie sich zusammen! Es ist jetzt nicht der rechte Augenblick, sich Vorwürfe zu machen, es geht um Wichtigeres. Nehmen Sie Kontakt mit dem ›Kleinen Hund‹ auf und verlangen Sie ...«

»Mit dem ›Kleinen Hund‹?« echote Curtis. Seine Stimme schnappte beinahe über. »Ich bekomme keine Verbindung mehr, begreifen Sie doch! Irgend so ein verrückter, hirnloser Affe hat mit dem Schweißbrenner das Stromkabel auf der mittleren Ebene von Deck 20 zertrennt. Hier sieht es aus, als ob eine Granate eingeschlagen hätte. Vier von unseren Leuten haben einen schweren elektrischen Schlag bekommen, Licht- und Funkverbindung zur Erde sind ausgefallen. Wir sitzen in der Klemme ... und wir kommen hier nicht mehr lebendig raus ...«

Zac Deight stöhnte auf. »Es ist aus«, sagte er mit matter Gebärde zu Complain. »Sie haben es selbst gehört.«

Complain drückte ihm seinen Betäuber zwischen die Rippen. »Ruhig«, zischte er, »Curtis ist noch nicht fertig.«

»Deight? Sind Sie noch da?« quäkte die Stimme aus dem Apparat.

»Ich bin noch da«, sagte Deight müde.

»Dann antworten Sie doch! Oder glauben Sie, ich spreche zu meinem Vergnügen? Es gibt noch eine Chance für uns: In der Luftschleuse des Mannschaftseingangs befindet sich ein Notfunkgerät. Hören Sie mich? Wir können hier nicht raus, wir sitzen wie die Ölsardinen in der Dose. *Sie* sind draußen, Deight. Schlagen Sie sich zu dem Gerät durch und setzen Sie einen Notruf zum ›Kleinen Hund‹ ab. Schaffen Sie das?«

»Ich kann es versuchen.«

»Sie müssen sogar, es ist unsere einzige Chance. Und, Deight ...«

»Ja?«

»Sagen Sie ihnen, um Gottes willen, sie sollen sich beeilen ... und gut bewaffnen.«

»Geht in Ordnung.«

»Am besten nehmen Sie einen von den Wagen in den Inspektionstunnel. Und machen Sie schnell, Mann ...«

Zac Deight legte auf. »Sind Sie einverstanden mit diesem Plan?« fragte er Complain.

Der nickte. »Aber wir kommen mit.« Er sah sich nach Vyann um. Das Mädchen brachte dem Ratsherrn gerade einen Becher mit Wasser, den der alte Mann dankbar leerte.

»Laura, kannst du Roger Scoyt davon in Kenntnis setzen, daß sich das Versteck der Riesen irgendwo auf der oberen Ebene von Deck 20 befinden muß? Mittlerweile wird er sich wieder erholt haben. Sag ihm, sie sollen vorsichtig sein, die Sache scheint mir nicht ganz ungefährlich. Und wenn sie die Burschen erwischt haben, sollen sie ihren Anführer Curtis besonders langsam auf die Große Reise schicken, ja? Paß gut auf dich auf, Laura, ich bin bald wieder zurück.«

»Kann nicht Marapper an deiner Stelle ...«

»Nein; ich will, daß der Funkspruch so schnell wie möglich übermittelt wird«, sagte Complain anzüglich.

»Na schön. Sei aber vorsichtig.«

»Sie brauchen sich keine Sorgen zu machen«, mischte sich Marapper ein. »Trotz aller Beleidigungen, die ich mir anhören mußte, gehe ich mit ihm. Ich hab' so ein Gefühl, als würde sich etwas Übles zusammenbrauen.«

Auf dem Korridor brannte die Notbeleuchtung. Die in regelmäßigen Abständen angebrachten blauen Lämpchen vermochten das unheimliche Dunkel kaum aufzuhellen, und Complain ließ Laura nur ungern ziehen. Zögernd folgte er Marapper und Zac Deight. Letzterer wollte sich gerade durch eine geöffnete Luke nach unten schwingen, als Marapper ausrief: »Moment mal! Was ist eigentlich mit den Ratten?«

»Ihr beiden seid doch bewaffnet«, erwiderte Zac Deight freundlich.

Die Antwort schien jedoch Marappers Ängste nicht ganz beschwichtigt zu haben. »Die Luke ist zu klein für mich, Roy! Ich bin ein ausgewachsener Mann.«

»Und ein ausgewachsener Feigling. Los! Wir werden die Ratten schon in Schach halten.«

Unten angelangt, krochen sie zu den beiden Schienensträngen, auf denen die Inspektionswagen von einem Ende des Schiffs zum anderen rollten. Doch es war keiner zu sehen. Sie mußten ein langes Stück auf Händen und Füßen die Gleise entlangkriechen, bis sie endlich eines der niedrigen Schienenwägelchen fanden.

Sie legten sich flach darauf, und Deight setzte das Gefährt in Betrieb. Der Wagen nahm rasch Fahrt auf, und die Decke flitzte nur wenige Zentimeter über ihren Köpfen vorbei. Der fette Priester stöhnte und versuchte ängstlich, den Bauch einzuziehen, doch schon nach kurzer Zeit bremste der Ratsherr das Gefährt ab; sie waren auf Deck 10 angelangt.

In diesem abgelegenen Bereich des Schiffs waren überall Spuren der Ratten zu sehen. Abfälle und Stoffetzen bedeckten den Tunnelboden. Nervös schwenkte Marapper seine Lampe nach allen Seiten. In ihrem Licht blitzte eine Stahlleiter auf, deren oberes Ende in der Dunkelheit verschwand. Sie hielten an einer Stelle, wo sich der Tunnel erweiterte, so daß sie aufrecht stehen konnten. In der Zwischendecköffnung über ihnen sahen sie die mächtigen Röhren der Korridore und das Gewirr von Kabeln und Leitungen, die das Schiff der Länge nach durchzogen.

»Die Mannschaftsschleuse befindet sich natürlich auf der obersten Ebene«, sagte Zac Deight. Während sie vorsichtig die Leiter hochkletterten, erklang unter ihnen, durch die Wände des Tunnels vielfältig gebrochen, ein Geräusch wie von einer fernen Detonation.

»Eure Männer sind anscheinend noch immer dabei, das Schiff auseinanderzunehmen«, bemerkte Deight eisig.

»Und dabei hoffentlich auch ein paar Schwadronen Riesen«, fügte Marapper hinzu.

»Schwadronen?« Deight war verblüfft. »Was glaubt ihr denn, wie viele ›Riesen‹ sich an Bord befinden?«

Der Priester schwieg, und Deight beantwortete seine Frage selbst: »Mit Curtis sind es insgesamt zwölf. Die armen Teufel ...«

Für einen Moment gelang es Complain, sich in Curtis' Situation zu versetzen. Obwohl er den Mann überhaupt nicht kannte, konnte er sich lebhaft vorstellen, wie dieser Funktionär voller Furcht in einem halb zerstörten finsteren

Raum saß, von grausamen und unerbittlichen Verfolgern gejagt, die ihn bald aufgestört und gestellt haben würden. Es war keine erhebende Vorstellung.

Sie hatten die oberste Ebene erreicht, und er wurde aus seinen Gedanken gerissen. Wieder mußten sie ein Stück auf allen vieren zurücklegen, bevor die nächste Falltür erreicht war. Zac Deight benutzte seinen achteckigen Ring, und die Luke öffnete sich. Beim Hinausklettern wurden sie plötzlich von einer Mottenschar umflattert, die sich jedoch entfernte. Wütend leuchtete Complain den Insekten nach und feuerte einen Schuß ab. Zu seiner Genugtung fielen die meisten von ihnen tot zu Boden.

»Ich hoffe, daß keine einzige entwischt ist. Ich möchte schwören, daß diese Biester von den Ratten als Spione eingesetzt werden.«

Die Verwüstungen in diesem Teil des Schiffs waren die schlimmsten, die Marapper und Complain bisher zu Augen bekommen hatten. Kaum eine Wand war stehengeblieben. Sie folgten einem engen Pfad, der sich zwischen Schutt und zerbrochenem Glas hindurchwand.

»Was ist das hier einmal gewesen?« fragte Complain neugierig.

Zac Deight schritt schweigend aus, sein Gesicht wirkte düster und abwesend.

Complain wiederholte seine Frage.

»Oh ... hauptsächlich die medizinische Forschungsabteilung. Irgendein Computer soll hier explodiert sein. Über die normalen Korridore kann man diesen Teil des Schiffs nicht erreichen – es ist eine Gruft innerhalb einer Gruft.«

Bei den Worten »medizinische Forschungsabteilung« hatte Complain aufgehorcht. Hier also hatte June Payne, die Entdeckerin des Paynins, vor dreiundzwanzig Generationen gearbeitet. Er versuchte, sie sich vorzustellen, sah aber immer nur Lauras Gesicht.

Endlich erreichten sie die Luftschleuse. Zac Deight machte sich daran, die schwere Tür zu öffnen. Sein Blick war immer noch völlig abwesend.

»Halt!« rief Marapper plötzlich warnend. »Ich habe das

Gefühl, hier ist irgend etwas faul. Dieser Schuft führt etwas im Schilde, Roy.«

»Falls dort drin eine kleine Überraschung auf uns warten sollte, Deight, treten Sie unverzüglich die Reise an, ist das klar?«

Deight drehte sich zu ihnen um. Unter anderen Umständen wäre sein gequälter Gesichtsausdruck mitleiderregend gewesen. »Keine Angst«, sagte er. »Da drin ist niemand.«

»Aber doch wohl ... dieser Sender«, wollte Complain wissen.

»Ja.«

Marapper packte Complains Arm. »Willst du ihn wirklich mit diesem ›Kleinen Hund‹ sprechen lassen? Er wird sagen, daß sie Bewaffnete heraufschicken sollen ...«

»Nur weil ich zufällig in Ihrer Pfarre geboren wurde, bin ich noch kein Narr, Priester. Deight wird selbstverständlich nur die Botschaft durchgeben, die wir für ihn formulieren. Öffnen, Deight!«

Die Tür schwang auf, und vor ihnen lag die Luftschleuse, etwa zwanzig Quadratmeter groß. Außer sechs metallenen Raumanzügen, die wie Ritterrüstungen gegen die Wand lehnten, befand sich noch ein weiterer Gegenstand im Raum: das Funkgerät, ein kleiner tragbarer Apparat mit Teleskopantenne.

Wie die Luftschleuse des Frachtdecks besaß auch diese ein Fenster. Außer der Aussichtskanzel im Kontrollraum gab es im ganzen Schiff nur noch sechs solcher Fenster. Sie bildeten naturgemäß Schwachstellen in der Konstruktion und waren deshalb nur dort eingebaut worden, wo es unumgänglich war: in den zwei Fracht- und den vier Mannschaftsschleusen. Für Marapper war es der erste Blick nach draußen.

Sein Gesicht war fast schmerzlich verzückt. Er starrte in die gewaltige Leere hinaus, und zum ersten Mal in seinem Leben fehlten ihm die Worte.

Die Sichel des Planeten war breiter geworden, seit Complain sie zuletzt gesehen hatte. Seine blau schimmernde Oberfläche war mit glitzernden grünen und weißen Flekken geschmückt. In einiger Entfernung von diesem schönen Anblick brannte eine Sonne so hell wie das Leben selbst.

Fasziniert deutete Marapper darauf. »Was ist das? Eine Sonne?«

Complain nickte.

»Heiliges Schnu! Sie ist ja rund! Ich hatte sie mir immer viereckig vorgestellt – wie unsere großen Korridorleuchten.«

Zac Deight, der inzwischen an dem Funkgerät zu hantieren begonnen hatte, drehte sich auf einmal zu seinen beiden Begleitern um. »Es kommt jetzt sowieso nicht mehr darauf an, und deshalb will ich euch ein großes Geheimnis anvertrauen: Der Planet dort ist – die Erde.«

»Was?« Eine Flut von Fragen stürzte auf Complain ein. »Sie lügen, Deight! Wir wissen, daß es nicht die Erde sein kann!«

Der alte Mann war plötzlich in Tränen ausgebrochen. »Ihr sollt endlich Bescheid wissen. Ihr alle habt so unendlich viel gelitten ... zu viel. Dort drüben liegt die Erde – aber ihr könnt sie nicht betreten. Die Lange Reise ... die Lange Reise wird nie zu Ende gehen. Das ist die grausame Wahrheit.«

Complain packte den Ratsherrn an der Kehle. »Hören Sie zu, Deight«, knurrte er. »Wenn das die Erde sein soll, warum sind wir dann nicht da unten? Und wer sind Sie dann überhaupt ... und die Außenseiter ... und die Riesen? Wer seid ihr alle?«

»Wir ... kommen von der Erde«, krächzte Zac Deight. Vergeblich versuchte er, sich aus Complains hartem Griff zu winden, der ihn wie einen entwurzelten Ponikstrunk hin und her schüttelte. Marapper brüllte etwas in Complains Ohr und rüttelte ihn an der Schulter, dann brüllten sie beide, während Deights Gesicht sich unter dem Würgegriff scharlachrot verfärbte. Schließlich krachten alle drei in die Raumanzüge, und dem Priester gelang es endlich, Complains Finger von der Kehle des Ratsherrn zu lösen.

»Du bist verrückt, Roy!« stieß er schwer atmend hervor. »Du hättest ihn beinahe erwürgt.«

»Haben Sie nicht gehört, was er sagte?« schrie Complain. »Wir sind die Opfer einer abscheulichen Verschwörung ...«

»Erst soll er mit dem ›Kleinen Hund‹ sprechen, er ist der einzige, der das Funkgerät bedienen kann. Hinterher kannst du ihn immer noch umbringen, Roy.«

Mühsam gewann Complain seine Fassung wieder. Der Haß war wie eine blutrote Woge über ihm zusammengeschlagen. Marapper, schlau wie immer, wenn es um sein eigenes Wohl ging, hatte natürlich recht. Er stand auf und zog auch Deight wieder auf die Füße.

»Was ist der ›Kleine Hund‹?« fragte er ihn.

»Das ist ... der Codename für ein Institut auf der Erde, das die Aufgabe hat, die Insassen dieses Schiffs zu beobachten und zu studieren.« Zac Deight rieb sich die Kehle.

»Studieren! ... Nun gut. Stellen Sie jetzt so schnell wie möglich eine Verbindung her und sagen Sie ... sagen Sie, einige Ihrer Männer seien plötzlich erkrankt, und man soll sofort ein Schiff heraufschicken, um sie abzuholen. Und kein Wort mehr, oder wir werfen Sie den Ratten zum Fraß vor. Also los!«

»Ah!« Marapper rieb sich mit beifälligem Lächeln die Hände. »Das war gesprochen wie ein rechter Gläubiger, Roy. Du bist und bleibst mein liebster Sünder. Und wenn das Schiff hier ankommt, überwältigen wir die Besatzung und fliegen damit zur Erde. Und zwar jeder von uns. *Jeder!* Jeder Mann, jede Frau, jeder Mutant – von hier bis zur Achtertreppe.«

Zac Deight hatte das Funkgerät eingeschaltet. Noch einmal sprach er zu den beiden Männern, gefaßt und voller Würde. »Ich möchte, daß ihr euch an meine Worte erinnert, was auch immer geschehen mag – denn ich befürchte, diese ganze Sache wird ein schlechtes Ende nehmen. Ihr fühlt euch hintergangen, und das mit Recht. Euer Leben erscheint euch als ein einziges, zwischen den engen Wänden dieses Schiffes verbrachtes Martyrium. Aber bedenkt: Wo auch immer in Raum und Zeit ihr leben würdet – das Leiden wäre stets euer Begleiter. Für alle Lebewesen im Universum ist das Leben eine lange, harte Reise. Wenn ihr ...«

»Es reicht, Deight«, schnitt ihm Complain das Wort ab. »Das Paradies verlangen wir gar nicht. Aber wir wollen uns wenigstens aussuchen dürfen, wo wir leiden. Sprechen Sie jetzt mit dem ›Kleinen Hund‹.«

Niedergeschlagen und bleich fügte sich Deight in sein Schicksal; ein Betäuber war aus geringer Entfernung auf ihn gerichtet. Er drückte auf eine Taste, und sogleich meldete sich eine klare Stimme: »Hallo, Großer Hund? Hier Kleiner Hund. Wir empfangen Sie laut und deutlich. Bitte kommen.«

»Hallo, Kleiner Hund. Schickt bitte sofort ein Schiff herauf – *die Wirrköpfe laufen Amok!* Hilfe! Hilfe! Die Wirrköpfe sind ausgebrochen. Kommt bewaffnet! Die Wirrköpfe ... aaargh! ...«

Complain hatte ihn zwischen die Zähne, Marapper in den Rücken geschossen. Deight war tot, bevor er auf dem Boden aufschlug. Marapper ergriff das Funkgerät.

»Kommt nur!« brüllte er. »Kommt und holt uns, ihr räudigen Hunde!«

Er holte aus und schmetterte den Apparat gegen das Schott. Dann sank er in einem seiner plötzlichen Stimmungsumschwünge, die so bezeichnend für ihn waren, auf die Knie, um die Todesritten für Zac Deight zu zelebrieren.

Complain starrte mit geballten Fäusten auf den fernen Planeten, ohne ein Wort zu sagen. Er verspürte keinen Drang, die Rituale auszuführen; er war geistig über den Aberglauben hinausgewachsen. Etwas anderes beschäftigte seinen Verstand, etwas, das all ihren Hoffnungen ein Ende setzte.

Sie hatten tausend Hindernisse überwunden und endlich herausgefunden, daß die Erde ganz in ihrer Nähe war. Die Erde war ihre Heimat. Doch die Erde befand sich in der Gewalt der Außenseiter und Riesen.

5

Schweigend und tatenlos sah Laura Vyann dem hektischen Treiben zu, das auf Deck 20 ausgebrochen war. Sie hielt sich an den Überresten einer ehemaligen Zwischendeckstür fest, denn seitdem Master Scoyts Sturmtruppen die Gravitationsleitungen durchtrennt hatten, waren die normalen Schwereverhältnisse aufgehoben. Oben und unten existierte nicht länger, und mit ehrfürchtigem Staunen erkannte Vyann erstmals das Genie der Schiffsbauer, die es verstanden hatten, das gesamte Rund der kreisförmigen Decks zu nutzen und bewohnbar zu machen.

Neben ihr kauerte eine Gruppe von Frauen und Kindern, die hilflos bei der Zerstörung ihrer ehemaligen Wohnungen zusahen. Scoyt hatte sich inzwischen von der Gasbetäubung erholt und leitete nun, nur mit pechschwarzen Shorts bekleidet, die Abbrucharbeiten wie schon zuvor auf Deck 25. Nach Empfang von Complains Botschaft hatte er sich sofort mit einem Eifer an die Arbeit gemacht, der geradezu furchterregend war.

Als erstes ließ er die sechs Männer und Frauen, bei denen Pagwam und seine Leute einen achteckigen Ring gefunden hatten, ohne Verhör erschießen. Dann lenkte er die maßlose Zerstörungslust Hawls und seiner Spießgesellen in etwas weniger gefährliche Bahnen. Nachdem Gregg wegen seiner schweren Verletzungen an Kopf und Brust als Anführer ausgefallen war, hatte Hawl seine Position nur allzugern übernommen. Eine wilde Freude leuchtete auf seinen verunstalteten Zügen, wenn er den Hitzestrahler betätigte, und die restlichen Bandenmitglieder, die die Schwerelosigkeit nicht im geringsten zu behindern schien, gingen mit der gleichen dämonischen Wut zu Werke.

Was einst eine wohlgeordnete Wabe aus Korridoren und Wohnquartieren gewesen war, sah nun im unruhigen Licht der Taschenlampen wie eine phantastische, in Metall gegossene Traumlandschaft aus. Das Skelett des Schiffs war freigelegt worden, und von den nackten Stahlträgern hingen seltsame eiszapfenartige Gebilde aus geschmolzenem

Metall herab, das sich beim Erkalten erhärtet hatte. Den bizarrsten Anblick aber bot das Wasser. Nicht mehr durch Schwerkraft zusammengehalten, hatte es sich zu Klümpchen und Kügelchen geballt, die von wilden Luftwirbeln der infernalischen Brände, wie wahnwitzige Glasfische durch den Raum gejagt wurden.

»Jetzt geht es den Riesen an den Kragen, Jungs!« heulte Hawl. »Freut euch, beim nächsten Essen gibt es frische Blutsuppe!« Begeisterte Rufe erschollen von allen Seiten, und mit neu entfachtem Eifer fielen die Männer über den eisernen Kadaver her.

Vyann konnte den Anblick nicht länger ertragen. Besonders Scoyts Aussehen bedrückte sie. Das Gesicht des Offiziers war angespannter und zerfurchter denn je. Die Demontage des Schiffs, in dem er sein gesamtes Leben zugebracht hatte, mußte ein traumatisches Erlebnis für ihn sein. Dahin hatte also seine rastlose Jagd auf den Feind letztlich geführt – zu diesem Werk der Zerstörung, das von dem kleinen, halb wahnsinnigen Hawl ausgeführt wurde!

Traurig wandte sich das Mädchen ab und hielt nach Tregonnin Ausschau, der aber nirgends zu sehen war. Ob er noch in seiner Gelehrtenstube herumhüpfte? Sie mußte unbedingt Complain finden, denn sie hatte das Gefühl, daß er als einziger an Bord normal geblieben war, während das restliche Schiff verrückt spielte. Inmitten der Zerstörung wurde ihr klar, warum sie ihn liebte: Er hatte sich verändert, wie viele andere in dieser Stunde auch; doch während die meisten, Scoyt zum Beispiel, die alten repressiven Verhaltensmuster nur abwarfen, um sich in wilde Tiere zu verwandeln, bestand Roy Complains Metamorphose in einer Veredlung seines Wesens.

Deck 19 und 18 waren mit reglos wartenden Menschen vollgestopft. Sie schienen dumpf zu fühlen, daß eine entscheidende Wendung der Dinge bevorstand. Obwohl die dunkle Wachperiode vorüber war, verweigerte die Schiffsbeleuchtung, die bislang stets so zuverlässig funktionierte, ihren Dienst. Vyann mußte ihre Taschenlampe weiter eingeschaltet lassen.

Auf Deck 15 machte sie eine kurze Rast.

Ein schwaches rosiges Licht erfüllte den Korridor. Es kam aus einer der geöffneten Luken im Deckboden. Als Vyann näher hinsah, bemerkte sie eine Ratte, die sich langsam und offenbar unter Schmerzen aus der Öffnung wand. Ihr Rückgrat war gebrochen, und ihre Hinterbeine lagen auf einer Art Schlitten, der ihren Vorderfüßen die Arbeit wesentlich erleichterte.

Wie lange wird es noch dauern, bis sie das Rad erfinden, fragte sich Vyann zu ihrer eigenen Verblüffung?

Direkt nachdem die Ratte aus der Luke herausgekrochen war, flammte der schwache Lichtschein zu jäher Helligkeit auf, eine gewaltige Feuersäule schlug aus der Öffnung und stieg bis zur Decke empor. Erschreckt umging Vyann das Hindernis und befand sich nun fast auf gleicher Höhe mit der Ratte, die ihr nur einen kurzen Blick gönnte, um sich dann teilnahmslos weiterzuschleppen. Ein starkes Bewußtsein gegenseitiger Verbundenheit im Leiden milderte Vyanns Ekel vor der Kreatur.

Plötzlich hustete die verkrüppelte Ratte, die nur noch einen Schritt von Vyann entfernt gewesen war und blieb reglos liegen.

»Vyann!« ertönte eine Stimme hinter ihr.

Sie wirbelte herum.

Es war Gregg, der gerade seinen Betäuber in den Gürtel zurückschob. Er war ihr fast lautlos gefolgt und hatte der Versuchung nicht widerstehen können, das Tier zu töten. Mit seinem bandagierten Schädel und dem scheußlichen Armstumpf war er auf den ersten Blick kaum zu erkennen. Auf diesem einsamen Korridor stellte er nicht gerade eine wünschenswerte Begleitung dar.

Vyann konnte ein Frösteln nicht unterdrücken. Keiner würde sie hier hören, falls sie um Hilfe schrie.

Er kam auf sie zu und berührte sie leicht am Arm. »Ich möchte mich Ihnen anschließen, Inspektor. Bei den anderen bin ich ja doch zu nichts mehr nütze.«

»Warum sind Sie mir gefolgt?« Sie entzog ihm den Arm.

Er schien unter seinen Verbänden zu lächeln. »Es ist etwas schiefgegangen, nicht? Mit dem Schiff, meine ich. Dies ist das Ende, man spürt es bis in den kleinen Zeh. Lassen Sie mich mitkommen, Laura ... Schnell, es wird zu heiß hier.«

Sie ging weiter, ohne etwas zu antworten. In ihren Augen standen Tränen. Sie saßen alle im gleichen Boot.

Während Marapper sich vor Zac Deights ausgebranntem Leichnam in den Staub warf, wanderte Complain ruhelos in der Luftschleuse umher und versuchte ihre Verteidigungsmöglichkeiten abzuschätzen. Falls die Riesen von der Erde kamen, mußte dieser Raum unbedingt gehalten werden; dem galt jetzt seine ganze Sorge. Eine bündig in der Wand sitzende Tür führte in einen kleinen Nebenraum, von dem aus man die Schleuse gut überwachen konnte. Auf einer Pritsche, die behelfsmäßig in der Kammer aufgeschlagen war, lag ein Mann. Bob Fermour!

Er empfing seinen ehemaligen Gefährten mit entsetztem Blick. Durch ein geöffnetes Ventil hatte er alles, was auf der anderen Seite der Tür vorgefallen war, mitbekommen. Der liebenswürdigen Befragung durch Scoyt hatte er es zu verdanken, daß sein Rücken fast nur noch aus rohem Fleisch bestand und daß auch seine geistige Widerstandskraft erheblichen Schaden gelitten hatte, obwohl ihn die Riesen gleich anfangs befreiten. Nachdem ihn seine Retter hier notdürftig untergebracht hatten, waren sie zu Curtis geeilt, um gemeinsam mit ihm das Entsatzschiff abzuwarten, das den Schwerverletzten nach Hause bringen sollte. Fermour war fest davon überzeugt, daß er im nächsten Moment die Große Reise antreten würde.

»Tu mir nichts, Roy!« flehte er. »Ich werde dir alles erzählen! Dann wirst du die Dinge in einem anderen Licht sehen und mich gar nicht mehr töten wollen.«

»Ich kann's kaum erwarten, dir zuzuhören.« Complain lächelte grimmig. »Deinen Bericht wirst du allerdings vor dem Rat ablegen müssen. Es ist mir zu gefährlich, als einziger ins Vertrauen gezogen zu werden.«

»Bitte, Roy, nicht zurück ins Schiff! Hab Erbarmen mit mir, ich habe genug durchgemacht.«

»Steh auf!« Er packte Fermour am Handgelenk, riß ihn hoch und stieß ihn in die Luftschleuse. Dort versetzte er

Marapper einen leichten Tritt in sein bischöflich ausladendes Hinterteil.

»Wann hören Sie endlich mit dem Hokuspokus auf, Priester? Es ist höchste Eile geboten. Wir müssen Scoyt, Gregg und die anderen hierherholen, um gegen den bevorstehenden Angriff der Riesen gewappnet zu sein. Meines Erachtens besteht unsere einzige Chance darin, ihnen ihr Schiff wegzunehmen.«

Der Priester erhob sich mit gerötetem Gesicht und klopfte den Staub von seinem Gewand. Er bewegte sich so, daß Complain immer zwischen ihm und Fermour stand, als handele es sich bei letzterem um ein Gespenst.

»Das glaube ich auch, obwohl ich als Mann des Friedens jeglichem Blutvergießen abhold bin. Wir müssen zum Großen Bewußtsein beten, daß wenigstens ihr Blut fließen möge und nicht das unsere.«

Sie ließen den alten Ratsherrn liegen, wo er zusammengebrochen war und machten sich unverzüglich auf den Weg. Kurz darauf fiel ihnen ein merkwürdiges Geräusch auf, das desto stärker wurde, je näher sie der geöffneten Luke kamen. Als sie bei ihr angelangt waren und hinunterblickten, erkannten sie, woher es rührte. Der Inspektionstunnel war ein einziges wogendes Meer von flüchtenden Ratten, von denen sich viele ein kleines Bündel mit ihren Habseligkeiten auf den Rücken geschnallt hatten. Ängstlich pfeifend eilten sie in Richtung des Schiffsbugs. Einige blinzelten, durch Marappers Taschenlampe irritiert, mit rosa Augen kurz nach oben, ohne sich dadurch in ihrer wilden Flucht aufhalten zu lassen.

»Dieser Weg ist uns versperrt«, stellte Complain überflüssigerweise fest.

Seltsam, daß die schier endlosen Rattenschwärme bei all ihrer Panik ein ganz bestimmtes Ziel anzustreben schienen. »Etwas Schreckliches geht auf diesem Schiff vor!« rief Fermour bestürzt. Angesichts des gespenstischen Stroms aus braunen, grauen und schwarzen Leibern verlor er alle Furcht vor seinen einstigen Freunden. Die neue Gefahr einte sie wieder.

»In der Nebenkammer der Luftschleuse befindet sich ein

Werkzeugkasten«, teilte Fermour den anderen mit. »Darin müßte eine Säge sein; die könnten wir jetzt gut gebrauchen. Ich werde sie holen.«

Er hastete davon und kehrte gleich darauf mit einer atomgetriebenen Kreissäge wieder. Mit schrillem Kreischen fräste das Werkzeug eine kreisrunde Öffnung in das Metall und löste vor ihren staunenden Blicken die Molekularstruktur der Wand auf. Sie quetschten sich durch das entstandene Loch und arbeiteten sich dann mit Hilfe der Säge rasch weiter vor. Als sei das Schiff während ihres Aufenthalts in der Luftschleuse insgeheim zum Leben erwacht, hörten sie die ganze Zeit über ein schwaches Hämmern, das wie der unregelmäßige Schlag eines Herzens klang: Scoyts Abdecker waren immer noch eifrig am Werk. Die Luft wurde immer stickiger und füllte sich mit Rauchschwaden. Dann vernahm Complain eine vertraute Stimme.

Vyann und Gregg bogen um die Ecke. Im nächsten Moment lag das Mädchen in seinen Armen.

Hastig tauschten sie Neuigkeiten aus. Vyann berichtete gerade von den Abbrucharbeiten auf den Zwanziger-Decks, als plötzlich die Beleuchtung aufflammte, um sofort wieder zu erlöschen. Gleichzeitig wurde das Schwerefeld aufgehoben, und sie taumelten hilflos durch die Luft.

Aus den Tiefen des Schiffskörpers ertönte ein unheimliches Ächzen. Zum ersten Mal erlebten sie, daß ihr gewaltiges Gefährt leicht schlingerte.

»Das Schiff ist verloren!« brüllte Fermour verzweifelt. »Diese Narren zerstören es mutwillig! Vor den Riesen habt ihr jetzt nichts mehr zu befürchten, die können uns höchstens noch retten – wenn wir Glück haben.«

»Niemand wird Scoyt von seinem Tun abhalten«, äußerte Vyann bitter.

»Herrgott steh uns bei!« entfuhr es Complain. »Unsere Lage ist hoffnungslos.«

»Nichts ist hoffnungslos, läßt man einmal den menschlichen Faktor außer acht«, tönte Marapper salbungsvoll. »Meiner Meinung nach sind wir im Kontrollraum noch am sichersten. Ich wäre schon dort, wenn ich nur meine Füße auf den Boden bekäme.«

»Guter Vorschlag, Priester«, stimmte Gregg zu. »Ich habe auch keine Lust zu verbrennen.«

»Der Kontrollraum, natürlich!« fiel auch Fermour ein.

Complain sagte nichts, aber er hatte seine Absicht, Fermour dem Rat vorzuführen, stillschweigend aufgegeben. Dafür war es jetzt zu spät, und er sah auch keine Chancen mehr, die Riesen zurückzuschlagen.

Es dauerte qualvoll lange, bis sie sich die neun Decks zum Kontrollraum entlanggehangelt hatten.

»Irgendwie komisch«, bemerkte Marapper, als sie endlich am Ziel waren. »Zu fünft sind wir aus den Quartieren aufgebrochen, um diesen Ort zu finden, und drei von uns haben es schließlich geschafft!«

»Und was haben wir nun davon?« spottete Complain. »Ich frage mich nicht zum ersten Mal, warum ich Ihnen eigentlich überhaupt je gefolgt bin.«

»Ich bin eben der geborene Führer«, erwiderte der Priester bescheiden.

»Doch, wir sind hier ganz richtig«, ließ sich jetzt Fermour aufgeregt vernehmen. Der Strahl seiner Lampe wanderte über die geschmolzenen Instrumententafeln. »Die Kontakte hinter der zerstörten Oberfläche funktionieren noch. Hier muß doch irgendwo der Mechanismus sein, mit dem man sämtliche Decktüren gleichzeitig schließen kann. Wo ist er nur ... Diese Türen sind nämlich aus einem Spezialstahl, der nur sehr langsam schmilzt ...«

Emsig suchte er nach dem Schalter. »Das Schiff muß gerettet werden! Es könnte uns gelingen, wenn wir die Decks voneinander trennen.«

»Zum Teufel mit dem Schiff!« Das war Marapper. »Wir wollen nichts weiter als runter von ihm, und zwar so schnell wie möglich und so weit wie möglich!«

»Das ist ausgeschlossen«, sagte Fermour ruhig. »Es wäre besser, wenn ihr das endlich begreift. Keiner von euch wird das Schiff jemals verlassen. Ihr gehört hierher, und ihr werdet hierbleiben. Dies hier ist ein Non-Stop-Flug: ein Ende der Reise ist nicht vorgesehen.«

Complain starrte ihn entgeistert an. »Was soll das heißen?« Seine Stimme war tonlos vor Erregung.

»Ich kann nichts dafür«, sagte Fermour hastig. »Das Schiff befindet sich gemäß einer Verfügung der Weltregierung auf einer Erdumlaufbahn, die es auf keinen Fall verlassen darf. Das gleiche gilt für seine Bewohner. Als Kontrollorgan über das Schiff hat die Weltregierung die Behörde ›Kleiner Hund‹ eingesetzt.«

Complain wollte zornig aufbrausen, doch Vyann kam ihm zuvor. »Warum?« fragte sie flehend. »Warum soll das Schiff für immer hierbleiben? Das ist zu grausam ... auch wir sind Kinder der Erde! Diese unselige Reise zu Procyon und zurück – nun gut, sie ist gemacht worden, und wir haben sie irgendwie überlebt. Sollten die Menschen ... ach, ich weiß natürlich nicht, was auf der Erde vor sich geht, aber dennoch: sollten die Menschen nicht glücklich über unsere Rückkehr sein, jubeln, sich freuen ...?«

»Als dieses Schiff – der ›Große Hund‹, wie man es in scherzhafter Anspielung auf sein Reiseziel, das Sternbild Kleiner Hund, taufte – endlich von seiner langen Reise zurückkehrte und zum ersten Mal von den Erdteleskopen erfaßt wurde, brach tatsächlich überall auf der Erde Jubel aus, die Menschen waren glücklich und erregt.« Fermour unterbrach sich. Dies alles war lange vor seiner Geburt geschehen, aber er hatte die Geschichte unzählige Male vernommen. »Funksignale wurden ausgesandt, doch das Schiff antwortete nicht. Dennoch behielt es seinen Kurs in Richtung Erde unverändert bei. Die Sache war unerklärlich. Obwohl die Menschheit inzwischen ihre technologische Entwicklungsphase überwunden hatte, errichtete man in aller Eile eine Fabrik, in der man eine Flotte von Aufklärern baute. Dann wurde die Flotte ausgeschickt, um festzustellen, was auf dem ›Großen Hund‹ vorging.

Nun, sie hat es festgestellt. Infolge einer lange zurückliegenden Katastrophe waren dunkle Zeiten auf dem Schiff angebrochen.«

»Die Neuntagesuche«, flüsterte Vyann.

»Richtig.« Fermour war überrascht. »Das Schiff mußte gestoppt werden, weil es sonst an der Erde vorbei in die

Weiten des galaktischen Raums geflogen wäre. Man fand diese Instrumententafeln hier so zerstört vor, wie Sie sie jetzt noch sehen – wahrscheinlich das Werk irgendeines Wahnsinnigen, wir wissen es nicht. Die Antriebswerke wurden abgeschaltet, und die kleinen Schiffe bugsierten den ›Großen Hund‹ unter Ausnutzung der Gesetze der Schwerkraft auf eine Erdumlaufbahn.«

»Aber – warum blieben wir an Bord?« fragte Complain. »Warum durften wir das Schiff nicht verlassen, nachdem es seine Umlaufbahn erreicht hatte? Das ist doch grausam, wie Vyann eben zu Recht bemerkte, grausam und unmenschlich.«

Fermour zögerte etwas mit seiner Antwort. »Die Unmenschlichkeit befand sich auf dem Schiff«, sagte er schließlich. »Ihr müßt wissen, daß sich bei den Überlebenden der Neuntageseuche physiologische Veränderungen eingestellt hatten; die neuen Proteine, die in jede lebende Zelle an Bord eingedrungen waren, hatten deren Metabolismus erhöht. Zunächst war die Beschleunigung des Stoffwechsels nur geringfügig, doch sie nahm mit jeder nachfolgenden Generation zu. Ihr lebt mittlerweile viermal so schnell wie ein Normalmensch.«

Vier Augenpaar starrten ihn ungläubig an.

»Das ist eine gemeine Lüge, um uns Angst einzujagen!« schrie Gregg empört; seine Augen glitzerten bösartig.

»Nein. Die Lebenserwartung eines Normalmenschen beträgt achtzig Jahre, eure hingegen nur zwanzig. Die Beschleunigung verteilt sich nicht gleichmäßig über euer Leben: ihr wachst sehr schnell auf, verbringt eine relativ normale Zeit als Erwachsene und fallt im Alter plötzlich zusammen.«

»Das hätten wir doch gemerkt!« heulte Marapper.

»Nein, denn euch fehlt jede Vergleichsmöglichkeit. So erscheint es euch zum Beispiel völlig normal, daß in jeder vierten Wachperiode das Licht erlischt. Aber als das Schiff noch funktionierte – auf dem Hinweg nach Procyon –, wurde die Bordbeleuchtung von Mitternacht bis sechs Uhr früh ausgeschaltet, um die vertraute Illusion einer Erdennacht zu erzeugen. Dieses sechs Stunden stellen für euch einen ganzen Tag dar.«

Langsam begannen sie, das Ungeheuerliche zu akzeptieren. Fermour, der bislang seinen Zuhörern die bittere Wahrheit schonend und voller Mitgefühl beigebracht hatte, verspürte auf einmal in einer jähen Anwandlung von Grausamkeit den unwiderstehlichen Drang, denen, die ihn noch vor kurzem gefoltert hatten, nun das ganze Ausmaß ihrer Verdammnis vor Augen zu führen.

»Darum nennen wir normalen Erdmenschen euch ›Wirrköpfe‹! Ihr lebt so schnell, daß allein die Vorstellung davon uns ganz schwindlig und wirr im Kopf macht. Aber das ist keineswegs euer einziger Defekt! Bedenkt, wie lange ihr auf diesem Schiff zugebracht habt, das euch zwar mit dem Lebensnotwendigen versorgen konnte, nicht aber mit solchen Dingen wie frischen Vitaminen, frischer Luft und Sonnenschein. Doch die Natur hat es verstanden, sich diesen ungünstigen Bedingungen anzupassen: Jede Generation von euch wurde ein paar Zentimeter kleiner als die vorausgegangene. Es gibt noch einige andere Faktoren, die auf euch eingewirkt haben, etwa die Inzucht. Kurzum: Man betrachtet euch mittlerweile auf der Erde als eine fremde Rasse, und es ist zweifelhaft, ob ihr mit eurem veränderten Organismus überhaupt auf unserem Planeten überleben könntet, wenn wir euch hinunterließen.«

Sie wußten nun Bescheid, spürten die schreckliche Wahrheit bis in die Magengrube. Fermour wandte sich von ihren versteinerten Gesichtern ab und schämte sich des Triumphgefühls, das in ihm aufstieg. Als sei nichts geschehen, beugte er sich über die Instrumententafel und suchte weiter nach dem Schalter. Schließlich fand er ihn und ging sofort daran, mit der Atomsäge die geschmolzene Schicht auf der Oberfläche zu entfernen.

»Wir sind also gar keine richtigen Menschen ...«, murmelte Complain mehr zu sich selbst. »All unsere Leiden und Freuden, unsere Bemühungen und Hoffnungen – umsonst. Wir sind nichts als merkwürdige kleine Marionetten ... mechanische Puppen, die von irgendwelchen Chemikalien aufgezogen wurden und nun viel zu schnell ablaufen ... Oh, mein Gott!«

Als er schwieg, hörten sie alle das Geräusch. Es war dasselbe unheimliche Pfeifen, das sie schon an der geöffneten Luke bei den Mannschaftsquartieren vernommen hatten: Millionen von Ratten, die in panischer Furcht durch das Schiff hetzten.

»Sie kommen hierher!« kreischte Fermour mit überschnappender Stimme. »Wir sitzen in der Falle! Die reißen uns in Stücke!«

Er hatte nun die Kontakte freigelegt; eine Unzahl loser Drähte wurde sichtbar. Fermour arbeitete fieberhaft. Mit seiner Säge verband er jeweils zwei Drahtenden miteinander. Funken sprühten, und – der unheimliche Lärm der näher kommenden Nager hörte abrupt auf. Jedes Deck war von dem seiner Nachbarn getrennt, sämtliche Zwischendecktüren auf allen Ebenen hatten sich geschlossen.

Fermour lehnte sich schwer atmend gegen die Wand. Er hatte es gerade noch im letzten Augenblick geschafft. Der Gedanke an den gräßlichen Tod, dem er so knapp entronnen war, überwältigte ihn, und er mußte sich übergeben.

»Sieh ihn dir an, Roy!« Greggs Stimme war voller Verachtung. »Er ist ganz grün vor Furcht. Und dann wagte er zu behaupten, wir seien keine vollwertigen Menschen ...«

Er ballte die eine Faust, die ihm geblieben war, und näherte sich Fermour. Marapper zog ein Messer und kam hinter ihm her.

»All dieses haarsträubende Unrecht schreit nach einem Sühneopfer.« Der Priester hatte seine Zähne gefletscht. »*Du* wirst dieses Opfer sein, Fermour. Du wirst jetzt die Lange Reise antreten, um das Elend von dreiundzwanzig Generationen zu sühnen. Eine nette kleine Geste ...«

Fermour ließ seine Säge fallen und erwartete den Priester, stumm und reglos, ohne eine Abwehrbewegung; fast schien es, als teile er dessen Standpunkt. Auch Vyann und Complain rührten sich nicht.

Marapper hob sein Messer, als auf einmal die Kuppel, unter der sie standen, von einem unerwarteten Lärm widerhallte. Wie von Geisterhand wurden die Jalousien, die sich seit den Tagen von Kapitän Gregory Complain nicht mehr bewegt hatten, hochgezogen, und sie waren plötzlich auf drei Seiten von der sternenfunkelnden Weite des Weltraums umgeben. Nur die Wolframscheibe trennte sie vom lebendigen Kosmos. Ganz in der Nähe glühte der feurige Sonnenball, und nicht weit davon entfernt schimmerten Erde und Mond.

»Wie ist denn das passiert?« fragte Vyann, als das Klappern der Lamellen aufgehört hatte.

Unbehaglich blickten sie sich um, doch nichts rührte sich.

Mit einem einfältigen Grinsen steckte Marapper sein Messer weg. Dieser Anblick war zu gewaltig, als daß er mit Blut befleckt werden dürfte. Auch Gregg ließ von Fermour ab. In Sonnenlicht gebadet standen sie da, wortlos und überwältigt. Schließlich sprach Fermour.

»Alles wird gut enden. Ihr braucht euch keine Sorgen mehr zu machen. Die Männer vom ›Kleinen Hund‹ werden bald hier eintreffen. Sie werden das Feuer löschen, die Ratten töten und das Schiff instand setzen. Wir öffnen die Decks wieder, und ihr könnt weiterleben wie zuvor.«

»Niemals!« sagte Vyann. »Ein paar von uns haben ihr Leben der Aufgabe geweiht, uns aus diesem Grab zu befreien. Eher werden wir sterben als hierbleiben.«

»Das hatte ich befürchtet«, seufzte Fermour. »Dieser Tag mußte einmal kommen. Er kommt nicht völlig unerwartet – es gelang schon anderen von euch, wichtige Geheimnisse des Schiffs zu lüften, doch sie wurden immer rechtzeitig zum Schweigen gebracht. Nun … vielleicht könnt ihr ja doch auf der Erde leben. Wir haben ein paar Babys von euch hinuntergebracht, und sie haben überlebt, jedoch …«

»Wir?« rief Vyann aus. »Sie sagen dauernd ›wir‹. Aber Sie sind doch ein Außenseiter, ein Verbündeter der Riesen! Was haben Sie denn mit den richtigen Erdmenschen zu schaffen?«

Fermour lachte freudlos. »Außenseiter und Riesen sind nur andere Bezeichnungen für die Erdmenschen. Erst als der ›Große Hund‹ in seine Erdumlaufbahn eingetreten war, wurden sich die Menschen in vollem Maße der schweren

Verantwortung bewußt, die sie übernommen hatten. Die Insassen des Schiffs benötigten dringend Ärzte und Lehrer. Heilige Männer wurden gebraucht, um dem Irrglauben der Lehre entgegenzuwirken. Trotz all ihrer Absurdität, ist sie bis zu einem gewissen Grad für das Überleben an Bord förderlich gewesen. Natürlich gab es Schwierigkeiten. Unsere Leute konnten nicht ohne weiteres das Schiff betreten und sich unter euch mischen, so leicht das auch dank der Inspektionstunnel und der undurchdringlichen Ponikwälder gewesen wäre. Nein, sie mußten sich zunächst im Institut ›Kleiner Hund‹ einem ganz speziellen Training unterziehen. Man brachte ihnen dort bei, möglichst schnell zu sprechen, sich blitzartig zu bewegen und mit wenigen Stunden Schlaf auszukommen, kurz: sich so gut wie möglich den ›Wirrköpfen‹ anzupassen. Selbstverständlich kamen überhaupt nur abnorm kleine Menschen für diese Aufgabe in Frage – eure Durchschnittsgröße beträgt nicht mehr als 1,50 Meter. Einige der Männer, die freiwillig diese gefährliche Mission auf sich nahmen, habt ihr kennen- und schätzengelernt, Doktor Lindsey beispielsweise oder Meller, den Maler – beides Außenseiter und dennoch eure Freunde.«

»Und ... du?« fragte Complain.

»Ich bin Anthropologe«, fuhr Fermour fort, »übrigens nicht der einzige auf diesem Schiff. Uns bietet sich hier die einzigartige Gelegenheit, die Auswirkungen einer völlig abgeschlossenen Umwelt auf die menschlichen Verhaltensweise zu studieren. In kurzer Zeit haben wir mehr gelernt als während vieler Jahrhunderte auf der Erde.

Zac Deight war der Leiter sämtlicher ›Außenseiter‹ an Bord. Gewöhnlich bleiben wir nur für zwei Jahre Feldarbeit hier oben. Ich wollte nach Ablauf dieser Frist eine Diplomarbeit über das Leben an Bord als Außenseiter schreiben. Die Zeit der Feldforschung wird meist als sehr befriedigend empfunden: sie ist zwar anstrengend und mühsam, aber relativ ungefährlich – es sei denn, man bekommt es mit Leuten vom Schlage Scoyts zu tun. Zac Deight hat euch geliebt. Er war schon viel länger als zwei Jahre auf dem Schiff, versuchte zu helfen, wo es ging, und das Denken der Bewohner von Voruns in zivilisiertere Bahnen zu lenken. Daß seine Arbeit Früchte trug, erkennt man leicht, wenn man die Zustände in Voruns mit denen im Gebiet der Todesstraßen vergleicht.

Er war eine bewundernswerte Persönlichkeit, ein Humanist und Idealist wie Schweitzer im zwanzigsten oder Turnball im dreiundzwanzigsten Jahrhundert. Vielleicht werde ich nach meiner Diplomarbeit seine Biographie verfassen.«

Mit Unbehagen dachte Complain daran, wie er und Marapper diesen Mann gnadenlos erschossen hatten.

»Die Riesen sind also lediglich große Menschen?« fragte er in der Absicht, das Gesprächsthema zu wechseln.

»Nicht einmal; sie besitzen die normale Größe, um die 1,80 Meter. Bei ihnen war die Körpergröße ohne Bedeutung, denn sie sollten eigentlich im Gegensatz zu den Außenseitern nie von euch gesehen werden. Sie waren ein Team speziell geschulter Mechaniker, die Routinearbeiten durchführten und außerdem versuchten, das Schiff allmählich etwas bewohnbarer zu machen. Sie waren es, die diesen Kontrollraum abdichteten, damit keiner von euch ihn entdecken könnte und beginnen würde, Fragen zu stellen. Wir hielten zwar in euch das Wissen, daß ihr in einem Schiff lebt, wach, doch andererseits wurdet ihr systematisch von den Schiffsanlagen ferngehalten, um euch nicht zu solchen Nachforschungen zu verleiten, die letzten Endes eine Gefährdung für die Mechaniker bedeutet und ihren Job erschwert hätten.

Ihre Hauptaufgabe bestand darin, für das reibungslose Funktionieren der Wasser- und der Entlüftungssysteme zu sorgen. Als du Jack Randall und Jock Andrews überraschtest, Roy, waren sie gerade dabei, einen verstopften Abfluß im Schwimmbad zu reparieren. Außerdem töteten die ›Riesen‹ viele Ratten, doch die Ratten sind schlau geworden. Sie und einige andere Arten haben seit dem Abflug von Procyon V Mutationen durchgemacht. Gottlob dürfte jetzt der größte Teil von ihnen auf Deck 2 in der Falle sitzen; vielleicht gelingt es uns, sie auf einen Schlag auszurotten.

Durch die achteckigen Ringe und die Inspektionstunnel wurde unsere Abwesenheit an Bord erst ermöglicht. Gelegentlich zogen wir uns in das geheime Hauptquartier zurück, um den Luxus einer Dusche oder einer normalen Mahlzeit zu genießen. In diesem Hauptquartier sitzt Curtis zur Stunde, und ich hoffe nur, daß ihm das Schließen der Zwischendeckstüren noch das Leben gerettet hat.

Curtis, der Chefmechaniker, war für seinen Job hier an Bord nicht besonders geeignet; er ist ein allzu nervöser Typ. Unter seiner Leitung lockerte sich die Disziplin, und Fehler schlichen sich ein. Der arme Kerl, den Gregg aufgespießt hat, arbeitete allein im Gebiet der Todesstraßen, wo er sich normalerweise nicht ohne Begleitschutz hätte aufhalten dürfen. Dafür ist Curtis verantwortlich. Trotzdem hoffe ich, daß er in Sicherheit ist.«

»Ihr habt also eigentlich für uns gesorgt. Ihr wolltet uns gar nicht an den Kragen, was?« fragte Gregg.

»Natürlich nicht. Es ist uns sogar strengstens verboten, einen ›Wirrkopf‹ zu töten; keiner von uns besaß je eine tödliche Waffe. Die Überlieferung, die Außenseiter würden im Schlamm der Ponik-Dschungel gezeugt, ist schierer Aberglaube. Wir wollten nur helfen, niemals schaden.«

Gregg lachte bitter. »Ein paar Krankenschwestern für die Untermenschen, was? Daß wir die Hölle durchmachten, während ihr uns studiert und verhätschelt habt, ist euch großherzigen Schweinehunden wohl nie in den Sinn gekommen! Sieh mich an oder Hawl oder die armen Teufel, die ich befehligte! Manche hatten so schlimme Deformationen, daß wir sie von ihren Leiden erlösten, wenn wir sie in irgendeinem entlegenen Winkel der Todesstraßen aufstöberten. Ihr habt also, Moment ... ihr habt genau sechzehn Generationen in unmittelbarer Nähe zur Erde leben, sterben und leiden – unmenschlich leiden – lassen, und ihr bildet euch wahrscheinlich noch ein, ihr hättet dafür einen Orden verdient! Marapper, gib mir das Wesser, ich bin begierig zu sehen, welche Farbe Heldenblut hat.«

»Er hat nichts kapiert!« kreischte Fermour. »Ich habe euch doch von eurer erhöhten Lebensgeschwindigkeit erzählt! Eure Generationen währen so kurz, daß bereits zwanzig vergangen waren, bevor der ›Große Hund‹ die Erde erreichte. Die Wissenschaftler auf der Erde arbeiten

Tag und Nacht an der Entwicklung eines speziellen Medikaments, das eure Zellstruktur wieder normalisieren soll, das schwöre ich! Es kann nicht mehr lange dauern, bis sie es gefunden haben und ihr erlöst seid. Selbst jetzt ...«

Er unterbrach sich mitten im Wort und schaute sich verwundert um.

Sie folgten seinen Blicken. Etwas, das wie Rauch aussah, quoll aus einer der Ritzen in der verwüsteten Instrumententafel und legte sich vor den strahlenden Sonnenschein.

»Es brennt!« sagte Fermour.

»Unsinn.« Complain näherte sich der Wolke, die immer größer wurde. Es waren Motten, aber Tausende. Von der Sonne geblendet, wirbelten sie in dichten Trauben zur Kuppel des Kontrollraums empor. Endlose Schwärme entstiegen dem kleinen Spalt. Sie hatten dieses Deck also noch vor ihren Verbündeten, den Ratten, erreicht. Marapper zog seinen Betäuber und feuerte in die Öffnung.

Der Mottenstrom versiegte, aber man konnte sie weiter hinter den Kontrolltafeln rumoren hören. Es knisterte und knackte; offenbar verursachten die zwischen den freiliegenden Drähten umherschwirrenden Insekten eine Unzahl von Kurzschlüssen.

Seltsame Empfindungen bemächtigten sich der Gehirne der Menschen, als der mutierte Insektenschwarm telepathische Botschaften ausstrahlte. Pelzige, traumhafte Gedanken zogen ihnen durch den Kopf, und Complain hatte das Gefühl, als sei sein Schädel mit Musselin ausgeschlagen. Benommen senkte Marapper seine Waffe, und sofort stiegen die Mottenschwärme wieder auf.

»Können sie uns gefährlich werden?« fragte Vyann.

Complain schüttelte den Kopf, aber er wußte es nicht.

»Endlich, sie kommen!« Aufatmend deutete Fermour in die funkelnde Schwärze hinaus. Ein Lichtfleck, der neben dem gewaltigen Umriß des Mutterplaneten winzig wirkte, näherte sich ihnen fast unmerklich.

Halb schwindlig starrte Vyann auf den Rumpf ihres eigenen Schiffs. Die Beobachtungskanzel des Kontrollraums bot einen vortrefflichen Blick über seinen elegant geschwungenen Leib. Sie stieß sich vom Boden ab und schwebte zur Kuppel empor, von wo die Sicht noch besser war. Complain gesellte sich zu ihr, und sie hielten sich an einer der hochgerollten Jalousinen fest. Die Motten mußten den Mechanismus ausgelöst haben. Sie umschwirrten das Paar in dichten Wolken, doch jetzt sandten sie ein deutlich erkennbares Gefühl aus: Hoffnung.

Voller Sehnsucht starrte Vyan auf die Erde; ihr Anblick war schmerzlich, fast wie Zahnweh. »Wenn ich denke, daß sie bald hier oben sein werden, nur um uns wieder einzusperren und uns das Sonnenlicht wegzunehmen ...«

»Das werden sie nicht ... das können sie gar nicht«, tröstete sie Complain. »Fermour ist ein Narr. Die anderen werden verstehen, daß wir ein Recht auf Freiheit und ein Leben auf der Erde haben. Sie können nicht wirklich grausam sein, sonst hätten sie sich nicht all die Mühe mit uns gemacht. Jedenfalls werden wir eher sterben als weiter hier leben.«

Sie schraken zusammen, als unter ihnen der plötzliche Knall einer Explosion ertönte. Rauschwaden, tote Motten und Metallsplitter schwebten durch den Raum. Vyann und Complain schauten nach unten und sahen, wie Gregg und Fermour sich bemühten, in eine geschützte Ecke zu gelangen; der Priester, von seinem Gewand behindert, das ihm der Luftdruck über den Kopf geweht hatte, kam etwas langsamer hinterdrein. Eine zweite Explosion wirbelte Myriaden toter und lebender Motten auf, und dann vernahm man ein fernes Rollen, das tief aus den Eingeweiden des Schiffs zu kommen schien. Ein Zittern durchlief den mächtigen Rumpf, und das Geräusch verstärkte sich zu einem gewaltigen Donnern.

Wortlos deutete Vyann nach draußen. Feine Risse erschienen auf der Außenhaut des Raumschiffs. Nach viereinhalb Jahrhunderten schlug die letzte Stunde des »Großen Hundes«; das langgezogene Rollen war sein machtvoller, pathetischer Todesschrei.

»Das ist der Nothalt!« brüllte Fermour. Seine Stimme klang weit weg. »Die Motten müssen die Vorrichtung für den äußersten Notfall ausgelöst haben! Das Schiff zerfällt in seine Bestandteile!«

So war es in der Tat. Die feinen Risse auf dem wundervoll geschwungenen Schiffsrücken wurden schnell zu tiefen Spalten, und im nächsten Augenblick klaffte schon ein schmaler Streifen von leerem Raum zwischen den einzelnen Decks. Das Schiff war nicht mehr; nur noch vierundachtzig große Silbertaler, die rasch kleiner wurden und sich immer schneller voneinander entfernten, trudelten auf unsichtbaren Pfaden durch den bodenlosen Raum. Jeder Taler war ein Deck, und jedes Deck war eine kleine, in sich abgeschlossene Welt, die mit ihrer zufälligen Fracht an Menschen, Tieren und Poniks heiter um die Erde segelte.

Dieser Schaden ließ sich nicht mehr beheben.

»Jetzt *müssen* sie uns mit auf die Erde nehmen! Sie haben keine andere Wahl«, flüsterte Vyann fast unhörbar. Sie blickte Complain an, während sie an all das Neue dachte, das nun auf sie zukam. Sie stellte sich die Mühen vor, die die Schiffsbewohner bei der Anpassung an ihre neue, herrliche Heimat erwarteten. Es war, als würde jeder von ihnen noch einmal geboren; erregt lächelte sie Complains erwartungsvolles Gesicht an. Er war von ihrer Art; beide hatten rastlos nach Erfüllung gestrebt, ohne genau zu wissen, worin diese wohl liegen mochte: nun war das Ende ihrer Suche gekommen.

Ende

SF-SPECIAL

Die Titel dieser Sonderreihe sprengen den Rahmen der „normalen" Unterhaltungs-SF. Werke vom revolutionären Denkmodell bis zur historischen Betrachtung der Literaturgattung Science Fiction findet hier der interessierte Leser.

Band 24 058

**Donald A. Wollheim/
Arthur W. Saha (Hg.)**

WORLD'S BEST SF 3

Deutsche Erstveröffentlichung

Alljährlich stellt Donald A. Wollheim, einer der »Väter« der Science Fiction, die seiner Meinung nach besten SF-Geschichten zu einer vielbeachteten Anthologie zusammen, die in die Bibliothek jedes SF-Fans gehört. Donald A. Wollheims Jahres-Anthologien unterstreichen in überzeugender Weise die Erkenntnis, daß Science Fiction das wohl lebendigste und faszinierendste Literatur-Genre unserer Zeit ist.
Der vorliegende Band enthält unter anderem neue Stories von Isaac Asimov, Frederik Pohl, Tanith Lee und Robert Silverberg.

BASTEI
LÜBBE

Sie erhalten diesen Band im Buchhandel, bei Ihrem Zeitschriftenhändler sowie im Bahnhofsbuchhandel.